单片机系统设计与开发教程

张文祥　李志军　张子红　张小清　编著

电子工业出版社·

Publishing House of Electronics Industry

北京·BEIJING

内 容 简 介

本书以单片机的单元电路设计和应用实例为主线，对涉及的相关理论进行介绍，共分为基础篇、设计篇和应用篇三部分。基础篇包括单片机应用系统的设计与开发、KeilV808A 和 Proteus 软件的使用、单片机内部资源及其 C 语言编程。设计篇主要包括 LED 数码管、矩阵键盘、定时器中断、液晶显示、串口通信、红外接收、A/D 和 D/A 转换等单元电路设计。应用篇包括数字温度计设计、无线数据传输系统设计、超声波测距仪设计、铁路限速标志设计。

本书内容丰富，实用性强，可作为高等院校信息与通信工程及相关专业的本科生教材，还可作为相关领域的工程技术人员的参考书。

图书在版编目（CIP）数据

单片机系统设计与开发教程 / 张文祥等编著. —北京：电子工业出版社，2011.5

ISBN 978-7-121-13361-9

Ⅰ.①单… Ⅱ.①张… Ⅲ.①单片微型计算机—C 语言—程序设计—教材 Ⅳ.①TP368.1 ②TP312

中国版本图书馆 CIP 数据核字（2011）第 073102 号

责任编辑：董亚峰 特约编辑：史 涛

印 刷：北京丰源印刷厂

装 订：三河市鹏成印业有限公司

出版发行：电子工业出版社

　　　　 北京市海淀区万寿路 173 信箱 邮编 100036

开 本：787×1 092 1/16 印张：16 字数：498 千字

印 次：2011 年 5 月第 1 次印刷

印 数：4 000 册 定价：29.80 元

凡所购买电子工业出版社图书有缺损问题，请向购买书店调换。若书店售缺，请与本社发行部联系，联系及邮购电话：（010）88254888。

质量投诉请发邮件至 zlts@phei.com.cn，盗版侵权举报请发邮件至 dbqq@phei.com.cn。

服务热线：（010）88258888。

前　言

目前，单片机技术在测控系统、智能仪表、机电一体化、机器人、家用电器等领域均得到了广泛的应用，极大地推动了电子产业的发展。2006 年，单片机设计师也正式成为我国的一种新职业。鉴于单片机在工业领域和日常生活中的应用日趋广泛和深入，以及社会对单片机应用人才的大量需求，单片机技术已成为电子、通信、计算机、信息、电气、自动化、机电和数控等各工科专业学生必须掌握的一门基本技能。目前高等院校各工科专业普遍将单片机系统设计与开发设置为必修课。

本书根据作者多年应用实践和授课经验，从一个单片机初学者的角度出发，介绍了单片机应用系统的设计方法和开发过程，使初学者在脑海中对学习和使用单片机有一个整体的认识。针对初学者尤其是在校广大学生资金有限，不能一次性投入太多的情况，引入了 Proteus 软件，它能够很好地帮助初学者在不能购买单片机学习开发板的情况下，仍然可以进行单片机应用系统的设计与开发，并通过使用 Proteus 仿真软件来完成应用实例的验证。调试通过后，还可以依据原理图，搭建实际的硬件实验电路，对软硬件进行联机调试，在调试过程中进一步加深对单片机应用系统软硬件设计与开发的理解。

本书共分为 8 章，其中第 1～3 章为基础篇，主要介绍了单片机应用系统的设计与开发、KeilV808A 和 Proteus 软件的使用、单片机内部资源及其 C 语言编程。第 4 章为设计篇，主要介绍了 LED 数码管、矩阵键盘、定时器中断、液晶显示、串口通信、红外接收、A/D 和 D/A 转换等单元电路的设计。第 5～8 章为应用篇，主要介绍了数字温度计的设计、无线数据传输系统的设计、超声波测距仪的设计和铁路限速标志的设计。读者可以紧跟作者的思路，在设计中学会思考，在制作中学会设计，活学活用，直到将所学的单片机知识能够熟练运用并能够解决生产生活中遇到的实际问题。使得读者在使用本教程后，在短时间内成为单片机领域基础理论丰富、设计与开发能力超强的应用型人才。

本书第 1 章、第 3 章由张子红编写，第 2 章由张小清编写；第 4 章由李志军编写；第 5～8 章由张文祥编写。

本书在编写过程中，得到了谢子殿教授和郭继坤教授的大力帮助，他们提供了一些宝贵资料及建议，并指导了部分章节的编写工作，在此表示感谢。对本书所列文献作者，在此一并表示感谢。

由于水平时间有限，错误不当之处在所难免，敬请读者批评指正。

编　者

2011 年 4 月

目　录

基　础　篇

设 计 篇

应　用　篇

基 础 篇

单片机技术是一门非常有趣的技术，可以通过软件编程控制单片机的各个功能寄存器，控制单片机引脚输入/输出高低电平，从而实现所需的各个功能。现在使用较多的是 MCS-51 单片机，它的资料比较多，市场也很大。但是许多初学者往往苦于找不到正确的学习方法和合适的学习工具而一直在门外徘徊，那么，怎样才能更快更好地学会单片机技术呢？最有效的办法就是理论与实践相结合，我们先通过基础篇来学习单片机系统设计与开发的基础知识。基础篇包含三章，分别介绍单片机应用系统的设计与开发、Keil V808V 和 Proteus 软件的使用、单片机内部资源及其 C 语言编程。

第1章　单片机应用系统的设计与开发

目前，MCS-51 系列单片机以其独特的优越性，在智能仪表、工业测控、数据采集、计算机通信等各个领域得到极为广泛的应用。不同用户根据所要完成任务的不同，进行各种单片机应用系统的设计。本章将对应用系统的软、硬件设计和调试等各个方面进行介绍，并给出具体应用实例，以便设计者能更迅速地完成单片机应用系统的设计与开发。

1.1　单片机应用系统的设计方法

单片机应用系统的设计既是一个理论问题，又是一个实际工程问题。它包括自动控制理论、计算技术、计算方法，还包括自动检测技术与数字电路，是一个多学科的综合运用。

单片机系统设计要具备以下几方面的知识和能力。

首先，必须具有一定的硬件基础知识。这些硬件不仅包括各种单片机、存储器及 I/O 接口，而且还包括对仪器或装置进行信息设定的键盘及开关、检测各种输入量的传感器、控制用的执行装置，以及单片机与各种仪器进行通信的接口、打印和显示设备等。

其次，需要具有一定的软件设计能力。能够根据系统的要求，灵活地设计出所需的程序，主要有数据采集程序、A/D 转换程序、D/A 转换程序、数码转换程序、数字滤波程序，以及各种控制算法及非线性补偿程序等。

再次，需要具有综合运用知识的能力。必须善于将一台智能化仪器或装置的复杂设计任务划分成许多便于实现的组成部分。特别是对软件、硬件的折中问题能够恰当地运用。设计单片机应用系统的一般原理是先选择和组织硬件，构成最小系统。当硬件、软件之间需要折中协调时，通常解决的办法是尽量减少硬件（以便使仪器的价格减到最低）。接着应满足设计中各方对软件的要求。通常情况下，硬件实时性强，但将会增加仪器成本，且结构复杂；

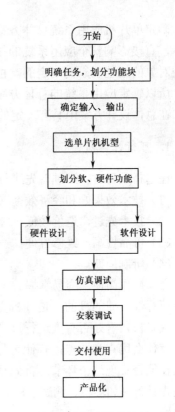

图 1-1　单片机应用系统设计的一般过程

软件可避免上述缺点，但实时性比较差。为保证系统能可靠工作，在软、硬件的设计过程中还应包括系统的抗干扰设计。

最后，还必须掌握生产过程的工艺性能及被测参数的测量方法，以及被控对象的动态、静态特性，有时甚至要建立被控对象的数字模型。

单片机应用系统设计的一般过程如图 1-1 所示。

单片机应用系统设计主要包括下面几方面内容。

（1）应用系统总体方案设计，包括系统的要求，应用方案的选择，以及工艺参数的测量范围等；

（2）选择各参数检测元件及变送器；

（3）建立数学模型及确定控制算法；

（4）选择单片机，并决定是自行设计还是购买成套设备；

（5）系统硬件设计，包括接口电路、逻辑电路及操作面板；

（6）系统软件设计，包括管理、监控程序以及应用程序的设计；

（7）系统的调试与实验。

本节将就单片机应用系统设计的几个主要方面进行阐述。

1.1.1　系统总体方案的确定

确定单片机应用系统总体方案，是进行系统设计最重要、最关键的一步，总体方案的好坏，直接影响整个应用系统的投资、调节品质及实施细则。总体方案的设计主要是根据被控对象的工艺要求而确定的。由于被控对象多种多样，要求单片机完成的任务也千差万别，所以确定应用系统的总体方案必须根据工艺的要求，结合具体被控对象而定。尽管如此，在总体设计方案中具有一定的共性。

1. 可行性调研

在选择项目时，必须首先进行可行性分析和经济技术论证，基本原则如下：

（1）技术效果好和经济效益（或社会效益）高；

（2）技术先进，造价较低；

（3）可靠性高，维修方便；

（4）研制周期短；

（5）操作简便，容易掌握。

可行性调研的目的，是分析完成这个项目的可能性。进行这方面的工作，可参考国内外有关资料，看是否有人进行过类似的工作。若有，则可分析他人是如何进行这方面工作的，有什么优点和缺点，有什么是值得借鉴的；若没有，则需要进一步调研，此时的重点应放在能否实现这个环节，首先从理论上进行分析，探讨实现的可能性，所要求的客观条件是否具备（如环境、测试手段、仪器设备、资金等），然后结合实际情况，确定能否立项的问题。

2. 系统总体方案设计

在进行可行性调研后，如果可以立项，下一步工作就是系统总体方案的设计。首先确定是采用开环系统还是闭环系统，或是数据处理系统。如果是闭环控制系统，则还要确定整个系统是采用直接数字控制（DDC），还是选用计算机监督控制（SCC），或者选用分布式控制（DCS）等。工作的重点应放在该项目的技术难度上，此时可参考这一方面更详细、更具体的资料，根据系统的不同部分和要实现的功能，参考国内外同类产品的性能，提出合理而可行的技术指标，编写出设计任务书，从而完成系统总体方案设计。

3. 设计方案细化

一旦总体方案确定下来，下一步的工作就是将该项目细化，即需明确哪些部分用硬件来完成，哪些部分用软件来完成。由于硬件结构与软件方案会相互影响，因此，从简化电路结构、降低成本、减少故障率、提高系统的灵活性与通用性方面考虑，提倡软件能实现的功能尽可能由软件来完成。但也应考虑以软件代硬件的实质是以降低系统实时性、增加处理时间为代价的，而且软件设计费用、研制周期也将增加，因此系统的软件、硬件功能分配应根据系统的要求及实际情况而合理安排，统一考虑。在确定软件、硬件功能的基础上，设计者的工作就开始涉及一系列的具体问题，如仪器的体积及与具体技术指标相对应的硬件实现方案，软件的总体规划等。在确定人员分工、安排工作进度、规定接口参数后，就必须考虑软件、硬件的具体设计问题。系统软件、硬件设计工作可分开进行，同时并进。

在讨论具体设计问题之前，这里还要强调一下，对于一个具体应用系统的设计，上面这几部分工作是必不可少的，否则，可能导致设计方案的整体更改，甚至可能导致方案无法实现，造成人力、物力的浪费。这一点，对于设计者来讲，应加倍注意。

1.1.2　应用系统的硬件设计

一个单片机应用系统的硬件设计包括两大部分内容：一是单片机系统的扩展部分设计，它包括存储器扩展和接口扩展；二是各功能模块的设计，如信号测量功能模块、信号控制功能模块、人机对话功能模块、通信功能模块等，根据系统功能要求配置相应的 A/D、D/A、键盘、显示器、打印机等外围设备。

在进行应用系统的硬件设计时，首要问题是确定电路的总体方案，并需要进行详细的技术论证。

所谓硬件电路的总体设计，即是为实现该项目全部功能所需要的所有硬件的电气连线原理图。初次接触这方面工作的设计人员，往往急于求成，在设计总体方案上不愿花时间，过于仓促地开始制板和调试。这种方法不仅不妥当，而且常常得不偿失。因为就硬件系统来讲，电路的各部分都是紧密相关、互相协调的，任何一部分电路的考虑不充分，都会给其他部分带来难以预料的影响，轻则使系统整体结构受破坏，重则导致硬件总体大返工，由此造成的后果是可想而知的。因此，希望设计者不要吝啬在硬件总体方案上花的时间。从时间上看，硬件设计的绝大部分工作量往往是在最初方案的设计阶段，一个好的设计方案常常会有事半功倍的效果。一旦硬件总体方案确定下来，下一步工作就能很顺利进行，即使需要做部分修改，也只是在此基础上进行一些完善工作，不会造成整体返工。

在进行硬件总体方案设计时，所涉及的具体电路可借鉴他人在这方面进行的工作。因为经过别人调试和实验过的电路往往具有一定的合理性（尽管这些电路常与书籍或手册上提供的电路不完全一致，但这也可能正是经验所在）。在此基础上，结合自己的设计目的进行一些修改，是一种简便、快捷的做法。当然，有些电路还需自己设计，完全照搬是不太可能的。

在参考别人的电路时，需对其工作原理有较透彻的分析和理解，根据其工作机理了解其适用范围，从而确定其移植的可能性和需要修改的地方。对于有些关键和尚不完全理解的电路，需要仔细分析，在设计之前先进行试验，以确定这部分电路的正确性，并在可靠性和精度等方面进行试验，尤其是模拟电路部分，更需要进行这方面的工作。

为使硬件设计尽可能合理，根据经验，系统的电路设计应注意以下几个方面。

（1）尽可能选择标准化、模块化的典型电路，提高设计的成功率和结构的灵活性。

（2）在条件允许的情况下，尽可能选用功能强、集成度高的电路或芯片。因为采用这种器件可能代替某一部分电路，不仅元件数量、接插件和相互连线减少，体积减小，使系统可靠性增加，而且成本往往比～用多个元件实现的电路要低。

（3）注意选择通用性强、～场货源充足的器件，尤其对需大批量生产的场合，更应注意这方面的问题。其优点是：一旦某种元器件无法获得，也能用其他元器件直接替换或对电路稍作改动后用其他器件代替。

（4）在对硬件系统总体结构考虑时，同样要注意通用性的问题。对于一个较复杂的系统，设计者常常希望将其模块化，即对中央控制单元，输入接口、输出接口、人机接口等分块进行设计，然后采用一定的连接方式将其组合成一个完整的系统。在这种情况下，连接方式就显得非常重要，有时可选用通用接口方式，因为对于这些总线结构的连接目前应用比较广泛，不少厂家已开发出适合于这些总线结构的接口板，如输入板、输出板、A/D板等。在必要的情况下，选用现成的模板作为系统的一部分，尽管成本有些偏高，但会大大缩短研制周期，提高工作效率。当然，在有些特殊情况和小系统的场合，用户必须自行设计接口，定义连线方式。此时要注意接口协议，一旦接口方式确定下来，各个模块的设计都应遵守该接口方式。

（5）系统的扩展及各功能模块的设计在满足应用系统功能要求的基础上，应适当留有余地，以备将来修改、扩展之需。实际上，电路设计一次成功而不做任何修改的情况是很少的，如果在设计之初未留有任何余地，后期很可能因为一点小小的改动或扩展而被迫进行全面返工。举例来说，在进行 ROM 扩展时，尽量选用 2764 以上的芯片，这样不仅将来升级方便，成本也会降低；在进行 RAM 扩展时，为使系统升级或增加内存方便，系统的 RAM 空间应留足位置，哪怕多设计一个 RAM 插座，不插芯片也好；在进行 I/O 接口扩展时，也应给出一定的余量，这样对临时增加一些测量通道或被控对象就极为方便了。另外在电路板设计时，可适当安排一些机动布线区，在此区域中安排若干集成芯片插座和金属化孔，但不布线，这样在样机研制过程中，若发现硬件电路有不足之处，需增加元器件时，可在机动布线区临时连线完成，从而避免整个系统返工。在进行模拟信号处理电路设计时，尤其要注意这一点。因为在调试这类电路时，经常会增加一些电容、电阻等元器件。当然，一旦试验完成，制作电路板时，可以去掉机动布线区。

（6）设计时应尽可能多做些调研，采用最新的技术。因为电子技术发展迅速，器件更新换代很快，市场上不断推出性能更优、功能更强的芯片，只有时刻注意这方面的发展动态，采用新技术、新工艺，才能使产品具有最先进的性能，不落后于时代发展的潮流。

（7）在电路设计时，要充分考虑应用系统各部分的驱动能力。一些经验欠缺者往往忽视电路的驱动能力及时序问题，认为原理上可行就行了，其实不然。因为不同的电路有不同的驱动能力，对后级系统的输入阻抗要求也不一样。如果阻抗匹配不当，系统驱动能力不够，将导致系统工作不可靠甚至无法工作。值得注意的是，这种不可靠很难通过一般的测试手段确定，而排除这种故障往往需要对系统做较大的调整。因此，在电路设计时，要注意增加系统驱动能力或减少系统的功耗。

（8）工艺设计，包括机箱、面板、配线和接插件等，这也是实际进行系统设计人员容易疏忽但又十分重要的一个问题。在设计时要充分考虑到安装、调试和维修的方便。

（9）系统的抗干扰设计。这个问题在硬件设计中也是十分重要的，有关这方面的内容，将在 1.1.4 节专门讨论。

除了上述几点之外，在应用系统的硬件设计过程中，还需注意以下几方面。

（1）选择好被测参数的测量元件，它是影响控制系统精度的重要因素之一。测量各种参数的传感器，如温度、流量、压力、液位、位移、重量、速度等，种类繁多、规格各异，因此，要正确地选择测量元件。

（2）执行机构是单片机控制系统的重要组成部件之一。执行机构的选择一方面要与控制算法匹配，另一方面要根据被控对象的实际情况决定，常用的执行机构有 4 种：电动执行机构具有响应速度快、与单片机接口容易等优点，成为单片机应用系统的主要执行机构；气动调节阀具有结构简单、操作方便、使用可靠、维护容易、防火防爆等优点，广泛用于石油、冶金和电力系统中；步进电动机可以直接接收数字量，而且具有动作速度快、精度高等优点，所以用步进电动机作为执行机构的控制系统越来越多；液压执行机构（如油缸和油马达）将油液的压力能转换成机械能，驱动负载直线或回转运动，能方便地进行无级调速，且高速范围大，控制和调节简单、方便、省力、易于实现自动控制和过载保护。

（3）过程通道的选择应考虑以下一些问题：被控对象参数的数量，各输入/输出通道是串行操作还是并行操作，各通道数据的传递速率，各通道数据的字长及选择位数，过程通道的结构形式等。

根据系统的复杂程度，MCS-51 应用系统有 3 种典型结构。

（1）最小应用系统。

（2）小规模扩展系统：只扩展少量的 RAM 和 I/O 接口，地址在 00H～0FFH 之间。

（3）大规模扩展系统：需要扩展较大量的 ROM、RAM 和 I/O 接口，连接多片扩展芯片。

硬件设计的具体步骤如下。

（1）确定各输入/输出数据的传送方式是中断方式、查询方式还是无条件方式等。

（2）根据系统需要确定使用何种结构，确定系统中主要电路是最小系统，还是扩展系统。除单片机外，系统中还需要哪些扩展芯片、模拟电路等。

（3）资源分配：各输入/输出信号分别使用哪个并行口、串行口、中断、定时器/计数器等。

（4）电路连接：根据以上各步完成完整的线路连接图。

1.1.3　应用系统的软件设计

在进行应用系统的总体设计时，软件设计和硬件设计应统一考虑，相结合进行。当系统的电路设计定型后，软件的任务也就明确了。

系统中的应用软件是根据系统功能要求设计的。一般来说，单片机中的软件功能可分为两大类：一类是执行软件，能完成各种实质性的功能，如测量、计算、显示、打印、输出控制等；另一类是监控软件，专门用来协调各执行模块和操作者的关系，充当组织调度角色，也称为 Debug 程序，是最基本的调试工具。开发监控程序是为了调试应用程序。监控程序功能不足会给应用程序的开发带来麻烦，反之，用大量精力研究监控程序会贻误开发应用程序。因此，把监控程序控制在适当的规模是明智的。由于应用系统种类繁多，程序编制者风格不一，因此应用软件因系统而异、因人而异。尽管如此，作为优秀的应用软件还是有其共同特点及其规律的。设计人员在进行程序设计时应从以下几个方面加以考虑。

（1）根据软件功能要求，将系统软件分成若干个相对独立的部分。根据它们之间的联系和时间上的关系，设计出合理的软件总体结构，使其清晰、简洁、流程合理。

（2）培养结构化程序设计风格，各功能程序实行模块化、子程序化。既便于调试、链接，又便于移植、修改。

（3）建立正确的数学模型。即根据功能要求，描述出各个输入和输出变量之间的数学关系，它是关系到系统性能好坏的重要因素。

（4）为提高软件设计的总体效率，以简明、直观的方法对任务进行描述，在编写应用软件之前，应绘制出程序流程图。这不仅是程序设计的一个重要组成部分，而且是决定成败的关键部分。从某种意义上讲，多花一份时间来设计程序流程图，就可以节约几倍源程序编辑调试时间。

（5）要合理分配系统资源，包括 ROM、RAM、定时器/计数器、中断源等。其中最关键的是片内 RAM 分配。例如对 8051 来讲，片内 RAM 指 00H～7FH 单元，这 128 个字节的功能不完全相同，分配时应充分发挥其特长，做到物尽其用，在工作寄存器的 8 个单元中，R0 和 R1 具有指针功能，是编程的重要角色，避免作为它用；20H～2FH 这 16 个字节具有位寻址功能，可用来存放各种标志位、逻辑变量、状态变量等；设置堆栈区时应事先估算出子程序和中断嵌套的级数及程序中栈操作指令使用情况，其大小应留有余量。若系统中扩展了 RAM 存储器，应把使用频率最高的数据缓冲器安排在片内 RAM 中，以提高处理速度。当 RAM 资源规划好后，应列出一张 RAM 资源详细分配表，以备编程查用方便。

（6）注意在程序的有关位置处写上功能注释，提高程序的可读性。

（7）加强软件抗干扰设计，它是提高单片机应用系统可靠性的有力措施。

实时测控程序一般包括以下几方面。

（1）初始化部分，包括设置工作模式、中断方式、堆栈指针和工作单元初始化等。

（2）参数设定部分，包括设定采样周期、控制参数和给定量等。

（3）中断请求管理，如有时需定时中断请求，CPU 转去执行相应的数据采集服务程序，运行测控算法等。

（4）测控算法，根据系统的要求及被控对象的具体情况，选用不同的控制策略与算法。

（5）终端管理模块，包括修改参数、重新初始化和中止程序等工作。

软件开发大体包括以下几个方面。

（1）划分功能模块及安排程序结构。例如，根据系统的任务，将程序大致划分成数据采集模块、数据处理模块、非线性补偿模块、报警处理模块、标度变换模块、数据控制、计算模块、控制器输出模块和故障诊断模块等，并规定每个模块的任务及其相互间的关系。

（2）画出各程序模块详细流程图。

（3）选择合适的语言（如高级语言或汇编语言）编写程序。编写时尽量采用现有模块子程序，以提高程序设计速度。

（4）将各个模块连接成一个完整的程序。

通过编辑软件编辑出的源程序，必须用编译程序汇编生成目标代码。如果源程序有语法错误则返回编辑过程，修改源文件后再继续编译，直到无语法错误为止。之后就是利用目标码进行程序调试了，在运行中发现设计上的错误再重新修改源程序，如此反复直到成功。

1.1.4　应用系统的抗干扰设计

用于现场的单片机应用系统，易受各种干扰侵袭，直接影响系统的可靠性。因此，单片机应用系统的抗干扰设计已经成为设计人员关注的重要课题。

由于各应用系统所处环境不同，面临的干扰源也不同，相应采取的抗干扰措施也不尽相同。在单片机应用系统中，主要考虑以下几个方面的问题。

（1）电压检测及掉电保护技术。若单片机系统的供电电源瞬间断电或电压突然下降，将使单片机系统陷入混乱状态，此时，即使单片机恢复正常，系统也很难恢复正常状态，掉电保护可解决此类问题。掉电保护是指通过硬件电路检测到系统供电电源的瞬间断电和电压突然下降，然后将检测信号加到单片机的外部中断输入端，使系统及时地对掉电做出反应。掉电引起的中断应作为高级中断。

（2）切断来自传感器、各功能模块部分的干扰。采取的措施有：模拟电路通过隔离放大器进行隔离，数字电路通过光电耦合器进行隔离，模拟地和数字地分开，或采用提高电路共模抑制比等手段。

（3）对空间干扰（来自系统内部和外部的电磁场在线路、导线、壳体上的辐射、吸收与调制）的抗干扰设计主要考虑地线设计、系统的屏蔽与布局设计。

（4）地线设计是一个很重要的问题。在单片机应用系统中，地线结构大致有系统地、机壳地（屏蔽地）、数字地、模拟地等。在设计时，数字地和模拟地要分开，分别与电源端地线相连；当系统工作频率小于 1MHz 时，屏蔽线应采用单点接地；当系统工作频率在

1MHz～10MHz 时，屏蔽线应采用多点接地。

（5）在印刷电路板设计中，要将强、弱电路严格分开，尽量不要把它们设计在一块印刷电路板上，电源线的走向应尽量与数据传递方向一致，接地线应适当加粗，在印刷电路板的各个关键部位应配置去耦电容。

（6）对系统中用到的元器件要进行筛选，选择标准化以及互换性好的器件或电路。对硬件电路存在的故障可通过常规的电平检测、信号检测或编制自诊断程序来加以诊断。

（7）电路设计时要注意电平匹配。如 TTL 的 1 电平是 2.4～5V，0 电平是 0～0.4V；而 CMOS 输入 1 电平是 4.99～5V，0 电平是 0～0.01V。因此，当 CMOS 器件接收 TTL 输出时，其输入端就要加电平转换器或上拉电阻，否则，CMOS 器件就会处于不确定状态。

（8）单片机进行扩展时，不应超过其驱动能力，否则将会使整个系统工作不正常。如果要超负载驱动，则应加上总线驱动器，如 74LS244、74LS245 等。

（9）CMOS 电路不使用的输入端不允许浮空，否则会引起逻辑电平不正常，易接受外界干扰产生误动作。在设计时可根据实际情况，将多余的输入端与正电源或地相连接。

（10）软件的抗干扰设计是应用系统抗干扰设计的一个重要组成部分。在许多情况下，应用系统的抗干扰不可能完全依靠硬件来解决。而通过软件采取抗干扰设计，往往成本低、见效快，起到事半功倍的成效。在实际情况中，针对不同的干扰后果，采取不同的软件对策。例如，在实时数据采集系统中，为了消除传感器通道中的干扰信号，可采用软件数字滤波，如算术平均值法、比较舍取法、中值法和一阶递推数字滤波法等；在开关量控制系统中，为防止干扰进入系统，造成各种控制条件、输出控制失误，可采取软件冗余、设置当前输出状态寄存单元和自检程序等措施；为防止 PC 失控，造成程序"跑飞"而盲目运行，可设置软件 WDT 来监视程序运行状态，也可在非程序区设置软件陷阱，强行使程序回到复位状态。用硬件设置 WDT 电路强制系统返回也是一种常用的方法。

另外，为提高系统的可靠性，防止他人盗取技术信息，还应采取加密保护技术，包括硬件加密和软件加密。硬件加密主要有：数据线、地址线中的某些位换位，数据线、地址线中的某些位求反，使用内部程序存储器可加密的单片机。软件加密主要有：程序模块之间加一些加密字节，用返回指令取代条件指令，使程序中的某些字节为两个程序模块共同使用。需要说明的是，加密和解密是同时发展的，因此加密只是相对而言。

1.2　单片机应用系统的开发过程

单片机应用系统从研制到调试成功并不是一件容易的事，硬件的设计与制造以及软件的调试和修改要借助某种手段或工具才能完成。

1.2.1　单片机的开发与开发工具

一个单片机应用系统（或称目标系统）从提出任务到正式投入运行（或批量生产）的

过程，称为单片机的开发。

　　单片机的开发有其自身的特点，只有对其特点了如指掌才能在学习时如鱼得水、事半功倍。单片机开发的几个主要特点如下。

　　（1）单片机的开发是一门综合技能，需要相关的数学基础知识、模拟及数字电子技术基础知识，甚至是计算机控制技术、智能控制等知识。

　　（2）单片机的开发是一项实践性很强的技能，只有不断地动手实践才能掌握，因此一般需要有计算机及相关的开发工具，如编程器、实验板等。

　　（3）单片机学习的初期如果有人指点，则可以事半功倍、少走弯路。

　　（4）单片机入门后技能的提高只能靠自己的勤奋与努力。

　　一般来讲，单片机本身只是一个电子元件，只有当它和其他器件、设备有机组合在一起，并配置适当的工作程序（软件）后，才能构成一个单片机的应用系统，完成规定的操作，具有特定的功能。因此，单片机的开发包括硬件和软件两个部分。

　　很多型号的单片机本身没有自开发功能，需借助于开发工具来排除目标系统样机中硬件故障，生成目标程序，并排除程序错误。当目标系统调试成功以后，还需要用开发工具把目标程序固化到单片机内部或外部 EPROM 中。

　　由于单片机内部功能部件多、结构复杂、外部测试点（即外部引脚）少，因此不能只靠万用表、示波器等工具来测试单片机内部和外部电路的状态。单片机的开发工具通常是一个特殊的计算机系统——开发系统。开发系统和一般通用计算机系统相比，在硬件上增加了目标系统的在线仿真器、逻辑分析仪、编程器等部件；软件中除了一般计算机系统所具有的操作系统、编辑程序、编译等以外，还增加了目标系统的汇编和编译系统以及调试程序等。开发系统有通用和专用两种类型，通用型配置多种在线仿真器和相应的开发软件，使用时只要更换系统中的仿真器板，就能开发相应的单片机；专用型只能开发一种类型的单片机。

　　单片机的开发工具有许多，尤其是具有 51 内核单片机的开发工具，更是不计其数。然而经过 20 多年的发展，特别是 ISP 技术的发展，人们逐渐可以不用仿真器进行开发实验，这就需要一个能够教学软件仿真调试、具有友好界面的仿真开发环境。

　　随着技术的进步，特别是由于具有片内 Flash 存储器的单片机的使用，使得开发单片机应用系统可以不用仿真器。不论是什么接口，只要能向 Flash 存储器下载和擦除程序，就不必使用仿真器。其方法是先将监控程序下载到单片机中去，然后借助监控程序调试应用程序。

1.2.2　单片机开发系统的功能

1. 在线仿真功能

　　开发系统中的在线仿真器应能仿真目标系统中的单片机，并能模拟目标系统的 ROM、RAM 和 I/O 接口，使在线仿真时目标系统的运行环境和脱机运行的环境完全"逼真"，以实现目标系统的完全的一次性开发。仿真功能具体体现在以下几方面。

1）单片机仿真功能

在线仿真时，开发系统应能将在线仿真器中的单片机完整地出借给目标系统，不占用目标系统单片机的任何资源，使目标系统在联机仿真和脱机运行时的环境（工作程序、使用的资源和地址空间）完全一致，实现完全的一次性的仿真。

单片机的资源包括：片上的 CPU、RAM、SFR、定时器、中断源和 I/O 接口，以及外部可扩充的程序存储器和数据存储器地址空间。这些资源应允许目标系统充分自由地使用，不应受到任何限制，使目标系统能根据单片机固有的资源特性进行硬件和软件的设计。

2）模拟功能

在开发目标系统的过程中，单片机的开发系统允许用户使用其内部的 RAM 存储器和输入/输出来替代目标系统中的 ROM 程序存储器、RAM 数据存储器以及 I/O，使用户在目标系统样机还未完全配置好之前，便可以借用开发系统提供的资源进行软件开发。

最重要的是目标机的程序存储器模拟功能。因为在研制目标系统的开始阶段，目标程序还未生成，更谈不上在目标系统中固化程序。因此，用户的目标程序必须存放在开发系统的 RAM 存储器内，以便于在调试过程中对程序修改。开发系统所能出借的作为目标系统程序存储器的 RAM，常称为仿真 RAM。开发系统中仿真 RAM 的容量和地址映射应与目标机系统完全一致。

2. 调试功能

开发系统对目标系统软硬件的调试功能（也称为排错功能）强弱，将直接关系到开发的效率。性能优良的单片机开发系统应具有下面所述的调试功能。

1）允许控制功能

开发系统应能使用户有效地控制目标程序的运行，以便检查程序运行的结果，对存在的硬件故障和软件错误进行定位。

（1）单步运行：能使 CPU 从任意的目标程序地址开始执行一条指令后停止运行。

（2）断点运行：允许用户任意设置条件断点，启动 CPU 从规定地址开始运行后，当碰到断点条件（程序地址和指定断点地址符合或 CPU 访问到指定的数据存储器单元等条件）符合以后停止运行。

（3）连续运行：能使 CPU 从指定地址开始连续地全速运行目标程序。

（4）启停控制：在各种运行方式中，允许用户根据调试的需要，来启动或停止 CPU 执行目标程序。

2）对目标系统状态的读出修改功能

当 CPU 停止执行目标系统的程序后，允许用户方便地读出或修改目标系统所有资源的状态，以便检查程序运行的结果、设置断点条件以及设置程序的初始参数。可供用户读出和修改的目标系统资源包括以下几种：

（1）程序存储器（开发系统中的仿真 RAM 存储器或目标机中的程序存储器）。

（2）单片机片内资源：工作寄存器、SFR、I/O 接口、RAM 数据存储器及位单元等。

（3）系统中扩展的数据存储器及 I/O 接口等。

3）跟踪功能

高性能的单片机开发系统具有逻辑分析仪的功能。在目标程序运行过程中，能跟踪存储目标系统总线上的地址、数据和控制信号的状态/变化，跟踪存储器能同步地记录总线上的信息，用户可以根据需要跟踪存储器收集到的信息，也可以显示某一位总线的状态变化的波形，使用户掌握总线上状态变化的过程，对各种故障的定位特别有用，从而大大提高工作效率。

3．辅助设计功能

软件的辅助设计功能的强弱也是衡量单片机开发系统性能高低的重要标志。单片机系统的软件开发的效率在很大程度上取决于开发系统的辅助设计功能，主要包括以下几方面。

1）程序设计语言

单片机的程序设计语言有机器语言、汇编语言和高级语言。在程序设计时交叉使用汇编语言和高级语言是一种常用的方式。

2）程序编辑

通过不同的方式输入源程序并进行编辑。

3）其他软件功能

很多单片机开发系统都提供反汇编功能，并提供用户宏调用子程序库，以减少用户软件研制的工作量。

单片机开发系统其他的功能指标和一般的计算机系统相类似，如系统的可靠性、可维护性以及 I/O 的种类和存储器的容量等。

1.2.3　单片机应用系统的调试、运行与维护

在完成目标系统样机的组装和软件设计之后，便进入系统的调试阶段。用户系统的调试步骤和方法是相同的，但具体细节则与所采用的开发系统以及目标系统所选用的单片机型号有关。

系统调试的目的是查出系统中硬件设计与软件设计中存在的错误及可能出现的不协调的问题，以便修改设计，最终使系统能正确地工作。最好能在方案设计阶段就考虑到调试问题，如采用什么调试方法、使用何种调试仪器等，以便在系统方案设计时将必要的调试方法综合到软件、硬件设计中，或提早做好调试准备工作。系统调试包括硬件调试、软件调试及软件、硬件联调。根据调试环境不同，系统调试又分为模拟调试与现场调试。各种调试所起的作用是不同的，它们所处的时间阶段也不一样，但它们的目标是一致的，都是为了查出系统中潜在的错误。

1．调试工具

在单片机应用系统调试中，最常见的调试工具除了前面介绍的单片机开发系统（仿真器）之外，还有以下几种。

1）逻辑笔

逻辑笔可以测试数字电路中测试点的电平状态（高或低）及脉冲信号的有无。假如要检测单片机扩展总线上连接的某译码器是否有译码信号输出，可编写循环程序使译码器对

特定的状态不断进行译码。运行该程序后，用逻辑笔测试译码器输出端，若逻辑笔上红、绿发光二极管交替闪亮，则说明译码器有信号输出；若只有红色发光二极管（高电平输出）或绿色发光二极管（低电平输出）闪亮，则说明译码器无译码信号输出。这样就可以初步确定由扩展总线到译码器之间是否存在故障。

2）逻辑脉冲发生器与模拟信号发生器

逻辑脉冲发生器能够产生不同宽度、幅度及频率的脉冲信号，它可以作为数字电路的输入源。模拟信号发生器可产生具有不同频率的方波、正弦波、三角波和锯齿波等模拟信号，它可作为模拟电路的输入源，这些信号源在调试中是非常有用的。

3）示波器

示波器可以测量电平、模拟信号波形及频率，还可以同时观察两个或三个以上的信号波形及它们之间的相位差（双综或多综示波器）。它既可以对静态信号进行测试，也可以对动态信号进行测试，而且测试准确性好。它是任何电子系统调试维修的一种必备工具。

4）逻辑分析仪

逻辑分析仪能够以单通道或多通道实时获取触发事件的逻辑信号，可保存显示触发事件前后所获取的信号，供操作者随时观察，并作为软件、硬件分析的依据，以便快速有效地查出软件、硬件中的错误。逻辑分析仪主要用于动态调试中信号的捕获。

2. 硬件调试

单片机应用系统的硬件调试和软件调试是分不开的，许多硬件故障是在调试软件时才发现的，但通常是先排除系统中明显的硬件故障后才与软件结合起来调试。

1）常见的硬件故障

（1）逻辑错误。样机的逻辑错误是由于设计错误和加工过程中的工艺性错误所造成的。这类错误包括错线、开路、短路和相位错等几种，其中短路是最常见也较难排除的故障。单片机的应用系统往往要求体积小，从而使印制板的布线密度高，由于工艺等原因造成引线之间的短路。开路常常是由于印制板的金属化孔质量不好或接插件接触不良引起的。

（2）元器件失效。原因有两个方面：一是器件本身已损坏或性能差，诸如电阻电容的型号、参数不正确，集成电路已损坏，器件的速度、功耗等技术参数不符合要求等；二是由于组装错误造成的元器件失效，如电容、二极管、三极管的极性错误和集成块安装的方向错误等。

（3）可靠性差。系统不可靠的因素很多，如金属化孔、接插件接触不良会造成系统时好时坏，经受不起振动，内部和外部的干扰、电源纹波系数过大、器件负载过大等会造成逻辑电平不稳定。另外，走线和布局的不合理等也会引起系统可靠性差。

（4）电源故障。若样机中存在电源故障，则加电后将造成器件损坏，因此电源必须单独调试好以后才能加到系统的各个部件中。电源的故障包括：电压值不符合设计要求，电源引出线和插座不对应，各挡电源之间的短路，变压器功率不足，内阻大，负载能力差等。

2）硬件调试方法

硬件调试是利用开发系统、基本测试仪器，通过执行开发系统有关命令或运行适当的测试程序（也可以是与硬件有关的部分用户程序段）来检查用户系统硬件中存在的故障。

硬件调试分为静态调试与动态调试。

（1）静态调试。在样机加电之前，根据硬件电气原理图和装配图仔细检查样机线路是否正确，并核对元器件的型号、规格和安装是否符合要求。应特别注意电源的走线，防止电源之间的短路和极性错误，并重点检查扩展系统总线（地址总线、数据总线和控制总线）是否存在相互间的短路或与其他信号线的短路。之后是加电后检查各插件上引脚的电位，仔细测量各点电位是否正常，尤其应注意单片机插座上的各点电位，若有高压，联机时将会损坏仿真器。然后是在不加电情况下，除单片机以外，插上所有的元器件，用仿真插头将样机的单片机插座和开发工具的仿真接口相连，这样便为联机调试做好了准备。

（2）动态调试。在静态测试中，只对样机硬件进行初步测试，只排除一些明显的硬件故障。目标样机中的硬件故障主要靠联机调试来排除。静态测试完成后分别打开样机和仿真器电源，就可以进行动态调试了。动态调试是在用户系统工作的情况下发现和排除用户系统硬件中存在的器件内部故障、器件间连接逻辑错误等的一种硬件检查。由于单片机应用系统的硬件动态调试是在开发系统的支持下完成的，故又称为联机仿真或联机调试。

动态调试的一般方法是由分到合、由近及远，进行分步、分层的调试。

由分到合是指，首先按逻辑功能将用户系统硬件电路分为若干块，如程序存储器电路、A/D 转换器电路、输出控制电路，再分块调试。当调试某电路时，将与该电路无关的器件全部从用户系统中去掉，这样，可将故障范围限定在某个局部的电路上。当分块电路调试无故障后，将各电路逐块加入系统中，再对各块电路及电路间可能存在的相互联系进行试验。此时若出现故障，则最大可能是电路协调关系上出了问题，如相互间信息联络是否正确，时序是否达到要求等。直到所有电路加入系统后各部分电路仍能正确工作为止，由分到合的调试即告完成。在经历了这样一个调试过程后，大部分硬件故障基本上可以排除。

在有些情况下，由于功能要求较高或设备较复杂，使某些逻辑功能块电路较为复杂庞大，为确定故障带来一定的难度。这时对每块电路可以以处理信号的流向为线索，将信号流经的各器件按照距离单片机的逻辑距离进行由远及近的分层，然后分层调试。调试时，仍采用去掉无关器件的方法，逐层依次调试下去，就可以将故障定位在具体器件上。例如，调试外部数据存储器时，可先按层调试总线电路（如数据收发器），然后调试译码电路，最后加上存储芯片，利用开发系统对其进行读/写操作，就能有效地调试数据存储器。显然，每部分出现的问题只局限在一个小范围内，因此有利于故障的发现和排除。通过这种调试，可以测试扩展 RAM 存储器、I/O 接口和 I/O 设备、程序存储器、晶振和复位电路等是否有故障。

动态调试借用开发系统资源（单片机、存储器等）来调试用户系统中单片机的外围电路。利用开发系统友好的人机界面，可以有效地对用户系统的各部分电路进行访问、控制，使系统在运行中暴露问题，从而发现故障。

3. 软件调试

1）常见的软件错误

（1）程序失控。这种错误的现象是当以断点或连续方式运行时，目标系统没有按规定的功能进行操作或什么结果也没有，这是由于程序转移到没有预料到的地方或在某处死循环所造成的。这类错误的原因有：程序中转移地址计算错误、堆栈溢出、工作寄存器冲突等。在采用实时多任务操作系统时，错误可能在操作系统中，没有完成正确的任务调度操作，也可能在高优先级任务程序中，该任务不释放处理器，使 CPU 在该任务中死循环。

（2）中断错误。主要有两种情况。一种是不响应中断，这种错误的现象是连续运行时不执行中断服务程序的规定操作，当断点设在中断入口或中断服务程序中时碰不到断点。错误的原因有：中断控制寄存器（IE，IP）的初值设置不正确，使 CPU 没有开放中断或不允许某个中断源请求；对片内的定时器、串行口等特殊功能寄存器和扩展的 I/O 接口编程有错误，造成中断没有被激活；某一中断服务程序不是以 RETI 指令作为返回主程序的指令，CPU 虽已返回到主程序但内部中断状态寄存器没有被清除，从而不响应中断；由于外部中断源的硬件故障使外部中断请求无效。另一种是循环响应中断，这种错误是 CPU 循环地响应某一个中断，使 CPU 不能正常地执行主程序或其他的中断服务程序。这种错误大多发生在外部中断中。若外部中断（如 $\overline{INT0}$ 或 $\overline{INT1}$）以电平触发方式请求中断，当中断服务程序没有有效清除外部中断源，或由于硬件故障使中断源一直有效而使 CPU 连续响应该中断。

（3）输入/输出错误。这类错误包括输入/输出操作杂乱无章或根本不动作，错误的原因有：输入/输出程序没有和 I/O 硬件协调好（如地址错误、写入的控制字和规定的 I/O 操作不一致等），时间上没有同步，硬件中还存在故障等。

（4）结果不正确。目标系统基本上已能正常操作，但控制有误动作或者输出的结果不正确。这类错误大多是由于计算程序中的错误引起的。

2）软件调试方法

软件调试是通过对用户程序的汇编、连接和执行来发现程序中存在的语法错误与逻辑错误并加以排除纠正的过程。软件调试与所选用的软件结构和程序设计技术有关。如果采用实时多任务操作系统，一般是逐个任务进行调试。在调试某一个任务时，同时也调试相关的子程序、中断服务程序和一些操作系统的程序。若采用模块程序设计技术，则逐个模块（子程序、中断程序、I/O 程序等）调好以后，再联成一个大的程序，然后进行系统程序调试。软件调试的一般方法是先独立后联机、先分块后组合、先单步后连续。

（1）计算程序的调试方法。计算程序的错误是一种静态的固定的错误，因此主要用单步或断点运行方式来调试。根据计算程序的功能，事先准备好一组测试数据，然后从计算程序开始运行到结束，运行的结果和正确数据比较，如果对所有的测试数据进行测试，都没有发现错误，则该计算程序调试正确；如果发现结果不正确，改用单步运行方式，即可检查出错误所在。

（2）I/O 处理程序的调试。对于 A/D 转换一类的 I/O 处理程序也是实时处理程序，因此需用全速断点方式或连续运行方式进行调试。

（3）综合调试。在完成了各个模块程序（或各个任务程序）的调试工作以后，接着便进行系统的综合调试。综合调试一般采用全速断点运行方式，这个阶段的主要工作是排除系统中遗留的错误以提高系统的动态性能和精度。在综合调试的最后阶段，应使用目标系统的晶振电路工作，使系统全速运行目标程序，实现了预定功能技术指标后，便可将软件固化，然后再运行固化的目标程序，成功后目标系统便可脱机运行。一般情况下，这样一个应用系统就算研制成功了。如果脱机后出现了异常情况，大多是由目标系统的复位电路中有故障或上电复位电路中元器件参数等引起的。

4. 运行与维护

在进行综合调试后，还要进行一段时间的试运行。只有试运行，系统才会暴露出它的问题和不足之处。在系统试运行阶段，设计者应当观测它能否经受实际环境考验，还要对系统进行检测和试验，以验证系统功能是否满足设计要求，是否达到预期效果。

系统经过一段时间的考机和试运行后，就可投入正式运行。在正式运行中还要建立一套健全的维护制度，以确保系统的正常工作。

第2章 KeilV808A 和 Proteus 软件的使用

Kei1 由美国 Keil Software 公司开发，是目前世界上最好的 51 单片机开发工具之一。它支持汇编、C 语言及混合编程，同时具备功能强大的软件仿真功能。在软件模拟仿真方式下，不需要任何单片机硬件即可完成用户程序仿真调试。Proteus ISIS 是英国 Labcenter 公司开发的电路分析与实物仿真软件，它不仅能仿真单片机 CPU 的工作情况，也能仿真单片机外围电路或没有单片机参与的其他电路的工作情况。本章对编写单片机程序所使用的 Keil uVision 软件和 Proteus 仿真软件进行了介绍。

2.1 uVision3 集成开发环境

安装完 KeilV808A 后，单击桌面图标▣即可进入如图 2-1 所示的集成开发环境。各种调试工具、命令菜单都集成在此开发环境中。其中菜单栏提供了各种操作菜单，如编辑器操作、工程维护、开发工具选项设置、程序调试、窗体选择和操作和在线帮助等。工具栏按钮可以快速执行 uVision3 命令，快捷键也可以执行 uVision3 命令。

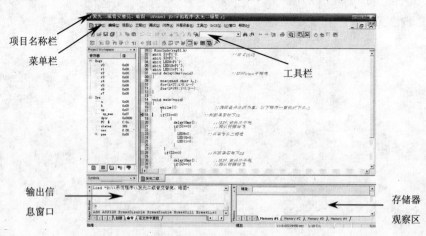

图 2-1 uVision3 集成开发环境

1. 文件菜单和文件命令

文件菜单	工具栏	快捷键	功能描述
新建	📄	Ctrl+N	创建一个新的源文件或文本文件
打开	📂	Ctrl+O	打开已有的文件
关闭			关闭当前的文件

保存	Ctrl+S	保存当前的文件
另存为		保存并重新命名当前的文件
保存全部		保存所有打开的源文件或文本文件
设备数据库		uVision3 所包含的器件数据库
授权管理		提供产品授权和许可证的相关信息
打印设置		设置打印机
打印	Ctrl+P	打印当前文件
打印预览		
退出		退出 uVision3，并提示保存文件

2. 编辑菜单和编辑命令

编辑菜单	工具栏	快捷键	功能描述
撤销		Ctrl+Z	撤销上一次操作
重做		Ctrl+Y	重做上一次撤销的命令
剪切		Ctrl+X	将选中的文字剪切到剪贴板
复制		Ctrl+C	将选中的文字复制到剪贴板
粘贴		Ctrl+V	粘贴剪切板的文字
缩进选择的文本			将选中的文字向右缩进一个制表符位
恢复缩进所选文本			将选中的文字向左缩进一个制表符位
切换书签		Ctrl+F2	在当前行放置书签
到下一个标签		F2	将光标移到下一个书签
到前一个书签		Shift+F2	将光标移到上一个书签
删除所有书签		Ctrl+Shift+F2	清除当前文件中的所有书签
查找		Ctrl+F	在当前文件中查找文字
替换		Ctrl+H	替换特定的文字

3. 视图菜单

视图菜单	工具栏	快捷键	功能描述
状态栏			显示或隐藏状态栏
文件工具栏			显示或隐藏文件工具栏
创建工具栏			显示或隐藏创建工具栏
调试工具栏			显示或隐藏调试工具栏
工程窗口			显示或隐藏工程窗口
输出窗口			显示或隐藏输出窗口
源文件浏览器			打开源文件浏览器窗口
反汇编窗口			显示或隐藏反汇编窗口

监视和调用堆栈窗口		显示或隐藏监视和堆栈窗口
存储器窗口		显示或隐藏存储器窗口
代码作用范围窗口		显示或隐藏代码覆盖窗口
性能分析窗口		显示或隐藏性能分析窗口
逻辑分析器窗口		显示或隐藏逻辑分析器窗口
符号窗口		显示或隐藏符号变量窗口
串行窗口		显示或隐藏串行窗口
工具箱		显示或隐藏工具箱
定期窗口更新		在运行程序时，周期刷新调试窗口
包含文件支持		显示或隐藏包含文件支持

4. 工程菜单

工程菜单	工具栏	快捷键	功能描述
新建			新建工程或新建工程工作区
导入 uVision1 工程			输入一个 uVision1 工程文件
打开工程			打开一个已有的工程
关闭工程			关闭当前的工程
为目标'目标 1'选择设备			选择对象的 CPU
为目标'目标 1'设置选项			定义工具、包含文件和库的路径
建立目标			编译修改过的文件并生成应用
建立所有目标文件			重新编译所有的文件并生成应用
编译			编译当前文件

5. 调试菜单

调试菜单	工具栏	快捷键	功能描述
启动/停止调试		Ctrl+F5	启动或停止 uVision3 调试模式
运行		F5	运行，直到下一个有效的断点
跟踪		F11	跟踪运行程序
单步		F10	单步运行程序
停止运行			停止程序运行
断点		Ctrl+B	打开断点对话框
插入/删除断点		F9	在当前行设置/清除断点
使能/禁止断点		Ctrl+F9	使能/禁止当前行的断点
禁止所有断点			禁止程序中的所有断点
删除所有断点		Ctrl+Shift+F9	取消所有的断点

显示下一个状态	⇨		显示下一条指令
使能/禁止跟踪记录	REC▲		使能/禁止程序运行轨迹的标识
查看跟踪记录	0▲	Ctrl+T	显示程序运行过的指令
存储影像			打开存储器影像对话框
性能分析器			打开性能分析的窗口
在线汇编			对某一行重新汇编,可以修改汇编代码

2.2　KeilV808A 的使用

2.2.1　创建第一个 KeilV808A 的应用程序

在 KeilV808A 集成开发环境下是使用工程的方法来管理文件的,而不是单一文件的模式。所有文件包括源程序(包括 C 程序,汇编程序)、头文件,甚至说明性的技术文档都可以放在工程项目文件里统一管理。在使用 KeilV808A 前,应该习惯这种工程的管理方式,对于刚刚使用 KeilV808A 的用户来讲,一般可以按照下面的步骤来创建一个 KeilV808A 应用程序。

(1)新建一个工程项目文件;

(2)为工程选择目标器件;

(3)为工程项目设置软硬件调试环境;

(4)创建源程序文件并输入程序代码;

(5)保存创建的源程序项目文件;

(6)把源程序文件添加到项目中。

下面以创建一个新的工程文件"LED"为例,详细介绍如何建立一个 KeilV808A 的应用程序。

(1)双击桌面的 uVision3 快捷图标,进入如图 2-2 所示的 KeilV808A 的集成开发环境,也许当前打开的界面与上面提到的有所不同,这是因为启动 uVision3 后,uVision3 总是打开用户前一次正确处理的工程,这时可以单击工具栏的工程选项中的关闭工程命令关闭该工程。

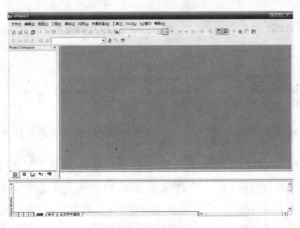

图 2-2　KeilV808A 的集成开发环境

（2）单击菜单栏的工程选项，在弹出如图 2-3 所示的下拉菜单中选择"新建→新建工程"命令，建立一个新的 uVision3，这时出现一个如图 2-4 所示的项目文件保存对话框。首先需要为新建工程取一个名称，工程名应便于记忆且文件名不宜太长，接着选择工程存放的路径，建议为每个工程单独建立一个目录，并且工程中需要的所有文件都放在这个目录下。这里选择存盘路径为 D:\示范程序\LED，输入项目名后，单击"保存"返回。

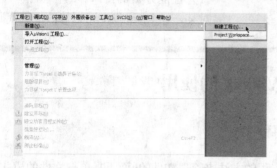 

图 2-3　工程单栏的下拉菜单　　　　　图 2-4　项目文件保存对话框

（3）在工程建立完毕后，uVision3 会立即弹出如图 2-5 所示的器件选择窗口，器件选择的目的是告诉 uVision3 最终使用的 80C51 芯片是哪一个公司的哪一个型号，因为不同型号的 51 芯片内部的资源是不同的，uVision3 可以根据选择进行 SFR 的预定义，在软硬件仿真中提供易于操作的外设浮动窗口等。

由图 2-5 可以看出，uVision3 支持的所有器件的型号根据生产厂家形成器件组，用户可以根据需要选择相应的器件组并选择相应的器件型号，如 Atmel 器件组内的 AT89C51 。另外，如果用户在选择完目标器件后想重新改变目标器件，可单击菜单栏的工程选项，在弹出的如图 2-6 所示的下拉菜单中选择"为目标'目标 1'选择设备"命令，也将出现如图 2-5 所示的对话窗口，然后重新加以选择。由于不同厂家的许多型号性能相同或相近，因此如果用户的目标器件型号在 uVision3 中找不到，用户可以选择其他公司的相近型号。

 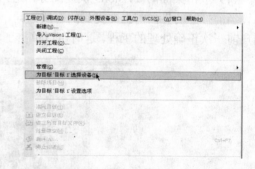

图 2-5　器件选择窗口　　　　　图 2-6　下拉菜单为目标'目标 1'选择设备

（4）到现在用户已经建立了一个空白的工程项目文件，并为工程选择好了目标器件，但是这个工程里没有任何程序文件。程序文件的添加必须人工进行，但如果程序文件在添加前还没有建立，用户还必须建立它。选择菜单栏的"文件"选项，在弹出的如图 2-7 所示的下拉菜单中选择"新建"命令，这时在文件窗口中出现如图 2-8 所示的新文件窗口 Text1，如果多次执行"新建"命令，则会出现 Text2、Text3 等多个新文件窗口。

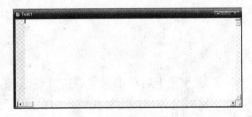

　　　　图 2-7　下拉菜单新建命令　　　　　　　　　　　　　图 2-8　新文件窗口

　　（5）现在 LED. uV3 项目中有了一个名为 Text1 的新文件框架，在这个源程序编辑框内输入自己的源程序 Led1.c。在 uVision3 中，文件的编辑方法同其他文本编辑器是一样的，用户可以执行输入、删除、选择、复制和粘贴等基本文字处理命令。当然也可以使用其他编辑工具编写源程序，源程序编辑完毕后保存到磁盘中，uVision3 中有文件变化感知功能，提示外部编辑器改变了该文件，是否需要把 uVision3 中的该文件刷新。选择"是"命令按钮，然后就可以看到 uVision3 中的源程序文件会自动刷新。下面是完整的 Led1.c 源程序代码，也可以在事先编辑好的文本编辑器中将其复制到自己的程序中，因此也可以采用这种编辑程序的方法来创建其他的程序文件。

```
/**********************************************************
文件名：led1.c
功能：使用 USTH-51S 学习 I/O 作基本输出口及其仿真调试程序的基本方法
说明：
1．点亮发光二极管 LED9 并闪烁
2．正确设置跳线使 P1.2 与 LED9 相连
**********************************************************/
#include<reg51.h>
sbit P1_2=P1^2;                    //定义 I/O 口
void delay02s(void)                //延时 0.2 秒子程序
{
unsigned char i,j,k;               //定义 3 个无符号字符型数据
    for(i=20;i>0;i--)              //作循环延时
```

```
        for(j=20;j>0;j--)
        for(k=248;k>0;k--);
}
void main(void)              //每一个 C 语言程序有且只有一个主函数，
{
 while(1)                    //循环条件永远为真，以下程序一直执行下去。
 {
        P1_2=0;              // I/O 口 P1.2 输出低电平，小灯被点亮。
        delay02s();          //延时经过 0.2 秒。
        P1_2=1;              // I/O 口 P1.2 输出高电平，小灯被熄灭。
        delay02s();          //延时经过 0.2 秒。
 }
}
```

（6）输入完毕后单击菜单栏的文件选项，在弹出的下拉菜单中选择保存命令存盘源程序文件，这时会弹出如图 2-9 所示的存盘源程序画面，在文件名栏内输入源程序的文件名，在此将 Text1 保存成 Led1.c。注意由于 KeilV808A 支持汇编和 C 语言，且 uVision3 要根据后缀判断文件的类型，从而自动进行处理，因此存盘时应注意输入的文件名应带扩展名.ASM 或.C。如果源程序文件是一个 C 语言源程序，则输入文件名称 Led1.c。保存完毕后请注意观察，保存前后源程序有哪些不同，关键字是否变成蓝色。这也是用户检查程序命令行的好方法。

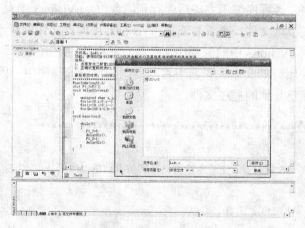

图 2-9　存盘源程序画面

（7）需要特别提出的是，这个程序文件仅仅是建立而已，Led1.c 文件到现在为止与 LED. uV3 工程还没有建立起任何关系。此时用户应该把 Led1.c 源程序添加到 LED. uV3 工程中，构成一个完整的工程项目。在"工程窗口"内，选中"源代码组 1"后单击鼠标右键，在弹出如图 2-10 所示的快捷菜单中选择"添加文件到组'源代码组 1'"命令，此时会出现如图 2-11 所示的添加源程序文件窗口，选择刚才创建编辑的源程序文件 Led1.c，单击"Add"命令即可把源程序文件添加到项目中。因为添加源程序文件窗口中的默认文件类型是 C Source File（*.c），所以在搜索显示区中可以很快找到 Led1.c 文件。

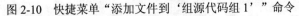

图 2-10　快捷菜单"添加文件到'组源代码组 1'"命令　　　图 2-11　添加源程序文件窗口

2.2.2　程序文件的编译与链接

1. 编译链接环境设置

uVision3 调试器可以调试用 C51 编译器和 A51 宏汇编器开发的应用程序。uVision3 有两种工作模式，用户可以通过单击菜单栏中的"工程"选项，在弹出如图 2-12 所示的下拉菜单中选择"为目标'目标 1'设置选项"命令为目标设置工具选项，这时会出现如图 2-13 所示的调试环境设置窗口。

其中"项目"页可以对编译的内存模式进行设置，这里用默认的小模式，这时程序中没有注明的变量将编译在芯片内部的 256 字节里；程序空间大小，也用默认的 64K 模式，这个决定编译出来的代码主要是用长调用还是短调用，这些设置都是无所谓的了，仅仅是编译出来的程序大小有点差别而已，其他的设置都空着即可。

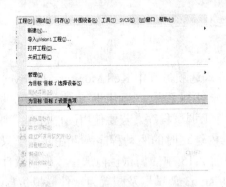

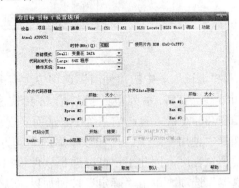

图 2-12　下拉菜单标设置工具选项命令　　　　　图 2-13　调试环境设置窗口

单击设置窗口的"输出"页，单击"产生 HEX 文件"前面的复选框，这样程序编译完成之后就会生成一个 HEX 目标文件。类似的，还可以选择生成一个 lib 库，但是现在还用不到。这个设置窗口如图 2-14 所示。

另外 user，C51，A51，BL51 locate，BL51 Misc 等几页都采用默认设置，等将来学习 C51 的高级应用时再设置，有关这方面的知识可参阅 Keil 的专门介绍。

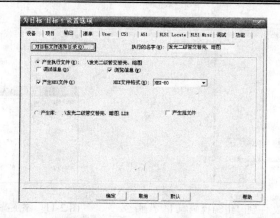

图 2-14   输出页设置窗口

从图 2-15 的"调试"页可以看出，uVision3 的两种工作模式分别是软件模拟和硬件仿真。其中使用软件仿真器选项是将 uVision3 调试器设置成软件模拟仿真模式，在此模式下不需要实际的目标硬件就可以模拟 80C51 微控制器的很多功能，在准备硬件之前就可以测试应用程序，非常有用。

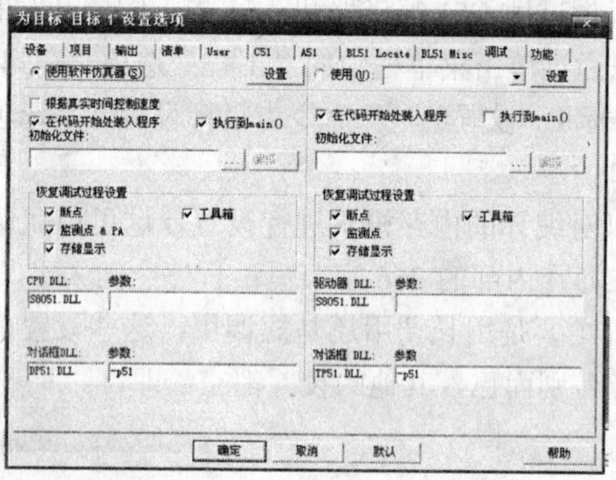

图 2-15   "调试"页窗口

"调试"页中的"使用"选项中含有多个驱动方式选项，其中 Keil Monitor-51 Driver 适用于像 AT89 系列单片机综合仿真实验仪的用户目标系统，运用此功能用户可以把 KeilV808A 嵌入自己的系统中，从而实现在目标硬件上调试程序。若要使用硬件仿真，则应选择"使用"选项，并在该栏后的驱动方式选择框内选这时的驱动程序库。在此由于只需要调试程序，因此用户可以选择软件模拟仿真，在图 2-15 中的调试栏内选中"使用软件仿真器"选项，单击"确定"按钮加以确认，此时 uVision3 调试器及配置为软件模拟仿真。

2. 程序的编译与链接

完成以上的工作就可以编译程序了。单击"工程"选项，在弹出如图 2-16 所示的下拉菜单中选择"建立目标"命令对源程序文件进行编译，当然也可以选择"建立所有目标文件"命令对所有的工程文件进行重新编译，此时会在"输出窗口"输出一些相关信息，如图 2-17 所示。

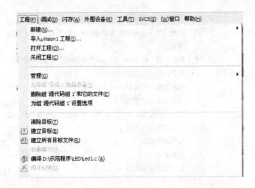

图 2-16　下拉菜单中选择"建立目标"命令　　　　图 2-17　"输出窗口"输出一些相关信息

其中第二行表示此时正在编译源程序 Led1.c，第四行表示此时正在链接工程项目文件，第六行说明已生成目标文件 Led1.hex，最后一行说明 LED.uV3 项目在编译过程中不存在错误和警告，编译链接成功。若在编译过程中出现错误，系统会给出错误所在的行和该错误提示信息，用户应根据这些提示信息，更正程序中出现的错误，重新编译直至完全正确为止。

至此一个完整的工程项目 LED.uV3 已经完成。一个符合要求的、好的工程项目往往还需要经软件模拟、硬件仿真、现场系统调试等反复修改和更新。

2.3　调试仿真功能的使用

一个完整的工程项目编译完成后，可以通过选择"调试"页中的"使用软件仿真器"，但是它只能对程序的语法及结构做一般性的分析，与硬件没有关系。下面以前面介绍的工程项目"LED.uV3"为例来介绍软件仿真器的各项功能的使用。首先打开工程项目"LED. uV3"，然后打开目标设置选项对话框，在"调试"页选中"使用软件仿真器"。这时单击"调试"菜单选中"启动/停止调试"项，如图 2-18 所示，或单击工具栏中的@按钮就可以开始仿真了。单击"启动/停止调试"项后，出现如图 2-19 所示的界面。如果单击后没有出现这个界面，可以通过"视图"菜单打开相应的窗口。

图 2-18　工程菜单

等待片刻，程序自动运行到第一条指令。那里的一个小箭头就是指向当前的一句代码。左下角是命令输入框，可以输入需要的调试命令。右边为内存窗口。在存储器的输入框中分别输入 i:00、x:00 和 c:00 就可观察内部存储器状况、外部存储器状况和程序存储器状况，在命令窗口里分为底下的输入行和上面的状态栏。

窗口中间有一排快捷按钮，其含义如图 2-20 所示。

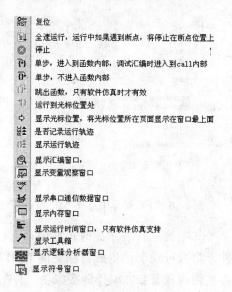

图 2-19　调试中出现的界面　　　　　　　　　　图 2-20　调试工具条

现在单击"调试"菜单的"单步",或按"F10"或单击 按钮,可以看到程序代码一句句被运行。可以通过对比运行前后 P1 口各位的状态来分析"LED. uV3"工程的功能。执行程序前,单击"外围设备"的 I/O-Ports-port1,就可以得到"Parallel Port1"窗口。执行完 P1_2=0 语句后,再次打开"Parallel Port1"窗口,执行完 P1_2=1 语句后,再一次打开"Parallel Port1" 窗口,其结果如图 2-21 所示。从图中可以看出 P1.2 的状态与程序的编写是一致的。

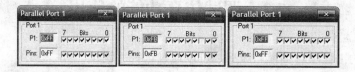

图 2-21　"Parallel Port1"窗口的状态

单击"调试"菜单的"运行"或单击 ▤,就可以全速运行程序,这可以提高调试的速度。

当程序在全速运行时,如果希望程序运行到某一条指令时停止,可以用断点设置,此时可将光标移到指令前,按工具条中的 🖑,在程序前有一个红方,程序会在此处停止,如想取消断点可按 🖑。

2.4　Protues ISIS 设计与仿真平台

Proteus 软件是英国 Labcenter electronics 公司出版的 EDA 工具软件。它不仅具有其他 EDA 工具软件的仿真功能,还能仿真单片机及外围器件,因此是目前最好的仿真单片机及外围器件的工具。虽然目前国内推广刚起步,但已受到单片机爱好者、从事单片机教学的教师、致力于单片机开发应用的科技工作者的青睐。Protues 不仅可将许多单片机实例功能形象化，也可将许多单片机实例运行过程形象化。前者可在相当程度上得到实物演示实验的效果，后者则是实物演示实验难以达到的效果。随着科技的发展，"计算机仿真技术"已成为许多设计部门重要的前期设计手段。它具有设计灵活，结果、过程统一的特点，可使设计时间大为缩短，耗资大为减少，也可降低工程制造的风险。所以在单片机开发应用中，Proteus 也能获得越来愈广泛的应用。

2.4.1　界面简介

Proteus 电路设计是在 Proteus ISIS 环境中进行绘制的。Proteus ISIS 编辑环境具有友好的人机交互界面，而且设计功能强大，使用方便，易于上手。Proteus ISIS 运行于 Windows 98/2000/XP 环境，对 PC 的配置要求不高，一般的配置就能满足要求。在计算机中安装好 Proteus 后，启动 Proteus ISIS（图标为 图），首先出现 ISIS 界面，如图 2-22 所示。接着进入 ISIS 窗口，如图 2-23 所示。

图 2-22　ISIS 界面

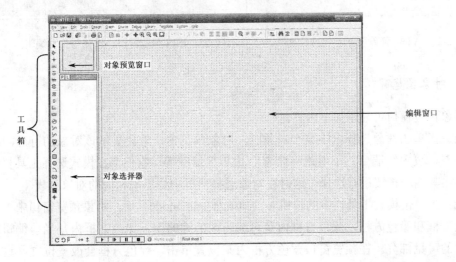

图 2-23　ISIS 窗口

下面简单介绍 ISIS 窗口内的各项功能。

1. 菜单栏

菜单栏共有 12 项，每项都有下一级菜单。例如单击菜单"View"，则展开下一级菜单，如图 2-24 所示。使用者可以根据需要选择该级菜单中的选项。从该级菜单中可以看出许多常用操作在工具栏中有相应的按钮，如 ▣（Redraw 刷新）、▦（Grid 格点）等。其中不少命令的右方还标有该命令的快捷键。例如，刷新命令快捷键为"R"，单击键盘上的"R"键，即可实现刷新功能。要放大或缩小观察设计图，可分别按快捷键 F6 或 F7 来实现，方便快捷。

2. 编辑区

在编辑区中可以编辑原理图、设计电路、设计各种符号、设计元器件模型等。编辑区也是各种电路、单片机系统的 Proteus 仿真平台。窗口中蓝色方框（用户可自定义大小）内为可编辑区，电路设计要在此框内完成，如图 2-25 所示。此窗口没有滚动条，可单击对象预览窗口来改变可视的电路图区域。

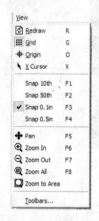

图 2-24　View 菜单展开

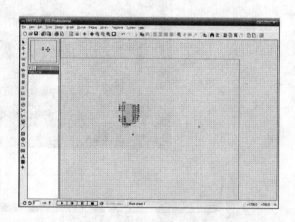

图 2-25　ISIS 预览窗口、设计与仿真编辑区

3. 对象预览窗口

对象预览窗口可显示如下内容。

（1）当单击对象选择框中某个对象时，对象预览窗口就会显示该对象的符号。对象有元器件 ⇥、页内终端 ◲、子电路终端 ▥、虚拟仪器 ▤ 等。它们都在模式选择工具栏中，可预先单击其相应按钮进行选择，这时在对象选择器框中会出现相应的对象列表。

（2）当单击模式工具栏中的按钮 ▶（Instant edit mode）后，对象预览窗口中一般会出现蓝色方框和绿色方框。蓝色方框内是可编辑区的缩略图，绿色方框内是当前编辑区中在屏幕上的可见部分。在预览窗口蓝色方框内某位置单击，绿色方框会改变位置，这时编辑区中的可视区域也作相应的改变、刷新。

4. 对象选择器

对象选择器用来选择元器件、终端、图表、信号发生器和虚拟仪器等。在某些状态下，对象选择器有一个 Pick 切换按钮，单击该按钮可以弹出 Pick Devices、 Pick Port 、Pick Terminals、Pick Pins 或 Pick Symbols 窗口。通过不同窗口，可以分别添加元器件端口、终端、引脚或符号到对象选择器中，以便在今后的绘图中使用。该选择器上方还带有一个条形标签，其内表明当前所处的模式及其下所列的对象类型，如图 2-26 所示。当前模式为元器件，对象选择器上方的标签为 DEVICES，其左上角有 P L 。其中"P"为对象选择按钮，"L"为库管理按钮，当处于模式时，单击"P"则可从库中选取元器件，并将所选元器件名一一列在此对象选择器框中。当前只选用一个元器件，元器件名为 74LS138。

图 2-26　当前所处的模式及
其下所列的对象类型

5. 工具栏分类及其工具按钮

工具栏分类及其工具按钮如表 2-1 所示。

表 2-1　工具栏分类及其工具按钮

工具栏	命令工具栏	文件操作	🗋 🖿 🖫 🔳 🔳 🔳 🔳
		显示命令	🔳 🔳 ✛ ✛ 🔍 🔍 🔍 🔳
		编辑操作	↺ ↻ ✂ 🔳 🔳 🔳 🔳 🔳 🔳 🔳 🔳 🔳
		设计操作	🔳 🔳 🔳 🔳 🔳 🔳 🔳 🔳 🔳 🔳
	模式选择工具栏	主模式选择	🔳 🔳 🔳 🔳 ✛ ⇏ ▶
		小工具箱	🔳 🔳 🔳 🔳 〰 〰 🔳
		2D 绘图	╱ ▇ ● ◠ ◠ A🔳 ✛
	方向工具栏	转向	↻ ↺ 🔳 ↔ ↕
	仿真工具栏	仿真运行控制	▶ ▐▶ ▐▐ ▇

1）文件操作按钮

🗋 新建：在默认的模板上新建一个设计文件；

🖿 打开：装载一个新设计文件；

🖫 保存：保存当前设计；

🔳 导入：将一个局部文件导入 ISIS 中；

🔳 导出：将当前选中的对象导出为一个局部文件；

🔳 打印：打印当前设计；

🔳 区域：打印选中的区域。

2）显示命令按钮

　　　：显示刷新；

　　　：显示/不显示网格点切换；

　　　：显示/不显示手动原点；

　　　：以鼠标所在点的中心进行显示；

　　　：放大；

　　　：缩小；

　　　：查看整张图；

　　　：查看局部图。

3）编辑操作按钮

　　　：撤销最后的操作；

　　　：恢复最后的操作；

　　　：剪切选中对象；

　　　：复制到剪贴板；

　　　：从剪贴板粘贴；

　　　：复制选中的块对象；

　　　：移动选中的块对象；

　　　：旋转选中的块对象；

　　　：删除选中的块对象；

　　　：选取元器件，从元件库中选取各种各样的元件；

　　　：做元器件，把原理图符号封装成元件；

　　　：PCB 包装元器件，对选中的元件定义 PCB 包装；

　　　：把选中的元件打散成原始的组件。

4）设计操作按钮

　　　：自动布线；

　　　：查找并选中；

　　　：属性标注工具；

　　　：设计浏览器；

　　　：新建绘图页；

　　　：删除当前页；

　　　：返回父设计页；

　　　：材料清单；

　　　：电气检查；

　　　：导出网表，并进入 PCB 布图区。

5）主模式选择按钮

　　要进行哪一类型操作，首先要进入相应的模式，默认模式是　，即选择元器件。若要画总线，单击　，这时在编辑窗口中画出的线为总线，若要再画非总线的导线，单击　即可。

：画子电路；

：画总线；

：放置文本；

：放置电线标签；

：放置连接点

：选择元器件（默认选择）；

：即时编辑模式。

6）小工具箱按钮

：终端，有 VCC、地、输出、输入等各种终端；

：元器件引脚，用于绘制各种引脚；

：仿真图表，用于各种分析；

：录音机

：信号发生器；

：电压探针，图表仿真分析用；

：电流探针，图表仿真分析用；

：虚拟仪表，有示波器等。

7）2D 绘图按钮

：画各种直线；

：画各种方框；

：画各种圆；

：画各种圆弧；

：画各种多边形；

A：画各种文本；

：画符号；

：画原点。

8）转向按钮

旋转：　旋转角度只能是 90°的整数倍。直接单击旋转按钮，则以 90°为递增量旋转。

翻转：　完成水平翻转和垂直翻转。

使用方法：在放置元件前，单击相应的旋转按钮可以在预览窗口中看到转向的结果，在放置元件后，在编辑区中右键单击需要转向的元件，在弹出的快捷菜单中选择相应的按钮即可。在进行多个元件的旋转时用块操作来实现。

9）仿真运行控制按钮

仿真控制按钮，从左到右依次运行、单步运行、暂停、停止。

6. **坐标显示**

当前鼠标指针坐标的位置以英制显示在屏幕的右下角。

2.4.2　Proteus 文件操作

1. 建立和保存文件

通过执行菜单命令或工具按钮□、☞、🖫来建立、打开、保存设计文件。如执行"File-New Design"菜单项，则弹出如图 2-27 所示的新建设计对话框。对话框中有多种供选择的模板，单击要选的模板的图标，再单击"OK"按钮，则以该模板建立一个新的空白文件。

系统默认模板为 DEFAULT 模板，也可单击工具栏中的按钮□新建一个设计文件，以此新建的设计文件模板为 DEFAULT 模板。

若要保存设计文件，执行"File-Save Design"菜单项，弹出如图 2-28 所示的"Save ISIS Design File"对话框。在文件名框中输入文件名后单击"保存"按钮，则完成设计文件的保存。若设计文件已命名，只需单击工具按钮🖫即可。

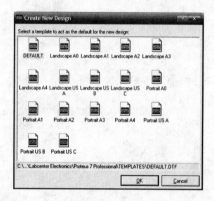

图 2-27　创建新设计文件

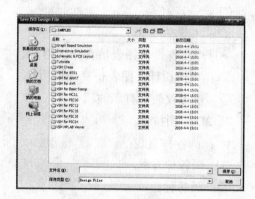

图 2-28　保存 ISIS 设计文件

2. 打开已保存文件

执行"File-Open Design"菜单项或单击工具按钮☞，弹出"Load ISIS Design File"对话框，如图 2-29 所示。在"查找范围"下拉列表框中选择目标查找路径，单击列表框中对应的设计选项，然后单击"打开"按钮即可打开相应的设计文件。

图 2-29　打开已有设计文件

3. Proteus 文件类型

Proteus 中主要有以下文件类型：

（1）设计文件（*.DSN）：包含一个电路所有的信息。

（2）备份文件（*.DBK）：保存覆盖现有的设计文件时会发生备份。

（3）局部文件（*.SEC）：设计图的一部分，可输出为一个局部文件，以后可以导入其他的图中。在文件菜单中可以导入（Import）、导出（Export）命令来操作。

（4）模型文件（*.MOD）。

（5）库文件（*.LIB）：元器件和库。

（6）网表文件（*.SDF）：当输出到 PROSPICE and ARES 时产生的网表文件，扩展名为.SDF。

Proteus VSM 仿真系统还有其他的文件类型，具体内容请查看 VSM 手册。

2.5   Proteus 库

2.5.1 Proteus 库分类

Proteus 系统中有符号库和约 30 个元器件库，数千种元器件。元器件涉及电阻、电容、二极管、三极管、变压器、继电器、各种放大器、各种激励源、各种微控制器、各种门电路和各种终端等。Proteus 系统提供的仪表有交直流电压表、交直流电流表、逻辑分析仪、定时/计时器和信号发生器等。

元器件库如图 2-30 所示。元器件库为用户取用元器件、查找元器件提供了很大的方便。

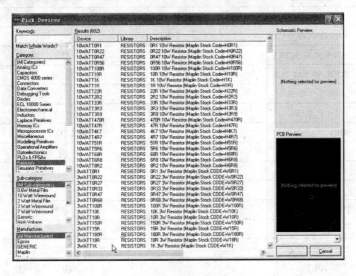

图 2-30   元器件列表

图 2-30 中 Pick Devices 窗口所列的是 Proteus 库列表。每个库又有许多模型，可见 Proteus

库相当丰富。有时系统所提供的库中没有所需的元器件，可以通过加载第三方库的方法来解决这个问题。具体方法是把第三方元件库下的.Lib 文件复制到 Proteus 安装目录下 LIBRARY 文件夹里，这样就可以在 Proteus 库管理器中看到该库文件。执行"Library- Library Manager"菜单项，即可打开元器件库管理器对话框。

Proteus 库所提供的常用元器件如表 2-2 所示。

表 2-2 Proteus 常用器件中英文对照表

英 文 名	中 文 名
AND	与门
ANTENNA	天线
BATTERY	直流电源
BELL	铃，钟
BVC	同轴电缆接插件
BRIDEG 1	整流桥（二极管）
BRIDEG 2	整流桥（集成块）
BUFFER	缓冲器
BUZZER	蜂鸣器
CAP	电容
CAPACITOR	电容
CAPACITOR POL	有极性电容
CAPVAR	可调电容
CIRCUIT BREAKER	熔断丝
COAX	同轴电缆
CON	插口
CRYSTAL	晶体整荡器
DB	并行插口
DIODE	二极管
DIODE SCHOTTKY	稳压二极管
DIODE VARACTOR	变容二极管
DPY_3-SEG	3 段 LED
DPY_7-SEG	7 段 LED
DPY_7-SEG_DP	7 段 LED（带小数点）
ELECTRO	电解电容
FUSE	熔断器
INDUCTOR	电感
INDUCTOR IRON	带铁芯电感
INDUCTOR3	可调电感
JFET N	N 沟道场效应管
JFET P	P 沟道场效应管
LAMP	灯泡

续表

英　文　名	中　文　名
LAMP NEDN	启辉器
LED	发光二极管
METER	仪表
MICROPHONE	麦克风
MOSFET	MOS 管
MOTOR AC	交流电动机
MOTOR SERVO	伺服电动机
NAND	与非门
NOR	或非门
NOT	非门
NPN NPN	三极管
NPN-PHOTO	感光三极管
OPAMP	运放
OR	或门
PHOTO	感光二极管
PNP	三极管
NPN DAR	NPN 三极管
PNP DAR	PNP 三极管
POT	滑线变阻器
PELAY-DPDT	双刀双掷继电器
RES1.2	电阻
RES3.4	可变电阻
RESISTOR BRIDGE	桥式电阻
RESPACK	电阻
SCR	晶闸管
PLUG	插头
PLUG AC FEMALE	三相交流插头
SOCKET	插座
SOURCE CURRENT	电流源
SOURCE VOLTAGE	电压源
SPEAKER	扬声器
SW	开关
SW-DPDY	双刀双掷开关

英　文　名	中　文　名
SW-SPST	单刀单掷开关
SW-PB	按钮
THERMISTOR	电热调节器
TRANS1	变压器
TRANS2	可调变压器
TRIAC	三端双向可控硅
TRIODE	三极真空管
VARISTOR	变阻器
ZENER	齐纳二极管
DPY_7-SEG_DP	数码管
SW-PB	开关

2.5.2　部分模型举例

（1）部分单片机模型，如图 2-31 所示。

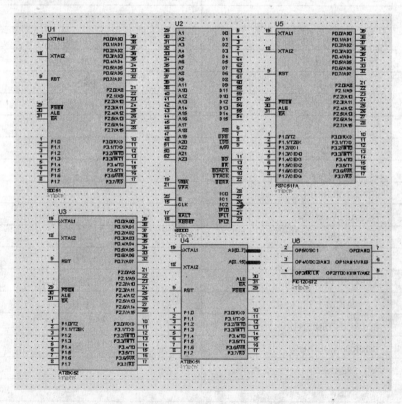

图 2-31　部分单片机模型

（2）部分动态开关模型，如图 2-32 所示。

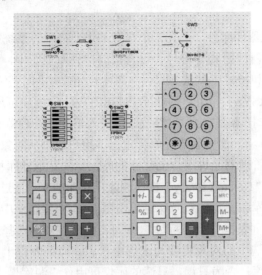

图 2-32　部分动态开关模型

（3）部分动态显示器模型，如图 2-33 所示。

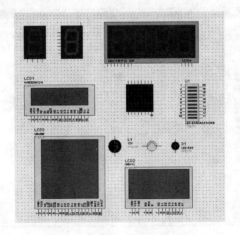

图 2-33　部分动态显示器模型

（4）其他的部分器件模型，如图 2-34 所示。

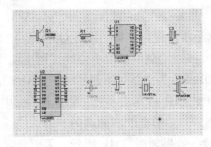

图 2-34　其他部分器件模型

2.5.3　库规则

　　Proteus 除了提供元器件库外，还有一个存有 124 个符号的系统符号库（SYSTEM），其中有终端、模块端口、器件引脚等符号，可直接放置到原理图中，也可用来建自己的元器件模型。系统的器件库和符号库默认为只读。系统已定义了两个空的可读/写的用户库，分别是用户符号库（USERSYS）和用户器件库（USERDVC）。用户可通过库管理器建立新库。单击 ISIS 窗口的对象选择器上方的"L"按钮，进入器件库管理器窗口"Devices Libraries Manager"，如图 2-35 所示。使用元器件库管理器，用户可以从对象库中复制、移动或删除对象。同时，元器件库管理器允许用户创建新的库，单击其中建库按钮"Create Library"，可建立自己的库。单击"Delete Library"按钮删除已存在的库。通过元器件库管理器，用户可直接操作元器件封装库和元器件符号库。单击图 2-35 中两个库中任意一个列表框，则该列表框为源库，而另一列表框变为目标库。库列表框允许多次选择对象；单击对象，表示选中对象，再次单击，选中的对象将变为未选中状态。库列表框上方文字表征各个列表框的属性，表明所指定的库是否为只读。只读的库仅可用作"源库"。若选择只读库作为"目标库"，则不可对库进行复制和移动等操作。库列表框下方显示相应目录下对象的数量及库索引中保留项目的数量。两个列表框中间的黑色箭头表示复制和移动操作的方向。

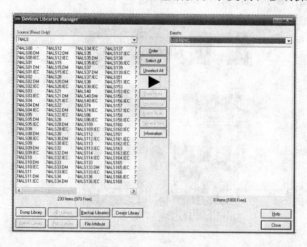

图 2-35　器件库管理器窗口

　　例如，在用户自己的库中建立一个元器件 74LS373.BUS。方法一是利用已有的元器件 74LS373 对其进行修改。第一步添加 74LS373，选中 74LS373，再单击工具栏中的 ➹ 按钮，出现如图 2-36 所示的可编辑元器件窗口。第二步将 Q0 至 Q7，D0 至 D7 的引脚删掉，效果如图 2-37 所示。第三步用 ⬦ 按钮绘制引脚，单击此按钮出现如图 2-38 所示的画面，其中"DEFAULT"为普通引脚，"BUS"为总线。第四步单击"BUS"，在 74LS373 矩形框的左侧画一条总线，在画好的总线上先右击后左击，在出现的对话框中输入下面的数据，如图 2-39 所示。用同样的方法在 74LS373 矩形框的右侧画另一条总线，在出现的对话框中输入下面的数据，如图 2-40 所示。最终效果如图 2-41 所示。第五步，用右键拖选整个元件，执行"Library-Make Device"，出现如图 2-42 所示对话框，将 74LS373 改为 74LS373. BUS，其他不变，单击"Next"按钮，出现如图 2-43 所示对话框，继续单击"Next"按钮，出现如图 2-44 所示对话框，继续单击"Next"按钮，出现如图 2-45 所示对话框，继续单击"Next"按钮，出现如图 2-46 所示对话框，单击第一行后面的"New"按钮，在空白处输入 74LS BUS，如图 2-47 所示，单击"OK"按钮即可完成，效果如图 2-48 所示。

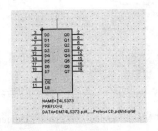

图 2-36　可编辑元器件窗口

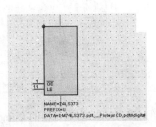

图 2-37　删除部分引脚后的效果

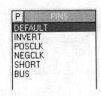

图 2-38　引脚选择

图 2-39　修改矩形框左侧总线弹出的对话框

图 2-40　修改矩形框右侧总线弹出的对话框

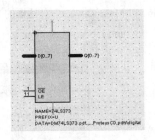

图 2-41　最终效果图

图 2-42　"Make Device"对话框 Device Properties 页

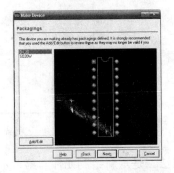

图 2-43　"Make Device"对话框 Packagings 页

图 2-44　"Make Device"对话框的 Component
Properties & Definitions 页

图 2-45　"Make Device"对话框的 Device
Data Sheet & Help File 页

图 2-46　"Make Device"对话框的 Indexing
and Library Selection 页

图 2-47　在 New Category 输入 74LS BUS

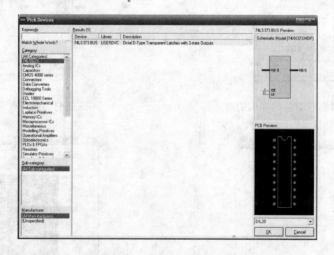

图 2-48　创建完后的效果图

　　方法二是重新绘制元件。第一步用 2D 绘图按钮中的 ■ 绘制元件外形，如图 2-49 所示。
第二步用 ⊥ 按钮绘制引脚，其中"DEFAULT"为普通引脚，"BUS"为总线，绘制完成的引脚如图 2-50 所示。第三步修改引脚属性。这里，引脚 1 为 GND，PIN10；2 为 D[0..7]；3 为 OE，PIN1；4 为 LE，PIN11；5 为 VCC，PIN20；6 为 Q[0..7]。先右键单击后左键单击 1，在出现的对话框中输入下面数据（5 是类似的）。GND、VCC 需要隐藏，故 Draw body 不选，如图 2-51 所示。先右键单击后左键单击 2，在出现的对话框中输入下面数据，如图 2-52 所示（6 是类似的）。先右键单击后左键单击 3，在出现的对话框中输入下面数据，如图 2-53 所示（4 是类似的）。修改引脚属性后的效果如图 2-54 所示。第四步，添加中心点。用 ✛ 按钮绘制中心点，选择 "View-Origin"，中心点的位置可任意放，如图 2-55 所示。第五步，封装入库。先用右键选择整个元件，然后，选择菜单 Library-Make Device，出现下面对话框，并输入下面内容，如图 2-56 所示，单击 "Next" 按钮，选择 PCB 封装，可继续单击 "Next"按钮，设置元件的参数，如图 2-57 所示。这里需要添加两个属性{ITFMOD=TTLLS}，{MODFILE=74××373.MDF}，单击 "New" 按钮，弹出图 2-58，单击 ITFMOD，在出现的对话框中的 "Default Value" 项输入 TTLLS，如图 2-59 所示。再次单击 "New" 按钮，在弹出的对话框中单击 "MODFILE"，在出现的对话框中的 "Default Value" 项输入 74×× 373.MDF，如图 2-60 所示。单击 "Next" 按钮，出现如图 2-61 所示的对话框，继续单击 "Next" 按钮，选择元件存放位置，默认放在 USERDVC 中，左边是选择类别，最后自己新建一个存放位置，如 mylib，如图 2-62 所示。单击 "OK" 按钮即可完成元件修改，这时，可用库管理器管理自己的元件。

图 2-49　用绘图按钮绘制的矩形框图

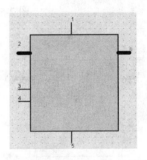

图 2-50　绘制的元件外形图

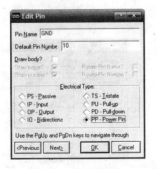

图 2-51　修改 1 号和 5 号引脚的属性

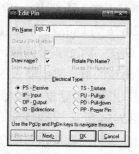

图 2-52　修改 2 号和 6 号引脚的属性

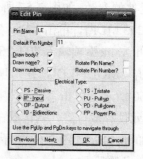

图 2-53　修改 3 号和 4 号引脚的属性

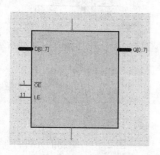

图 2-54　修改引脚后的效果图

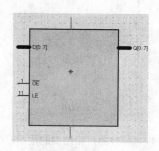

图 2-55　放置中心点

图 2-56　打开封装元件库对话框

图 2-57　添加元件属性对话框

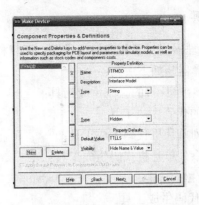

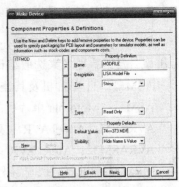

图 2-58　单击"New"按钮　　　　　图 2-59　输入 ITFMOD　　　　　图 2-60　输入 MODFILE
　　　　弹出的快捷菜单　　　　　　　　　　项参数　　　　　　　　　　　　项参数

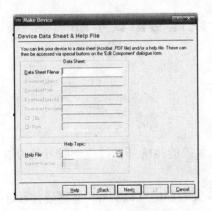

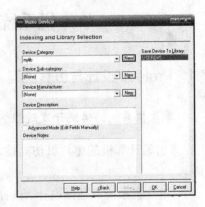

图 2-61　"Make Device"对话框的 Device　　　　图 2-62　新建一个存放元件
　　　　Data Sheet & Help File 页　　　　　　　　　　　的位置（如"mylib"）

2.6　VSM 源程序编辑器和代码生成工具

1. VSM 源程序编辑器

VSM（Virtual System Modelling）提供了简单
的文本编辑器 SRCEDIT，它是记事本的修改版。
Proteus 用它作为源程序的编辑环境，可在该编辑
器中按单片机语言系统规则编写源程序，如图
2-63 所示。其中的菜单、命令按钮与一般"窗口"
的菜单、按钮及其功能基本一样。

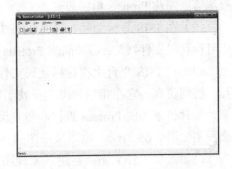

图 2-63　VSM 源程序文本编辑器

2. VSM 目标代码生成工具

VSM 对于不同系列的微处理器提供了相应的编译器，即目标代码生成工具，可根据单片机型号及语言要求来选取编译器，如下所列：

ASM51：51 单片机及其兼容单片机的代码生成工具；

ASM11：Motorola 单片机的代码生成工具；

AVRASM：Atmel AVR 系列单片机代码生成工具；

AVRASM32：Atmel AVR 系列单片机代码生成工具；

MPASM：PIC 单片机代码生成工具；

MPASMWIN：PIC 单片机代码生成工具。

2.7　单片机系统的 Proteus 设计与仿真基础

2.7.1　Proteus 设计与仿真流程

1. 单片机系统的传统开发过程

在未出现计算机的单片机仿真技术之前，单片机系统的传统开发过程一般可分为以下三步。

（1）单片机系统原理图设计、选择元器件接插件、安装和电气检测等（简称硬件设计）。

（2）单片机系统程序设计、汇编编译、调试和编程等。（简称软件设计）。

（3）单片机系统实际运行、监测、在线调试，直至完成。（简称单片机系统综合调试）。

2. 单片机系统的 Proteus 设计与仿真的开发过程

Proteus 强大的单片机系统设计与仿真功能，使它可成为单片机系统应用开发和改进的手段之一，全部过程都是在计算机上通过 Proteus 来完成的，其过程一般也可分为以下三步。

（1）在 ISIS 平台上进行单片机系统电路设计、选择元器件、接插件、连接电路和电气检测等（简称 Proteus 电路设计）。

（2）在 ISIS 平台上进行单片机系统程序设计、编辑、汇编编译、代码级调试，最后生成目标代码文件（*.hex）（简称 Proteus 源程序设计和生成目标代码文件）。

（3）在 ISIS 平台上将目标代码文件加载到单片机系统中，并实现单片机系统的实时交互、协同仿真。它在相当程度上反映了实际单片机系统的运行情况（简称 Proteus 仿真）。

单片机系统的 Proteus 设计与仿真流程图如图 2-64 所示，而其中的 Proteus 电路设计的流程图如图 2-65 所示。电路原理图的具体设计步骤如下。

（1）新建设计文档。在进入原理图设计之前，首先要构思好原理图，即必须知道所设计的项目需要哪些电路来完成，用何种模板；然后 Proteus ISIS 在编辑环境中画出电路原理图。

（2）设置工作环境。根据实际电路的复杂程度来设置图纸的大小及注释的风格等。在电路图设计的整个过程中，图纸的大小可以不断调整。

（3）放置元器件。根据需要从元器件库中添加相应的类；然后从添加元器件对话框中选取需要添加的元器件，将其布置到图纸的合适位置，并对元器件的名称标注进行设定；再根据元器件之间的走线等联系对元器件在工作平面上的位置进行调整和修改，使得原理图美观、易懂。

（4）对原理图进行布线。根据实际电路的需要，利用 Proteus ISIS 编辑环境所提供的各种工具指令进行布线，将工作平面上的元器件用导线连接起来，构成一幅完整的电路原理图。

（5）建立网络表。在完成上述步骤之后，即可看到一张完整的电路图，但要完成电路板的设计，还需要生成一个网络表文件。网络表是电路板与电路原理图之间的纽带。

（6）电气规则检查。当完成原理图布线后，利用 Proteus ISIS 编辑环境所提供的电气规则检查命令对设计进行检查，并根据系统提供的错误检查报告修改原理图。

（7）调整。如果原理图已通过电气规则检测，那么原理图的设计就完成了。

（8）存盘和输出报表。Proteus ISIS 提供了多种报表输出格式，同时可以对设计好的原理图和报表进行存盘和输出打印。

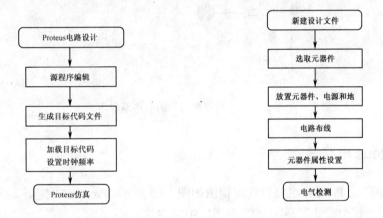

图 2-64　Proteus 设计与仿真流程　　　　图 2-65　Proteus 电路设计流程

3. AT89C51 单片机简单系统的 Proteus 设计与仿真

为了更快掌握单片机 Proteus 设计与仿真操作，下面举一个简单的实例，用 Proteus 设计一个 AT89C51 单片机简单系统并实时交互仿真，该系统用按键通过单片机控制 LED 发光管发光（简称简单实例）。设计要求：P1.0、P1.1 作普通输入口使用，不断读取 P1.0、P1.1 口的值，当检测到 P1.0 引脚有一低电平脉冲时（即键盘输入）点亮单片机上的 3 个 LED 发光二极管 D1～D3；当检测到 P1.1 引脚有一低电平脉冲时，熄灭 D1～D3。设 LED 发光管的初始状态为亮。

该"简单实例"的电路原理图如图 2-66 所示。

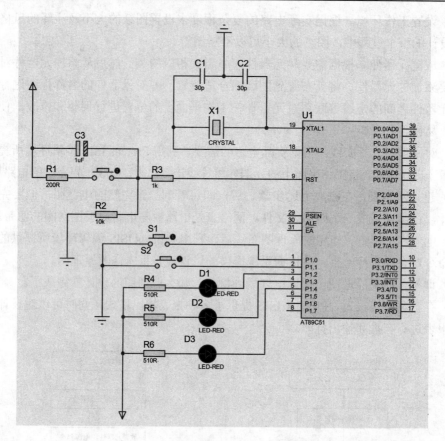

图 2-66　"简单实例"的电路原理图

2.7.2　Proteus 电路设计

"简单实例"的 Proteus 电路设计流程图如图 2-65 所示，Proteus 根据图 2-66 所示的原理图设计其电路，整个设计都是在 ISIS 编辑区中完成的。

1. 鼠标操作特点

放置对象：单击鼠标左键，放置元器件、连线。

选中对象：单击鼠标左键或右键都可以选中对象，此时选中的操作对象以高亮红色（默认色）显示，单击右键除选中对象外，还会弹出一个快捷菜单。

删除对象：双击鼠标右键，删除元器件、连线等。

块选择：按住鼠标右键或左键都会拖出一个方框，选中方框中的多个元器件及其连线。

编辑对象：双击鼠标左键或单击鼠标右键，在弹出的快捷菜单中选择"Edit Properties"，可以编辑元器件的属性。

移动对象：先单击右键选中对象，按住鼠标左键移动，拖动元器件、连线。

缩放对象：按住鼠标中键滚动，以鼠标停留点为中心，缩放电路。

2. 新建设计文件

单击菜单中的 "file-New Design"，出现选择模板窗口，其中横向图纸为 Landscape，纵向图纸为 Portrait，DEFAULT 为默认模板。选中模板 "DEFAULT"，再单击 "OK" 按钮，则选定了模板 "DEFAULT"。单击 ■ 按钮，弹出 "Save ISIS Design File" 对话框。在文件名框中输入 LED（"简单实例" 的文件名）后，再单击 "保存" 按钮，完成新建设计文件操作，其后缀自动为.DSN，即 LED.DSN。

当启动 Proteus 进入 ISIS 系统后，自动出现一个空白设计，模板默认为 "DEFAULT"，它的文件名在窗口顶端的标题栏，为未命名 "Untitled"。可单击按钮 ■，对新建设计文件命名。

3. 设定图纸大小

当前的用户图纸大小默认为 A4：长×宽为 10in×7in。若要改变图纸大小，单击菜单中的 "System –Set Sheet Size"，弹出如图 2-67 所示的窗口，在窗口可以选择 A0～A4 其中之一，也可以自己设置图纸大小，选中 "User" 右边的复选框，再按需要更改右边的长和宽的数据。本例图纸大小采用默认 A4。

图 2-67 图纸大小设置窗口

4. 选取元器件并添加到对象选择器中

"简单实例" 采用的元器件如表 2-3 所示。

表 2-3 简单实例元器件列表

单片机 AT89C51	发光二极管 LED-RED	瓷片电容 CAP	电解电容 CAP-ELEC
电阻 RES	上拉电阻 PULLUP	晶振 CRYSTAL	按钮 BUTTON

添加元器件的方法有两种：第一种是在关键字区域输入要添加的元器件名称。以添加 "简单实例" 中的 "AT89C51" 为例。单击图 2-68 中的 "P" 按钮，弹出如图 2-69 所示的选取元器件对话框。在其左上角 "Keywords"（关键字）一栏中输入元器件名称 "AT89C51"，则出现与关键字匹配的元器件列表。选中并双击 AT89C51，加入到 ISIS 对象选择器中。元

图 2-68 单击 "P" 按钮

器件列表区域列出所有与关键字相匹配的元器件，并在类列表中列出元器件所属的类。当选择不同的类、子类时，对应的元器件列表区域将列出对应类别的元器件。按此操作方法完成其他元器件的选取。其他元器件的关键字相应为 "CAP"、"CAP-ELEC"、RES、PULLUP、CRYSTAL、BUTTON 等。被选取的元器件都加入到 ISIS 对象选择器中，如图 2-70 所示。

上述的选取方法称 "关键字查找法"。关键字可以是对象的名称（全名或其部分）、描述、分类、子类，甚至是对象的属性值。若搜索结果相匹配的元器件太多，可以通过限定分类、子类来缩小搜索范围，再做取舍，如要找 "33K" 电阻，以 "33K" 为关键字查找，再在列表中进一步地选择，如图 2-71 所示。

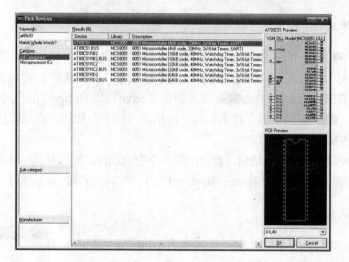

图 2-69　元器件列表

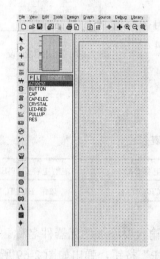

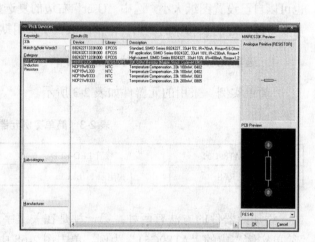

图 2-70　选取元器件均加入到 ISIS 对象选择器中　　　　图 2-71　选取元器件窗口

　　第二种方法是在元器件类列表中选择元器件所属类，然后在子类列表中选择所属子类。同时，当对元器件的制造商有要求时，在制造商区域选择期望的厂商，即可在元器件列表区域得到相应的元器件。这种方法称为 "分类查找法"，以元器件所属大类、子类，甚至生产厂家为条件一级一级地缩小范围进行查找。在具体操作时，常将这两种方法结合使用。

5. 网格单位

Snap 10th	F1
Snap 50th	F2
✓ Snap 0.1in	F3
Snap 0.5in	F4

图 2-72　网格单位选择

　　如图 2-72 所示，默认的网格单位是 0.1in，这也是移动元器件的步长单位，可根据需要改变这一单位。单击菜单 "View（查看）"，再单击所要的网格单位即可。如图 2-72 所示，选择左侧复选框，也可按快捷键 F2 或 F3 或 F4 或 Ctrl+F1 设置相应的网格单位。

6. 放置、移动、旋转元器件

单击 ISIS 对象选择器中的元器件名，蓝色条出现在该元器件名上。把鼠标指针（以下简称指针）移到编辑区某位置后，单击左键就可放置元器件于该位置，再单击左键一次即可将元器件位置固定于此位置。每重复以上动作一次，就放一个元器件。要移动元器件，先右击使元器件处于选中状态（高亮度状态），再按住鼠标左键拖动，元器件就跟随指针移动，如图 2-73 所示，到达目的地后，松开鼠标即可。要调整元器件方向，先将指针指在元器件上右击选中，在弹出的快捷键中选择相应的转向按钮。若多个对象一起移动或转向，选相应的块操作命令。也可以在放置元器件前调整元器件的方向，此时需要在对对象选择器中找到该元器件，按后单击 C Ɔ 中相应的按钮即可。

通过放置、移动、旋转器件操作，可将各元器件放置在 ISIS 编辑区中的合适位置，如图 2-74 所示。

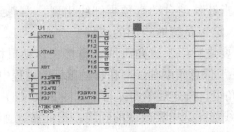

图 2-73　移动元器件

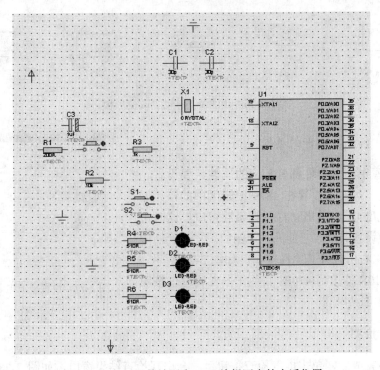

图 2-74　各元器件放置在 ISIS 编辑区中的合适位置

7. 放置电源、地（终端）

图 2-75　终端符号

　　放置 POWER（电源）操作：单击模式选择工具栏的终端按钮 ，在 ISIS 对象选择器中单击 POWER（电源），如图 2-75 所示。再在编辑区要放置电源的位置单击完成。放置 GROUND（地）的操作类似。

8. 电路图布线

　　系统默认自动布线 有效。相继单击元器件引脚间、线间等要连线的两处，会自动生成连线。

　　（1）自动布线：在前一指针着落点和当前点之间会自动预画线，它可以是带直角的线，如图 2-76（a）所示。在引脚末端选定第一个画线点后会出现一个红色的小方框，如图 2-76（b）所示，随指针移动自动有预画细线出现，当遇到障碍时，会自动绕开障碍，如图 2-76（c）所示。这正是智能绘图的表现。

　　（2）手工调整线形：要进行手工直角画线，直接在移动鼠标的过程中单击即可，如图 2-76（d）所示。若要手工任意角度画线，在移动鼠标的过程中按住 Ctrl 键，移动指针，预画线自动随指针呈任意角度，确定后单击即可，如图 2-76（e）所示。

　　（3）移动画线、改变线形：选中要改变的画线，指针靠近画线，画线变成红色虚线标志，按下右键，在弹出的快捷菜单中出现一个十字交叉的双箭头，此时拖动双箭头，就可以改变线的形状。

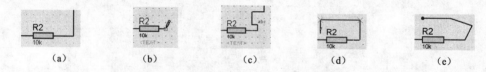

　　（a）　　　　　（b）　　　　　（c）　　　　　（d）　　　　　（e）

图 2-76　画线及其移动、改变形状

9. 设置、修改元器件的属性

　　Proteus 库中的元器件都有相应的属性，要设置、修改它的属性，可右击放置在 ISIS 编辑区中的该元器件（显示高亮度），再单击它打开其属性窗口，这时可在属性窗口中设置、修改它的属性。例如，发光管的限流电阻 R4，先右击打开其属性窗口，如图 2-77 所示，再将电阻值 510R 修改为 470R，其他元器件属性值按照此方法修改即可。

图 2-77　设置限流电阻值为 470R

10. 电气检测

　　设计电路完成后，单击电气检查按钮 ，会出现检查结果窗口，如图 2-78 所示。窗口前面是一些文本信息，接着是电气检查结果列表，若有错，会有详细的说明。当然，也可通过菜单操作"Tools→Electrical Rule Check…"，完成电气检测。

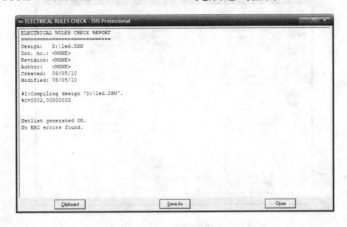

图 2-78　电气检测窗口

2.7.3　源程序设计

1. 添加源程序文件

单击 ISIS 菜单"Source"（源程序），弹出下拉菜单，如图 2-79 所示。单击"Add/Remove Source files…"（添加/移开源程序）选项，弹出如图 2-80 所示对话框，单击"Code Generation Tool"（目标代码生成工具）下方框中按钮▼，弹出下拉菜单，选择代码生成工具"ASEM51"（51 系列及其兼容系列汇编器）。若"Source Code Filename"（源程序文件名）下方框中没有期望的源程序文件，则单击"New"（新建）按钮，弹出如图 2-81 所示的对话框，在对话框的文件名框中输入新建程序文件名小灯亮.ASM（"简单实例"源程序名）后，单击"打开"按钮，会弹出图 2-82 中的对话框，单击"是"按钮，新建的源程序文件就添加到图 2-80 中的"Source Code Filename"下方框中，如图 2-83 所示。同时在菜单 Source 中也出现源程序文件小灯亮.ASM，如图 2-84 所示。

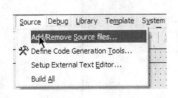

图 2-79　添加源程序菜单

图 2-80　"Add/Remove Source files."对话框

图 2-81　　"New Source file"对话框

图 2-82　"New Source file"确认对话框

图 2-83　添加源程序结果

图 2-84　Source 菜单

2. 编写编辑源程序

单击菜单"Source→小灯亮.ASM"，在图 2-85 的源程序编辑窗口中编辑源程序。编辑无误后，单击 🔲 按钮存盘，文件名就是小灯亮.ASM。

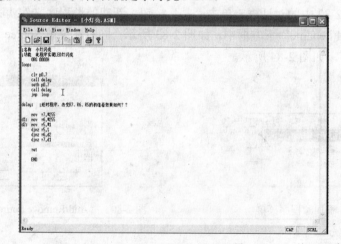

图 2-85　源程序编辑窗口

2.7.4　生成目标代码文件

1. 目标代码生成工具设置

如果首次使用某一编译器，则需设置代码产生工具，单击菜单"Source-Add/Remove Code Generation Tools"，如图 2-86 所示。

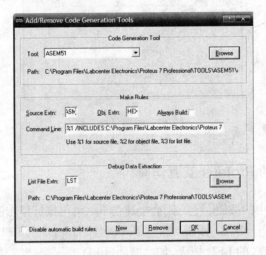

图 2-86　目标代码生成工具设置

其中，Code Generation Tool（代码产生工具）设置为 ASEM51；Make Rules（生成规则）中，Source Extn（源程序扩展名）设置为 ASM；Obj Extn（目标代码扩展名）设置为 HEX；Command Line（命令行）设置为%1；Debug Data Extraction（调试数据提取）中，List File Extn 设置为 LST。

2. 汇编编译源程序、生成目标代码文件

单击"Source –Build All"（全编译、汇编），编译结果在弹出的编译日志对话框中，无错则生成目标代码文件。对 ASEM51 系列及其兼容单片机而言，目标代码文件格式为*.HEX。这里生成的是"简单实例"目标代码文件"小灯亮.HEX"。若有错，则可根据编译日志提示来调试源程序，直至无错生成目标代码文件为止。

2.7.5　加载目标代码文件、设置时钟频率

右击选中 ISIS 编辑区中单片机 AT89C51，再单击打开其属性窗口，在其中的"Program File"右侧框中输入目标代码文件（目标代码与 DSN 文件在同一目录下，直接输入代码文件名即可，否则要写出完整的路径。或单击本栏打开按钮，选取目标文件），如图 2-87 所示。再在 Clock Frequency（时钟频率）栏中设置 12MHz，仿真系统则以 12 MHz 的时钟频率运行。因运行时钟频率以单片机属性设置中的时钟频率（Clock Frequency）为准，所以在编辑区设计以仿真为目标的 MCS-51 系列单片机系统电路时，可以略去单片机振荡电路。

另外，对 MCS-51 系列单片机而言，复位电路也可略去，EA 控制引脚也可悬空。但要注意，若要进行电路电气检测，不可略去。

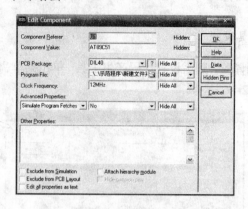

图 2-87　添加目标文件

2.7.6　单片机系统的 Proteus 交互仿真

直接单击仿真按钮中的按钮▶，则会全速仿真。可用鼠标单击图 2-88 中的 S1 和 S2 按钮，实现交互仿真。单击一次 S1 按钮，通过单片机使 D1～D3 的 LED 点亮，单击一次 S2 按钮，通过单片机使 D1～D3 的 LED 熄灭。如此循环，LED 亮灭交替。若单击停止仿真按钮■，则终止仿真。若进一步调试，可通过"Debug"菜单进行，有关内容在 2.7.7 介绍。

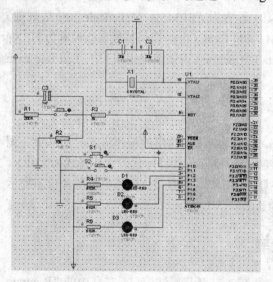 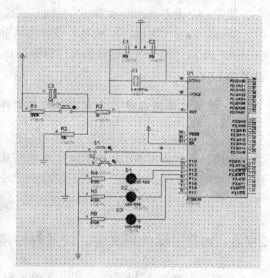

图 2-88　LED 亮/灭交替图

2.7.7　Proteus 7.1 与 Keil 8.0 的联调方法

对于 Proteus 6.9 以后的版本，在安装盘里或 LABCENTER 公司有 vdmagdi 插件，安装该插件即可实现与 Keil 的联调。

首先安装 vdmagdi 软件，然后再进行以下设置。

1. Keil 设置

在 Keil 软件上单击"工程菜单→为目标'目标 1'选择设备"选项或者单击工具栏的 按钮，弹出窗口，单击"调试"选项卡，出现如图 2-89 所示页面。

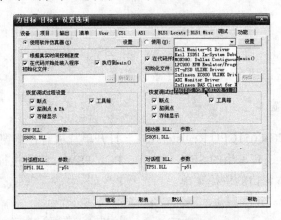

图 2-89　为目标'目标 1'设置选项对话框

在出现的对话框中，在右栏上部的下拉菜单里选中"PROTEUS VSM MONITOR-51DRIVER"。并且还要单击下"使用"前面的小圆点表明选中当前的设置。再单击"设置"按钮，设置通信接口，在"Host"后面添上"127.0.0.1"，如果使用的不是同一台计算机，则需要在这里添上另一台计算机的 IP 地址（另一台计算机也应安装 Proteus）。在"Port"后面添加"8000"。单击"OK"按钮即可。最后将工程编译，进入调试状态，并运行。

2. Proteus 的设置

进入 Proteus 的 ISIS，鼠标左键单击菜单"Debug"，选中"Use Romote Debuger Monitor"，如图 2-90 所示。此后，便可实现 Keil 与 Proteus 连接调试。

图 2-90　"Debug"菜单

2.8　单片机系统的 Proteus 源代码调试仿真

2.8.1　存储器窗口

从调试菜单中可看出还有以下 3 个存储器窗口。

1. 单片机寄存器窗口

通过菜单"DEBUG-8051CPU Registers-U1"打开单片机寄存器窗口，如图 2-91 所示。其中除有 R0～R7 外，还有常用的 SFR，如 SP、PC、PSW、将要执行的指令等。在本窗口内右击，弹出可设置本窗口的快捷菜单。

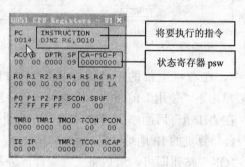

图 2-91　单片机寄存器窗口

2. 单片机 SFR 窗口

通过菜单"DEBUG-8051CPU SFR Memory-U1"打开单片机的 SFR，如图 2-92 所示。

3. 单片机 IDATA 窗口

通过菜单"DEBUG-8051CPU Internal（IDATA） Memory-U1"打开单片机的 IDATA 窗口，如图 2-92 所示。

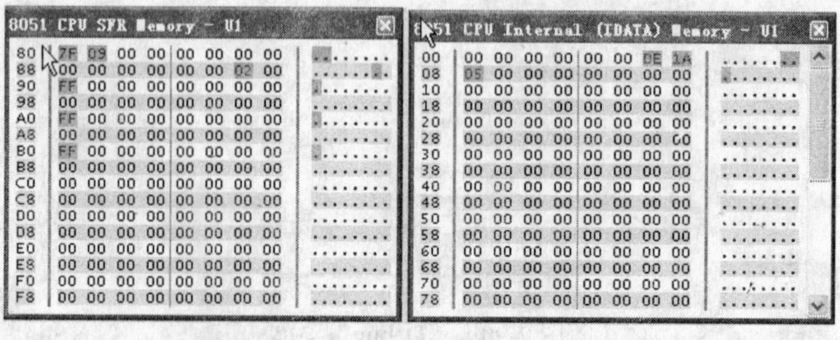

图 2-92　单片机的 SFR 和 IDATA 窗口

若要查看寄存器 P0、P1 的内容，既可从单片机寄存器窗口中查看，也可从 SFR 寄存器中查看。

在 SFR、IDATA 窗口中右击可弹出设置本窗口的快捷菜单，如图 2-93 所示。由此可用 Goto 命令方便地快速移动显示内容。还可设置存储单元内容的显示类型、显示格式，设置显示字体、颜色等。

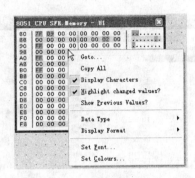

图 2-93　存储器窗口的快捷菜单

2.8.2　观察窗口应用

虽然通过调试菜单可以打开单片机的各个存储器窗口，来查看各存储单元的内容，但窗口较分散。它们同时出现在计算机的屏幕上，也太拥挤。而且这些窗口在连续仿真运行时不会显示，只在暂停时才显示。这不利于即时观察。Watch Window（观察窗口）可克服上述缺点，它与仿真电路一同实时显示，且其中的观察对象可以是单片机内 RAM 任一单元。通过菜单"Debug- Watch Window"打开空白的观察窗口，如图 2-94 所示。在观察窗口内右击，弹出其快捷菜单，如图 2-95 所示。由该菜单可添加、删除观察项，可设置观察项的数据类型，设置显示观察项的地址、变化前的值，设置观察窗口的字、颜色等。

图 2-94　观察窗口

图 2-95　观察窗口的快捷菜单

1. 添加观察项

（1）以观察项名称添加观察项

单击观察窗口快捷菜单中的"Add Items（By Name）"，弹出如图 2-96 所示的对话框，双击相应的 SFR 中的寄存器名称即可。

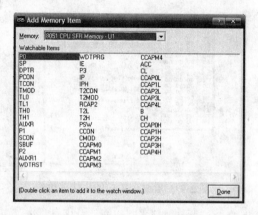

图 2-96　左双击 SFR 添加观察项名称

（2）以观察项的地址添加观察项

既可以添加单片机内 RAM 中的观察项，也可以添加 SFR 中的观察项，如图 2-97 所示。添加 IDATA（内 RAM）中地址为 0x67 单元、名称为 ADDR 的观察项，数据类型为字节 Byte，数据格式为十六进制，再单击窗口右下角的按钮"Add"添加。

以地址形式添加 IDATA 观察项时，其地址范围为 0x0000-0x00FF（十六进制）；以地址形式添加 SFR 观察项时，其地址范围为 80H-FFH。要注意，所采用的数制表达形式相一致。若用十六进制，如"0xFF"；若用二进制，如"0b11111111，它们都有自己的前缀。否则会出现如图 2-98 之类的警告。若用十进制形式直接输入，没有前缀、后缀。

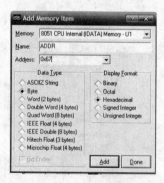

图 2-97　以地址添加观察项

图 2-98　警告对话框

2. 删除观察项

（1）在观察窗口单击相应的观察项，该项上出现光条，按键盘上的"Del"键即可删除该项。

（2）在观察窗口对某观察项右击，在弹出的快捷菜单中单击"Delete Item"即可。

3. 观察点条件设置

通过观察窗口不仅可以实时查看观察项的值，还可由此设置"观察点条件"触发断点，以满足某些特殊条件断点的要求。在观察窗口内右击，在弹出的快捷菜单中单击"Watchpoint Condition"，弹出观察点条件设置框，如图 2-99 所示。

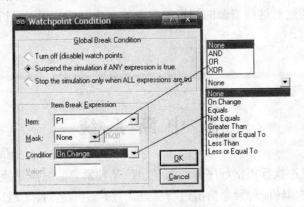

图 2-99　观察点条件设置对话框

观察点条件设置分两级：

（1）全局断点条件设置（Global Break Condition），如图 2-99 上半部分。

（2）观察项的断点表达式（Item Break Expression），如图 2-99 下半部分。其中 Item 为观察窗口中添加的观察项，可单击组合框按钮▼，在其下拉列表中选择要设置断点的观察项。各观察项的条件（Condition）及约束条件（MASK），如图 2-99 右边所示。当前"P1"观察项的断点条件为"改变时"（On Change）。

第3章 单片机内部资源及其 C 语言编程

单片机的内部资源主要有中断系统、定时器/计数器、并行 I/O 口以及串行口，单片机的大部分功能都是通过对这些资源的利用来实现的。本章将分别对其进行介绍，并给出 C 语言编程的应用实例。

3.1 中 断 系 统

中断是指计算机在执行正常程序时，系统出现某种紧急情况需要处理，此时 CPU 需要暂时中止现在的程序，转而对紧急情况进行处理。处理完毕之后，CPU 自动返回，重新执行刚才的程序。

3.1.1 中断系统介绍

8 位单片机中 51 系列单片机的中断系统功能较强，可以提供 5 个中断源（52 子系列是 6 个），具有两个中断优先级，可实现两级中断嵌套。

1. 基本概念

1）5 个中断源

外部中断源为：$\overline{INT0}$(P3.2)、$\overline{INT1}$(P3.3)；内部中断源为：定时器/计数器 0、1 溢出中断，串口中断（T、R）。使用定时器方式时溢出会产生中断，使用计数器方式时溢出也会引起中断。

2）中断允许

源允许中断和总允许中断，只有当二者同时"允许"（接通）时才可能产生中断（由中断允许寄存器 IE 控制）。

3）中断优先级

由中断优先级寄存器 IP 控制，可设置成高、低优先级。

4）查询硬件、中断源标识符、中断矢（向）量

查询哪些中断源申请了中断，排好中断响应的次序，设置相应的中断源标识符，向 CPU 申请中断。CPU 响应中断时从中断矢量单元中取出中断服务程序的入口地址，程序转向中断服务程序。

2. 中断允许寄存器 IE

中断允许寄存器既可按字节寻址，也可按位寻址，控制字如下所示。

IE.7	IE.6						IE.0
EA		ET2	ES	ET1	EX1	ET0	EX0

EA：中断总允许位。EA=0 时，关闭总开关，禁止一切中断；EA=1 时，接通总开关，才可能使各个中断源的请求传到 CPU。

IE.6：保留位。

ET2：定时器/计数器 2 溢出中断允许位。ET2=0 时禁止该类中断，ET2=1 时允许该类中断。

ES：串行口收、发中断允许位。为 0 时禁止该类中断，为 1 时允许该类中断。

ET1：定时器/计数器 1 溢出中断允许位。为 0 时禁止该类中断，为 1 时允许该类中断。

EX1：外部中断 1（$\overline{INT1}$ 或 P3.3）允许位。为 0 时禁止中断，为 1 时允许中断。

ET0：定时器/计数器 0 溢出中断允许位。为 0 时禁止该类中断，为 1 时允许该类中断。

EX0：外部中断 0（$\overline{INT0}$ 或 P3.2）允许位。为 0 时禁止中断，为 1 时允许中断。

需要注意的是，要使某个中断源的中断申请得到响应，必须保证 EA=1 和相应的允许位为 1。例如，要使串行口与外部中断 0 的中断申请得到响应，必须保证 EA、ES、EX0 为 1。

3. 中断优先级寄存器 IP

中断优先级寄存器只能按字节寻址，如下所示。

D7	D6	D5	D4	D3	D2	D1	D0
X	X	PT2	PS	PT1	PX1	PT0	PX0

X：保留位。

PT2：定时器/计数器 2 溢出中断优先级设定位。0 表示低优先级，1 表示高优先级。

PS：串行口收、发中断优先级设定位。0 表示低优先级，1 表示高优先级。

PT1：定时器/计数器 1 溢出中断优先级设定位。0 表示低优先级，1 表示高优先级。

PX1：外部中断 1（$\overline{INT1}$ 或 P3.3）优先级设定位。0 表示低优先级，1 表示高优先级。

PT0：定时器/计数器 0 溢出中断优先级设定位。0 表示低优先级，1 表示高优先级。

PX0：外部中断 0（$\overline{INT0}$ 或 P3.2）优先级设定位。0 表示低优先级，1 表示高优先级。

4. 优先级结构及中断系统时序

1）优先级

IP 可把中断源设置为高、低两种优先级，中断遵循以下 3 条规则。

（1）低优先级中断可被高优先级中断所中断，反之不能；

（2）中断（不论是什么优先级）一旦得到响应，与它同级的中断源就不能打断它；

（3）当同时收到多个同级的中断申请时，哪一个首先得到中断服务，取决于单片机内部的查询顺序，相当于在每一种优先级内还同时存在辅助优先级结构。

中断源	同级内的优先权
外部中断 0	最高
定时器/计数器 0 溢出中断	
外部中断 1	
定时器/计数器 1 溢出中断	
串行口中断	
定时器/计数器 2 溢出中断	最低

2）中断系统时序

中断遵循一定的时序，如图 3-1 所示。

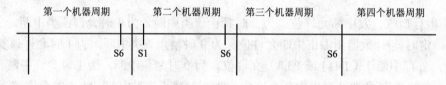

图 3-1　中断系统时序图

（1）在第一个机器周期的 S6 前找到已激活的中断请求，按查询结果排好优先级（考虑高低、辅助优先级）。

（2）在第二个机器周期的 S1 前开始响应最高优先级的中断（由中断矢量转移到中断服务程序入口又需两个机器周期），条件是不受高优先级的阻断。

（3）在第四个机器周期执行中断程序。

中断响应受阻断情况：

（1）与它同级或比它高级的优先级中断服务正在进行。

（2）当前正在执行的某一条多字节指令尚未执行完毕。

（3）正在执行 RETI 或涉及 IE/IP 的指令（这些指令执行完毕后还需要再执行一条其他指令才可能响应中断）。

如果出现上述任一种情况，S6 处得到的结果将被取消，在下一个机器周期的 S6 处再重新判定。注意：中断源提出申请到执行该中断服务程序最少需要 3 个机器周期。

5．中断响应

1）中断服务步骤

在响应中断的 3 个机器周期里，单片机必须做以下 3 件事。

（1）把中断点的地址（断点地址），也就是当前程序计数器 PC 中的内容压入堆栈，以便执行到中断服务程序中的 RETI 指令时按此地址返回原程序执行。

（2）关闭中断，以防在响应中断期间受其他中断的干扰。

（3）根据中断源入口地址转入相应中断服务程序执行。

2) 中断矢量单元地址

中断源	中断服务程序入口	同级内优先权
外部中断 0	0003H	最高
定时器/计数器 0 溢出	000BH	↓
外部中断 1	0013H	
定时器/计数器 1 溢出	000BH	
串行口	0023H	
定时器/计数器 2 溢出或 T2EX 端出现负跳变	002BH	最低

6. 外部中断源

外部中断源有两个：$\overline{INT0}$、$\overline{INT1}$。

触发类型：边沿触发（下降沿），电平触发（低电平）。

某中断源申请中断时，会设置中断请求标志，这些标志会在定时器/计数器控制寄存器 TCON 中体现。下面有 3 点需要说明。

（1）设置为电平触发时（中断申请、响应情况与 IEX 无关），处理器每个指令周期都会查询中断引脚，当发现引脚电平为低时触发中断。即使信号从 1 变为 0，一个周期后又变为 1，中断也不会被清除，直到中断执行完毕，并用 RETI 指令返回为止。但是，如果输入信号一直为低，那么将一直触发中断。当要求中断服务的器件在中断服务结束一段时间之后才释放信号线时，就会发生这种情况。这时，中断被执行了多次，所消耗的时间比预期的要长很多，在这种情况下应使用边沿触发方式。该中断服务程序完成后，或不打算进行该服务时，需撤销（该低电平所引起的）中断请求，必须由外部电路改变 $\overline{INTX}$ 引脚上的信号（由 0 跳变为 1）才能完成。在器件要求中断很频繁的时候电平触发方式比较好。

（2）当设置为边沿触发类型时，处理器在每个指令周期查询中断引脚 $\overline{INTX}$。当前一个指令周期 $\overline{INTX}$ 引脚电平为高，紧接着下一个指令周期检测到引脚 $\overline{INTX}$ 电平为低时，将触发中断。这种方法适用于请求中断服务的器件在中断服务结束一段时间之后才释放信号线的情况，因为这时只有下降沿才会触发中断。如果要触发下一个中断就必须把 $\overline{INTX}$ 引脚电平先置高。同时，内部硬件会使 IEX=1，进入相应的中断服务程序后，内部硬件又会使 IEX=0，以便响应下次中断。

（3）无论是边沿触发还是电平触发，加到 $\overline{INTX}$ 引脚上的信号高、低电平的宽度至少要大于一个机器周期。

事实上，由于一个中断源从提出申请到执行该中断服务程序最少需要 3 个机器周期，因此申请中断的间隔时间应当足够长（大于 3 个机器周期加执行该中断服务程序的时间）。

7. 中断请求的撤除

CPU 响应某个中断请求后，在中断服务程序结束（RETI）前，该中断请求应当撤除，否则会引起另一次中断。

（1）定时器/计数器 0 和 1 溢出中断：中断请求标志 TFX 溢出时，自动为 1（申请中断）；CPU 响应中断后，自动为 0（撤除中断）。

（2）$\overline{\text{INTX}}$ 沿触发中断：中断请求标志 IEX。

　　　　申请时　　　　　　　　　　自动为 1（申请）

　　　　CPU 响应中断后　　　　　　自动为 0（撤除）

（3）$\overline{\text{INTX}}$ 电平触发中断：$\overline{\text{INTX}}$ 引脚上的低电平会向 CPU 申请 $\overline{\text{INTX}}$ 中断；进入中断服务程序后，需外加电路"使 $\overline{\text{INTX}}$ 引脚变为 1"来撤除中断请求。

如图 3-2 所示为撤销外部中断请求示意图。

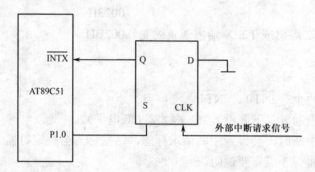

图 3-2　撤销外部中断请求示意图

外部中断到来，使触发器 Q=0，申请中断进入中断程序后，配合外加电路，执行以下指令可撤除低电平（中断请求）。

　　　　ANL P1, #0FFH

　　　　ORL P1, #01H

P1.0 引脚：P1.0 由 1 跳变到 0 时，使 Q=1，撤除了中断请求。

（4）串行口中断：发送中断标志 TI、接收中断标志 RI，由内部硬件自动置 1，靠软件编程清 0。

8. 中断响应的时间（以外中断、边沿触发为例说明）

（1）$\overline{\text{INTX}}$ 引脚上出现下降沿，向 CPU 申请中断。

（2）当前机器周期的 S5P2 时刻对 $\overline{\text{INTX}}$ 采样，采样结果被保存下来。

（3）下一个机器中期进行中断查询。

（4）下面接着的两个机器周期，实现长转移（由中断矢量单元转移到相应的中断服务程序开始处），所以，从申请中断到进入中断服务程序，至少需要 3 个机器周期时间。如遇到其他情况（例如另一个 RETI、IE/IP、正在执行多周期指令、正在执行同级或高级中断服务程序），间隔时间会更长。

3.1.2　C51 编写中断服务程序

C51 编译器支持在 C 语言源程序中直接编写 51 单片机的中断服务函数程序，从而减轻了采用汇编语言编写中断服务程序的繁琐程度。为了能在 C 语言源程序中直接编写中断服务函数，C51 编译器对函数的定义有所扩展，增加了一个扩展关键字 interrupt。关键字

interrupt 是函数定义时的一个选项，加上这个选项即可将函数定义成中断服务函数。

定义中断服务函数的一般形式为：

函数类型　函数名（形式参数表）[interrupt n] [using n]

Interrupt 后面的 n 是中断号，n 的取值范围为 0～31。编译器从 $8n+3$ 处产生中断向量，具体的中断号 n 和中断向量取决于不同的 51 系列单片机芯片。51 系列单片机的常用中断源和中断向量如表 3-1 所示。

表 3-1　中断源和中断向量

中 断 编 号	中　断　源	入 口 地 址
0	外部中断 0	0003H
1	定时器/计数器 0 溢出	000BH
2	外部中断 1	0013H
3	定时器/计数器 1 溢出	001BH
4	串行口中断	0023H

下面是两个中断实例。

1. 外部中断

首先通过 P1.2 口点亮发光二极管，然后外部输入一个脉冲串，使发光二极管亮、暗交替。电路如图 3-3 所示，编写程序如下。

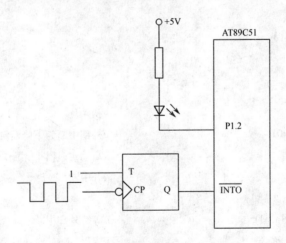

图 3-3　发光二极管交替亮、暗电路图

```
#include<reg51.h>
sbit P1_2=P1^2;
void t0(void) interrupt    0    using 2        //定义外部中断 0
{P1_2=!P1_2;}
void main(void)
{
```

```
    {
        EA=1;                              //开中断
        IT0=1;                             //外部中断 0 边沿触发
        EX0=1;                             //开放外部中断 0
        P1_2=0;
        do{}    while(1);
    }
}
```

2. 中断嵌套

外部中断 $\overline{INT1}$ 触发后，启动定时器 1。由定时器 1 控制定时，由 P1.7 输出周期为 200ms 的方波信号，接收两次中断后关闭发生器，P1.7 置低。假设系统晶振为 6MHZ。

```
#include<reg51.h>
#define uchar unsigned char
uchar data    a,b,c;
void interrupt0 () interrupt  2   using 1        //定义外部中断 1
  {a++;}
void timer1 () interrupt 3 using   3             //定义计数器 1
  {TH1=0x06;
  c--;
  }
sbit P1_7=P1^7;
void main(void)
  {      While(1)
        P1_7=1;                                  //初始化
        TCON=0x01;                               //外部中断为下降沿触发方式
      TMOD=0X20;                                  //启动定时器 1，工作方式 2
      IE=0x8C;                                    //开中断
       a=0;
       do{}    while(a!=1);                       //等待外部中断
       P1_7=!P1_7;                                //取反
       TR1=1;                                     //启动定时器 1
       do {
       c=0xC8;
       do{}    while(c!=0) ;                      //定时输出方波
       P1_7=!P1_7;
       }while   (a!=3) ;                          //等待两次外部中断
```

```
        TR1=0;
    P1_7=0;
    EA=0;                          //关总中断
    EX0=0;                         //禁止外部中断
}
```

3.1.3　共用中断

　　至少有 3 种方法可以实现多个输入信号共用中断信号，每种方法都需要增加相应的组件。假设有两个输入信号，当他们请求中断服务时，把信号线电平置低。当中断服务程序完成之后再把信号线置高，用与门把这两个信号连起来，再把输出接到 $\overline{INT1}$ 。为了让处理器分辨出中断请求来自哪个信号，分别把这两个信号接到控制器输入端口的引脚上。图 3-4 所示例子中采用的是引脚 P1.0 和 P1.1。

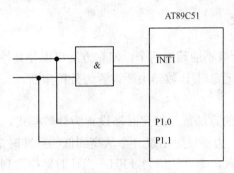

图 3-4　共用中断

　　这里假设请求中断服务的器件直到中断服务完成之后才将信号线置高，因为在第一个器件要求中断服务之后，第二个器件还可以申请中断。这要求在把 $\overline{INT1}$ 设置为电平触发或在中断程序结束前，检测 P1.0 和 P1.1 口，这样两个中断都将被执行。使用边沿触发时，当一个中断正在执行时又产生另一个中断，　如果在中断程序结束时 P1.0 和 P1.1 口不发生跳变，这个中断将不会被执行。

　　把中断设置为电平触发中断服务程序如下所示，注意程序中是如何通过改变检测顺序来建立中断优先级的。另外，完成了第一个中断服务程序后将检测低优先级的输入，因为这里设的中断为电平触发方式。

```
    sbit SLAVE1= P1^0;                      //输入信号命名
    sbit SLAVE2= P1^1;
    void    int1_isr( void) interrupt   2
    {
    if(!SLAVE1)
    {                                       //先检测 slave1
    slave1_service();
    }
```

```
    if(!SLAVE2)
    {
slave2_service();
    }
    }
```

可以通过加入 do....while 循环语句，更改中断服务程序。只要中断申请存在，就不退出中断服务程序，此时系统不能进行其他工作。在设计系统时要整体考虑，合理地执行中断，而不应让中断占据所有的系统资源。

前面介绍的共用中断的方法还可以进行扩展，把所有输入信号接到一个与门上，并给每个信号分配一个端口引脚。如果碰到引脚不够用的情况，可把引脚接到数据锁存器上，还是以电平方式触发中断，这将使系统在软件和硬件上都变得复杂一些，主要的不同是将通过数据锁存器来读取输入信号。

3.1.4　外部中断的扩充

尽管 8051 的外部中断数不应超过两个，但有方法可以使其外部中断数超过 5 个。其中有两个简单的方法：一是把定时/计数器中断设置为外部中断，二是把串行口中断设置为外部中断。

扩展外部中断最简单的方法就是把定时器设置为计数模式，然后把信号接到计数器相应的引脚上（T0 或 T1）。为了使每出现一个从高到低的脉冲时都产生一个中断，可以把定时器设置为自动重装模式，令重装值为 FFH。当计时器检测到从高到低的脉冲时，定时器将溢出，这时将产生一个中断请求。程序清单如下。

```c
    #include<reg51.h>
    void main(void)
    {
    ……
    TMOD=0X66;                //两个定时/计数器都设置成 8 位模式
    TL1=0xFF;                 //设定重装值
    TH1=0xFF;
    TL0=0xFF;
    TH0=0xFF;
    TCON=0x50;            //开始计数
    IE=0x9F;             //中断使能
    ……
    }
/************************************************
定时器 0 中断服务程序
************************************************/
```

```
void timer0_int(void) interrupt      1
{
……
}
/***************************************************
定时器 1 中断服务程序
***************************************************/
 void timer1_int(void) interrupt     3
 {
 while(!TI)   //确保中断被清除
 {
 …
 }
 }
```

这种方法有一定的限制。首先，它只能是边沿触发，所以当需要一个电平触发的中断时，需要在中断中不断地对 T0 或 T1 进行采样，直到他们变为高。其次，检测到下降沿和产生中断之间有一个指令周期延时，这是因为在检测到下降沿一个指令周期之后，计时器才加 1。

如果使用的 8051 单片机有多个定时器，而且有外部引脚，可以用这种方法来扩充边沿触发的外部中断。值得重申的一点是，当使用定时器作为外部中断时，它以前的功能将不能使用，除非用软件对它进行复用。

使用串行口作为外部中断不像使用定时器那样直接，RXD 引脚将变成输入信号，检测从高到低的电平跳变。把串行口设置为模式 2，当检测到从高到低的电平跳变时，8 位数据传输时间过后将产生中断，当中断发生后由软件把 RI 清零。

与定时器系统一样，用串行口中断作为外部中断也有它的缺点。第一，　中断只能是边沿触发。第二，输入信号必须保持 5/8 位传输时间为低，因为串行口必须确认输入信号是一个起始位。第三，检测到电平跳变之后要等 8 个位传输时间后 UART 才请求中断。第四，信号为低的时间不应超过 9 位数据传输时间。对 UART 来说，这种方法相当于从 RXD 引脚传送进一个无效字节，这样对时间的要求更高了。这些限制取决于系统的频率，因为传输的波特率取决于系统频率。当 UART 的模式改变和使用内部定时器时会有不同的时间限制，但延时只会加长不会缩短。

3.2　定时器/计数器

51 系列单片机有两个 16 位定时器/计数器：定时器/计数器 0 和定时器/计数器 1，它们均可用做定时控制、延时及对外部事件的计数及检测。

3.2.1　定时器/计数器结构

MCS-51 单片机内部设置有两个 16 位可编程的定时器/计数器 T0 和 T1，它们具有计数器方式和定时器方式两种工作方式以及 4 种工作模式。其状态字均在相应的特殊功能寄存器中，通过对控制寄存器编程，用户可以方便地选择适当的工作模式。对每个定时器/计数器（T0 和 T1），在特殊功能寄存器 TMOD 中都有一个控制位，用于选择 T0 或 T1 为定时器还是计数器。

MCS-51 单片机的微处理器与 T0 及 T1 的关系如图 3-5 所示，定时/计数器 T0 由 TL0、TH0 构成，T1 由 TL1、TH1 构成。

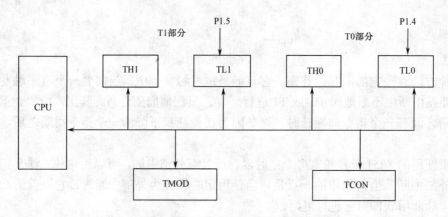

图 3-5　微处理器与 T0 及 T1 的关系

其中，TMOD 用于控制和确定各定时器的功能和工作模式；TCON 用于控制定时器/计数器 T0 和 T1 的启动和停止计数，同时包含定时器/计数器的状态。它们属于特殊功能寄存器，其内容靠软件设置。系统复位时，寄存器的所有位都被清零。

当设置为定时工作方式时，定时器对单片机片内振荡器输出经过 12 分频的脉冲计数，每个机器周期使定时器的数值加 1，直到溢出。

当设置为计数工作方式时，通过引脚 P3.4 和 P3.5 对外部脉冲计数。当输入脉冲信号产生下降沿时，计数器的值加 1，直到计数器溢出。同时硬件置中断标志位 TFX 为 0，产生溢出中断。由于检测脉冲由 1 到 0 的跳变消耗了两个机器周期，前一个机器周期检测"1"，后一个机器周期检测"0"，所以输入脉冲的最高频率不能高于系统晶振频率的 1/24。

无论是计数工作方式还是定时工作方式，都不占用 CPU 的时间。只有当定时器/计数器溢出时，才可能引起 CPU 中断，转入中断服务程序，对中断进行处理。如图 3-6 所示为 T1 的工作原理图。

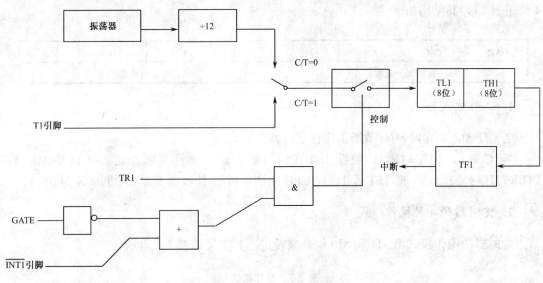

图 3-6 T1 工作原理图

3.2.2 定时器/计数器的控制寄存器

控制寄存器 TCON 可按字节寻址，也可按位寻址，结构如下。

MSB							LSB
TF1	TR1	TF0	TR0	IE1	IT1	IE0	IT0

TF1（TCON.7）：定时器/计数器 1 溢出标志。当定时器/计数器溢出时，由内部硬件置位，申请中断；进入中断服务程序后由内部硬件电路自动清除。

TR1（TCON.6）：定时器/计数器 1 运行控制位。靠软件置位或清除，置位时定时器/计数器可以开始工作，清除时停止工作。

TF0（TCON.5）：定时器/计数器 0 溢出标志。其功能和操作情况同 TF1。

TR0（TCON.4）：定时器/计数器 0 运行控制位。其功能和操作情况同 TR1。

IE1（TCON.3）：外部中断 1（$\overline{INT1}$ 引脚）请求标志，检测到在 $\overline{INT1}$ 引脚上出现的外部中断信号的下降沿时，由硬件置位，请求中断，进入中断服务程序后被硬件自动清除。

IT1（TCON.2）：外部中断 1 触发中断类型控制位，靠软件置位或清除。IT1=1 时是下降沿触发中断；IT1=0 时是低电平触发中断。

IE0（TCON.1）：外部中断 0（$\overline{INT1}$ 引脚）请求标志。其功能和操作情况同 IE1。

IT0（TCON.0）：外部中断 0 触发中断类型控制位。其功能和操作情况同 IT1。

3.2.3 定时器/计数器工作模式

TMOD 为 8 位寄存器，用于控制 T0 和 T1 的工作方式和工作模式。低 4 位用于 T0，高

4 位用于 T1，其结构如下。

GATE	C/T	M1	M0	GATE	C/T	M1	M0
定时器/计数器 1				定时器/计数器 0			

1. 工作方式

若 C/T=0，则定时器/计数器工作在定时器方式。

若 C/T=1，则定时器/计数器工作在计数器方式。被计算脉冲送入（TLX+THX），（TLX+THX）溢出时，把 TF1 置 1，向 CPU 申请定时器/计数器 1 溢出中断（X 为 0、1）。

2. 定时器的 4 种操作模式

定时器的操作模式由 M1 和 M0 组合来设定，其定义如表 3-2 所示。

表 3-2　操作模式

M1	M0	操作模式
0	0	操作模式 0
0	1	操作模式 1
1	0	操作模式 2
1	1	操作模式 3

1）模式 0

（TLX+THX）构成 16 位计数器，但模式 0 只用到 13 位。当 TLX 中的 5 位寄存器加 1 进位时，使 TLX 增 1，同时低 5 位清零；当 THX 溢出时把 TFX 置位，申请中断，同时 THX 清零。

使用定时器/计数器时一般使 GATE=0，GATE 的用途是可以测量某个正脉冲的宽度。当（TR1 =1）AND（GATE=1）时，设 $\overline{INT1}$ 引脚上的信号是某个脉冲。所以，根据 TH1、TL1 的值可以确定正脉冲的宽度：

TH1+TL1　　　　　　　　　　　TH1+TL1
开始计数　　　　　　　　　　　停止计数

注意：被计数的信号可以是内部信号，也可以是 T1 引脚上的信号。

2）模式 1

与模式 0 相似，差别是 TLX+THX 共 16 位全部参加计数。

3）模式 2（8 位自动重装载模式）

与模式 0 或 1 类似，区别是仅 TLX（8bit）进行计数，THX 在赋初值后保持不变，当 TLX 溢出时，THX 自动把初值再次赋给 TLX。当 TLX 由 FFH 再加 1 溢出时，一方面使 TFX=1，向 CPU 申请中断；另一方面，把 THX 中的值自动装载到 TLX 中。

说明：模式 0 或 1 中，（TLX+THX）溢出时，TLX=THX=0，如不赋值，则从 0 开始计数；在模式 2 中，由于具有自动重装载功能，所以可以从特定值开始计数。

典型应用是作为串行口波特率发生器（定时器/计数器 0 不能作为串行口波特率发生器）。

4）模式 3

定时器/计数器 1 设置为模式 3 时，将使 TH1 和 TL1 中的值保持不变，即使有输入脉冲，TH1 和 TL1 也不会计数（相当于 TR1=0 的情况，或者说定时器/计数器 1 失去了作用）。

定时器/计数器 0 设置为模式 3 时，TH0 与 TL0 分成两部分使用。

TL0：8 位计数器，同模式 0 类似，涉及 T0 引脚、T0 的 C/T、GATE、TR0、INT0 引脚等，由 TF0 申请中断。

TH0：8 位计数器，只可用作内部时钟，占用定时器 T1 的控制位，由 TR1 控制开关，由 TF1 申请中断。

3.2.4　定时器/计数器的初始化

初始化过程如下。

（1）根据要求给方式寄存器 TMOD 发送一个方式控制字，以设定定时器的工作方式；

（2）根据需要给 C/T 选送初值以确定需要的定时时间或计数的初值；

（3）根据需要给中断允许寄存器 IE 送中断控制字，以开放相应的中断并设定中断优先级；

（4）给 TCON 送命令字以启动或禁止 C/T 的运行。

1. 初值的计算

计数器初值：设计数模值为 M，计数初值设定为 TC，计数器计满为零所需的计数值为 C。则 TC= $M−C$（$M=2^{13}$，2^{16}，2^8）。

定时器初值 $T=$（$M−$TC）$×$T 机器，其中 T 机器=12/晶振频率。

2. 最大定时时间

$T_{max}=M×$T 机器

若 TC=0，定时时间为最大，设晶振频率 $f_{osc}=$12MHz，最大定时时间为：

方式 0：$T_{max}=$8.192ms；

方式 1：$T_{max}=$65.536ms；

方式 2 和方式 3：$T_{max}=$0.256ms；

例：$f_{osc}=$12MHz，试计算定时时间 2ms 所需的定时器的初值。

因为方式 2 和方式 3 的 $T_{max}=$0.256ms，所以必须将工作方式设在方式 0 或方式 1。

方式 0：TC=$2^{13}−$2ms /1μs=6192=1830H

TL0=10H，TH0=0C1H

方式 1：TC=$2^{16}−$2ms /1μs=63536=0F830H

TL0=30H，TH0=0F8H

3.2.5　定时器/计数器综合应用

（1）设单片机系统时钟频率为12MHz，编程使P1.0和P1.1分别输出周期为1ms 和500μs 的方波。

分析：当系统时钟为 12MHz、工作模式为 2 时，最大的定时时间为 256μs，满足周期为 500μs 的要求。TH0 初值为：$250=(2^8-TH0$ 初值$)\times$振荡周期$\times 12$，得出 TH0=0x06H。编写程序如下。

```
#include<reg51.h>
  sbit P1_0=P1^0;
  sbit P1_1=P1^1;
 void main(void)
{    char i;

     TMOD=0X02;                    //定时器 T0，工作模式 2
     TH0=0x06;                     //装入初值
     TL0=0x06;
      TR0=1;
      while (1)
         {  for(i=0;i<2;i++)
            {do{}while (!TF0);      //等待定时中断
        P1_0=!P1_0;
          }
        P1_1=!P1_1;
       }
 }
```

（2）门控位的应用。GATE 是控制外部输入脉冲对定时计数器的控制，当 GATE 为 1 时，只有 $\overline{INTX}$ =1 且软件使 TRX 置 1，才能启动定时器。利用这个特性，可测量输入脉冲的宽度（系统时钟周期数）。

利用 AT89C51 单片机定时器 T0 测量某正脉冲宽度，脉冲从 P3.2 输入。已知此脉冲宽度小于 10 ms，系统时钟频率为 12MHz。测量此脉冲宽度，并把结果转换为 BCD 码顺序，存放在片内 40H 单元为首地址的数据存储单元（40H 单元存个数）。编写程序如下。

```
#include<reg51.h>
  sbit P3_2=P3^2;
  void main()
  {
```

```
unsigned    char    *P,i;
int a;
P=0x40;                              //指针指向片 40H 内单元
TMOD=0x09;                           //GATE=1，工作方式为计数器（T0）
TL0=0x00;TH0=0X0;                    //装入初值
do{}while(P3_2==1);                  //等待 INT0 变低
 TR0=1;                              //启动计数器
while(P3_2==0);                      //等待 INT0 变高，即脉冲上升沿
while(P3_2==1);                      //等待 INT0 变低，即脉冲下降沿
TR0=0;                               //停止计数
i=TH0;                               //读入 TH0 值（高 8 位，十六进制）
a=i*256+TL0;                         //计数结果转换为十进制数
for(a;a!=0;)                         //a 不等于 0 时循环，转换为 BCD 码
{
*P=a%10;                             //个位存放在 40H 单元
a=a/10;
P++;
}
}
```

3.3　并行 I/O 口

51 单片机有 4 个 8 位双向 I/O 口，每个端口既可以按字节单独使用，也可以按位操作。各端口可作为一般的 I/O 口使用，大多数端口又可以作为第二种功能来使用。

3.3.1　并行 I/O 口

4 个 I/O 口用 P0、P1、P2、P3 表示，每个端口的位结构（PX.Y）包括锁存器、输出驱动器、输入缓冲器、逻辑电路等。

1. P0 口

1）组成

P0 口结构如图 3-7 所示。

（1）锁存器：作 I/O 口线时锁存信息，与位地址 8XH 对应，8 个锁存器组合成字节地址 80H。

（2）三态缓冲器（T3）：当读锁存器时，汇编语言为：CLR P0.0（读锁存器 8 位-修改 P0.0-写锁存器）。当读引脚时，汇编语言为：MOV C，P0.0（P0.0 引脚-T3）。

（3）输出驱动电路：对场效应管（V1、V2），受输出电路控制。当栅极=0 时，截止。当栅极=1 时，导通。

（4）输出控制电路：一个与门，一个非门，一个 2 入 1 出多路开关 MUX。

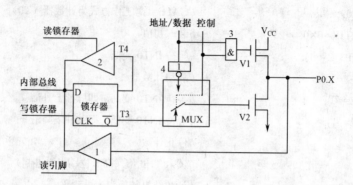

图 3-7　P0 口结构图

2）作为 I/O 口使用

CPU 使"控制"为 0，则与门输出 0，V1 截止，MUX 下通，V2 起作用。

（1）写端口。

CPU 经内部总线，把数据送入 D 锁存器，写脉冲作为触发脉冲 CP，锁存数据到 Q 端，经过 MUX、V2，反向后送到引脚。例如，

　　　　MOV P0, #55H

（2）读端口。

① 读引脚。

读引脚信号把三态门 T3 打开，使 P0.X 引脚内容经过 T3，内部总线送入 CPU。

例如，MOV C, P0.0

　　　　　MOV A, P0

② "读-修改-写"操作。

例如"CPL P0.0"的执行情况如下：

首先，把 P0 口内容（锁存器 Q）读入 CPU（注意 P0.0～P0.7 同时读入 CPU）。

其次，CPU 把对应的位（P0.0）取反。

最后，CPU 把取反后的字节写入 P0 口，使 P0.0 变反，其他位保持不变。

读端口指令分为"读引脚"和"读-修改-写"两类操作。"读-修改-写"指令包括：ANL、ORL、XRL、JBC、CPL、INC、DEC、DJNZ、MOV PX.Y C、CLR PX.Y、SETB PX.Y 等（当这些指令中的目的操作数为 PX 或 PX.Y 时），其他的以 PX 或 PX.Y 为目的操作数的指令为读引脚指令。

读引脚时要对引脚"初始化"，如图 3-7 所示。假设在读引脚 P0.X 之前已执行指令 CLR P0.X，此时 $\overline{Q}$=1，V2 通，P0.X 为 0；现在读引脚，若外部电路连接到 P0.X 为 0，则读入 CPU 的内容为 0，正确；若外部电路连接到 P0.X 为 1，但 V2 通，则读入 CPU 的内容为 0，错误。一方面读入的内容错误，另一方面对外部电路、单片机有影响，可能造成器件

损坏。对此,必须进行处理,即初始化。

把端口作为输入口使用时,可先执行指令 MOV P0, #0FFH 或 SETB P0.X,这样使对应的 V2 截止;接着执行读引脚指令时,可正确读入引脚的内容。

例如:

```
    ……                  ……
    CLR   P0.1           MOV P0,#0
    ……                  ……
    SETB  P0.1           MOV P0,#0FFH;引脚初始化
    MOV C, P0.1          MOV   A,P0
    ……                  ……
```

注意:

- 若整个程序中 P0.X(或 P0 口)做 INPUT 使用,可在程序开始处设置 P0.X 或 P0 口为高电平(SETB P0.X 或 MOV P0 #0FFH),并且在整个程序中进行一次初始化既可(这个过程通常可以省略)。
- 若在程序中,既把 P0.X 或 P0 当作输出口,又把它们当作输入口,在每次由端口输入信号时,要先对其初始化。
- P0.X 或 P0 口当作 I/O 口使用时,V1 截止,使用中一般加上拉电阻(2~10kΩ)。
- P0 口最多可驱动或吸收 8 个 LSTTL 负载。
- P0 口地址:专用寄存器地址 80H;位地址 80H 到 87H,当执行"读引脚、读锁存器、写锁存器"操作时对应线上会出现有效信号。

(3)P0 口作为总线(分时作为低 8 位地址线/8 位数据线)使用,"控制"=1,则与门通,MUX 接上面。

① P0 口分时输出低 8 位地址/8 位数据。

② P0 口输入数据。

说明:

- P0 口作总线使用时无锁存功能,作通用输出口具有锁存功能;
- P0 口作总线使用时,内部电路的工作与"图 3-7 的前面部分无关";
- P0 口可作总线使用,也可作为 I/O 使用,但一套电路中只能是其中之一;
- P0 口作总线使用时,可加/不加上拉电阻,做 I/O 使用时要加上拉电阻。

2. P1 口

P1 口结构如图 3-8 所示,为准双向口,作通用 I/O 口使用。

与 P0 口比较,前半部分一致,输出驱动部分有区别:有一个"内部上拉电阻"。上拉电阻的作用是:当 P1 口作输出端口时,能增加驱动能力;当 P1 口作输入端口时,能减小对外电路的影响,同时有利于提高速度。

P1 口有以下几个特点。

(1)对 P1 口操作的指令中分为两类。读引脚,如:MOV C P1.2;读-修改-写,如:ANL A,P1。

（2）读引脚时要对引脚初始化。

（3）一般情况不外加上拉电阻。

（4）P1 口可驱动或吸收 4 个 LSTTL 负载。

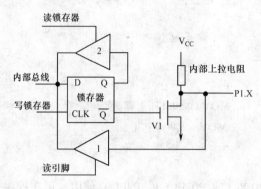

图 3-8　P1 口结构

3. P2 口

P2 口结构如图 3-9 所示，是准双向 I/O 口或高 8 位地址端口。

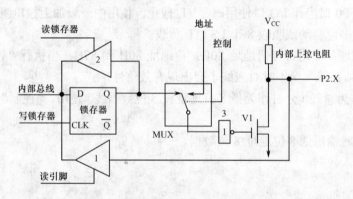

图 3-9　P2 口结构

P2 口基本结构与 P1 口相似，内部上拉电阻与 P1 口相同，区别是为使 P2 口能够输出地址信息，增加了 MUX、地址、控制、非门等。

1）作 I/O 口

其 MUX 如图 3-9 所示，开关位置由控制信号决定，作 I/O 口时，开关位置在左面。

（1）执行"读-修改-写"类指令，顺序为读 8 位锁存器，修改 1 位或 1 字节，写 8 位数据到端口。

（2）读引脚时要注意初始化。

（3）作为输出口使用时，具有锁存功能，既把信号写到了引脚上，又写到了锁存器中。

2）作高 8 位地址线

执行外部 ROM 中的指令或从外部 ROM 中读取数据时，MUX 在 CPU 控制下倒向右边，P2 口输出高 8 位地址。

（1）外部仅有 RAM 时，若其容量≤256 字节，可用 MOVX @Ri 指令读写，P2 可作一般 I/O 口使用；若其容量≥256 字节，可用 MOVX @Ri ，MOVX @DPTR 指令读写，P2 口一般作为地址线使用。

（2）当执行外部 ROM 中的指令或从外部 ROM 中读取数据时（不论 ROM 容量大小如何），P2 口只能作为地址线使用，而不能作为一般 I/O 口。

3）说明

（1）分为两类读指令，读引脚，如：MOV C, P2.2，读-修改-写，如：ANL A, P2。

（2）读引脚时要对引脚初始化。

（3）一般情况不外加上拉电阻。

（4）P2 口可驱动或吸收 4 个 LSTTL 负载。

4. P3 口

P3 口结构如图 3-10 所示，内部上拉电阻与 P1 口相同，可作为一般 I/O 口和专用功能口。

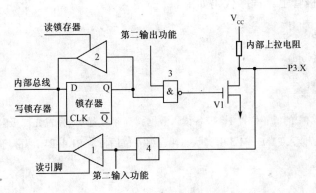

图 3-10 P3 口结构

P3 口与 P1 口的区别是多了一个与门和两个信号线，分别实现第二输出功能和第二输入功能。

1）作一般 I/O 口

第二输出功能=1，第二输入功能与其专用电路没有信号连接，执行过程与 P1 口相似。

说明：

（1）对 P3 口操作的指令分为两类。读引脚，如：MOV C, P3.2，读-修改-写，如 ANL A, P3。

（2）读引脚时要对引脚初始化。

（3）P3 口作为 I/O 时有锁存功能

（4）一般情况不外加上拉电阻。

（5）P3 口可驱动或吸收 4 个 LSTTL 负载。

（2）专用功能口

P3 口各线的专用功能如表 3-3 所示。

表 3-3　P3 口专用功能对照表

口　　线	专用功能描述
P3.0	RXD（串行数据输入线）
P3.1	TXD（串行数据输出线）
P3.2	$\overline{INT0}$（外部中断 0 输入引脚）
P3.3	$\overline{INT1}$（外部中断 1 输入引脚）
P3.4	T0（定时器/计数器 0 的外部输入引脚）
P3.5	T1（定时器/计数器 1 的外部输入引脚）
P3.6	$\overline{WR}$（外部数据存储器写选通信号引脚）
P3.7	$\overline{RD}$（外部数据存储器读选通信号引脚）

3.3.2　编程实例

下面举一些简单的例子说明端口的输入、输出功能。

（1）51 单片机 P1.4～P1.7 接 4 个发光二极管，P1.0～P1.3 接 4 个开关，编程将开关的状态反映到发光二极管上。程序代码如下。

```
#include<reg51.h>
  void main      (void)
  {
  for(;;)
  {P1=0x0F;      // P1 的低 4 位置 1，准备读入数据；高 4 位置 0，使发光二极管熄灭
   P1=P1<<4;     //读入 P1.0～P1.3 引脚状态，左移 4 位后再从 P1.4～P1.7 引脚输出
  }
  }
```

（2）用 P0.0 输出 1kHz 和 500Hz 的音频信号驱动扬声器，作为报警信号。要求 1kHz 信号和 500Hz 信号交替进行。P0.7 接一个开关进行控制，当开关闭合时产生报警信号，当开关断开时报警停止。程序代码如下。

```
#include<reg51.h>
  #define uchar unsigned char
  sbit P0_0=P0^0;
  sbit P0_7=P0^7;
  void main(void)
  {uchar i,j;
  for(;;)
  {
  while ( P0_7==0 )
  {
  for(i=0;i<=150;i++);
  {P0_0=~P0_0;
  for(j=0;j<=50;j++);
```

```
    }
    for(i=0;i<100;i++)
    {P0_0=~P0_0;
    for(j=0;j<=100;j++);
    }
    }
    }
    }
```

此例中的周期和时间长短是不准确的，用 C 语言计算起来比较麻烦，但可以采用定时器定时，以得到比较精确的时间。

3.4　串行口及其通信

3.4.1　8051 单片机的串行口结构

8051 串行口是一个可编程的全双工串行通信接口。它可用作异步通信方式（UART），与串行传送信息的外部设备相连接，或用于通过标准异步通信协议进行全双工的 8051 多机系统，也可以通过同步方式，使用 TTL 或 CMOS 移位寄存器来扩充 I/O 口。

8051 单片机通过引脚 RXD（P3.0，串行数据接收器）和引脚 TXD（P3.1，串行数据发送端）与外界通信。SBUF 是串行口缓冲寄存器，包括发送寄存器和接收寄存器。它们有相同的名字和地址空间，但不会出现冲突，因为一个只能被 CPU 读出数据，另一个只能被 CPU 写入数据。

1. 串行口的控制与状态寄存器

串行口控制寄存器 SCON 用于定义串行口的工作方式，以及实施接收和发送控制。字节地址为 98H，其各位定义如下所示：

D7	D6	D5	D4	D3	D2	D1	D0
SM0	SM1	SM2	REN	TB8	RB8	TI	RI

SM0、　SM1：串行口工作方式选择位，其定义如表 3-4 所示。

表 3-4　串行口工作方式选择位

SM0	SM1	工 作 方 式	功 能 描 述	波 特 率
0	0	方式 0	8 位移位寄存器	$f_{osc}/12$
0	1	方式 1	10 位 UART	可变
1	0	方式 2	11 位 UART	$f_{osc}/64$ 或 $f_{osc}/32$
1	1	方式 3	11 位 UART	可变
其中，f_{osc} 为晶振频率。				

SM2：多机通信控制位。在方式 0 时，SM2 一定要等于 0。在方式 1 中，若 SM2=1，只有接收到有效停止位时，RI 才置 1；方式 2 或方式 3 中，若 SM2=1，则只有接收到的第 9 位数据 RB8=0 时，RI 才置 1。

REN：接收允许控制位。由软件置位以允许接收，又由软件清零来禁止接收。

TB8：是要发送数据的第 9 位。在方式 2 或方式 3 中，要发送第 9 位的数据，根据需要由软件置 1 或清零。例如，可约定作为奇偶校验位，或在多机通信中作为区别地址帧或数据帧的标志位。

RB8：接收到数据的第 9 位。在方式 0 中不使用 RB8。在方式 1 中，若 SM2=0，RB8 为接收到的停止位。在方式 2 或方式 3 中，RB8 为接收到的第 9 位数据。

TI：发送中断标志。在方式 0 中，第 8 位发送结束时，由硬件置位。在其他方式的发送停止位前，由硬件置位。TI 置位既表示一帧信息发送结束，同时也是申请中断，可根据需要，用软件查询的方法获得数据已发送完毕的信息，或用中断的方式来发送下一个数据。TI 必须用软件清零。

RI：接收中断标志位。在方式 0，当接收完成第 8 位数据后，由硬件置位。在其他方式中，在接收到停止位的中间时刻由硬件置位（例外情况见于 SM2 的说明）。RI 置位表示一帧数据接收完毕，可用查询的方法或中断的方法获知。RI 也必须用软件清零。

2. 特殊功能寄存器 PCON

PCON 是为了在 CHMOS 的 80C51 单片机上实现电源控制而附加的。其中最高位是 SMOD（波特率倍增位）。当 SMOD=1 时，波特率提高一倍，复位后，SMOD=0，波特率恢复。

3. 串行口的工作方式

80C51 单片机的全双工串行口可编程为 4 种工作方式，现分述如下。

1）工作方式 0

方式 0 为移位寄存器输入/输出方式。可外接移位寄存器以扩展 I/O 口，也可以外接同步输入/输出设备。8 位串行数据则是从 RXD 输入或输出，TXD 用来输出同步脉冲。

输出：串行数据从 RXD 引脚输出，TXD 引脚输出移位脉冲。CPU 将数据写入发送寄存器时，立即启动发送，将 8 位数据以 $f_{osc}/12$ 的固定波特率从 RXD 输出，低位在前，高位在后。发送完一帧数据后，发送中断标志 TI 由硬件置位。

输入：当串行口以方式 0 接收时，先置位允许接收控制位 REN。此时，RXD 为串行数据输入端，TXD 仍为同步脉冲移位输出端。当 RI=0 和 REN=1 同时满足时，开始接收。当接收到第 8 位数据时，将数据移入接收寄存器，并由硬件置位 RI。

2）工作方式 1

方式 1 为波特率可变的 10 位异步通信接口方式。发送或接收一帧信息，包括 1 个起始位（0），8 个数据位和 1 个停止位（1）。

输出：当 CPU 执行一条指令将数据写入发送缓冲 SBUF 时，就启动发送。串行数据从 TXD 引脚输出，发送完一帧数据后，就由硬件置位 TI。

输入：在 REN=1 时，串行口采样 RXD 引脚，当采样到 1 至 0 的跳变时，确认是开始位 0，就开始接收一帧数据。只有当 RI=0 且停止位为 1 或 SM2=0 时，停止位才进入 RB8，8 位数据才能进入接收寄存器，并由硬件置位中断标志 RI：否则信息丢失。所以在方式 1 接收时，应先用软件清零 RI 和 SM2 标志。

3）工作方式 2

方式 2 为固定波特率的 11 位 UART 方式。它比方式 1 增加了一位可程控为 1 或 0 的第 9 位数据。

输出：发送到串行数据由 TXD 端输出一帧信息为 11 位，附加的第 9 位来自 SCON 寄存器的 TB8 位，用软件置位或复位。它可作为多机通信中地址/数据信息的标志位，也可以作为数据的奇偶校验位。当 CPU 执行一条数据写入 SUBF 的指令时，就启动发生器发送。发送一帧信息后，置位中断标志 TI。

输入：在 REN=1 时，串行口采样 RXD 引脚，当采样到 1 至 0 的跳变时，确认是开始位 0，就开始接收一帧数据。这接收到附加的第 9 位数据后，当 RI=0 或 SM2=0 时，第 9 位数据才进入 RB8，8 位数据才能进入接收寄存器，并由硬件置位中断标志 RI；否则信息丢失，且不置位 RI。再过一位时间后，不管上述条件是否满足，接收电路即行复位，并重新检测 RXD 上从 1 到 0 的跳变。

4）工作方式 3

方式 3 为波特率可变的 11 位 UART 方式。除波特率外，其余与方式 2 相同。

4. 波特率选择

在串行通信中，收发双方的数据传送率（波特率）要有一定的约定。在 8051 串行口的 4 中工作方式中，方式 0 和方式 2 的波特率是固定的，而方式 1 和方式 3 的波特率是可变的，由定时器 T1 的溢出率控制。

1）方式 0 和方式 2

方式 0 的波特率固定为主振频率的 1/12；方式 2 的波特率由 PCON 中的选择位 SMOD 来决定，其公式如下：

$$波特率 = f_{osc} \times 2^{SMOD}/64$$

也就是当 SMOD=1 时，波特率为 $1/32 f_{osc}$，当 SMOD=0 时，波特率为 $1/64 f_{osc}$。

2）方式 1 和方式 3

T1 作为波特率发生器，其公式如下：

$$波特率 = (2^{SMOD}/32) \times 定时器 T1 的溢出率$$

$$T1 溢出率 = f_{osc}/12 \times (2^n - X)$$

式中，T1 溢出率取决于它工作在定时器状态还是计数器状态。当工作在定时器状态时，T1 溢出率为 $f_{osc}/12$；当工作在计数器状态时，T1 溢出率为外部输入频率，此频率应小于 $f_{osc}/24$。产生溢出所需周期与定时器 T1 的工作方式、T1 的预置值有关。

定时器 T1 工作于方式 0：溢出所需周期数 = 8193−X；

定时器 T1 工作于方式 1：溢出所需周期数 = 65536−X；

定时器 T1 工作于方式 2：溢出所需周期数 = 256−X。

因为方式 2 为自动重装入初值的 8 位定时器/计数器模式，所以用它来作波特率发生器最恰当。当时钟频率选用 11.0592MHz 时，可以获得标准的波特率，很多单片机系统选用这个看起来"怪"的晶振频率就是这个道理。定时器 T1 工作方式 2 常用波特率及初值如表 3-5 所示。

表 3-5　定时器 T1 工作方式 2 常用波特率及初值

常用波特率	f_{osc}(MHz)	SMOD	TH1 初值
192 00	11.0592	1	FDH
960 0	11.0592	0	FDH
480 0	11.0592	0	FAH
240 0	11.0592	0	F4H
120 0	11.0592	0	E8H

3.4.2　串行口应用

下面主要介绍常用的串行口工作方式 0 的简单应用，其他工作方式在程序上与方式 0 相似，只是数据帧的位数、格式和波特率不同。方式 1、方式 2、方式 3 主要应用于单片机之间、单片机与 PC 之间通信及多机通信。

51 系列单片机的串行口基本上是异步通信接口，但工作方式 0 却是同步操作。正是由于这个特点，可以通过外接串入/并出或者并入/串出器件实现 I/O 口的扩展，常用的器件为移位寄存器。

利用 AT89C51 的串行口设计 4 位静态数码管显示器，要求 4 位显示器上每隔 1s 交替显示"ABCD"和"1234"。设计电路图如图 3-11 所示。图中采用串行移位寄存器 74LS164 来实现串入/并出功能，输出的数码作为 4 位静态数码管的段码显示所需的信号。四位数码管的位选信号 CLR 与+5V 连接，选用的是共阳极数码管。将单片机的 P3.3 引脚与 TXD 引脚经过与门输出与 74LS164 的 CLK 端连接。

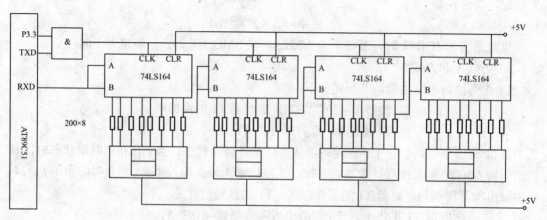

图 3-11　静态数码管显示电路

利用查询方式处理的程序代码如下。

```
#include<reg51.h>
    #define uchar unsigned char
    sbit P3_3=P3^3;
    char code tab[]={0x88,0x83,0xC6,0xA1,
    0xF9,0xA4,0xA4,0xB0,0x99};//ABCD 与 1234 的字形码
    void    timer(uchar);
    main()
    {
    uchar i,a=3;
    SCON=0;
    for(;;)
    {P3_3=1;
    for(i=0;i<4;i++);
    {
    SBUF=tab[a];                        //从右边管开始显示
    a--;
    while(!TI);                         //等待发送完
    TI=0;
    if(a==255)a=7;                      //ABCD 显示完，开始显示 1234
    }
    P3_3=0;
    timer(100);
    }
    }
    void timer(uchar t)
    {
    uchar i;
    for(i=0;i<t;i++)
    {
    TMOD=0x01;
    TH0=-10000/256;        //计数 1000 时的计数器初值
    TL0=-10000%256;
    TR0=1;
    while(!TF0);
    TF0=0;
    }
    }
```

利用中断方式进行处理的程序代码如下。

```
#include<reg51.h>
```

```c
#define uchar unsigned char
sbit P3_3=P3^3; uchar a=3;
char code tab[]={0x88,0x83,0xC6,0xA1, 0xF9,0xA4,0xB0,0x99};    //ABCD 与 1134 的字形码
void    timer(uchar);
void int4(void) ;
void main(void)
{
uchar i,j;
SCON=0;EA=1;ES=1;
for(;;)
{
P3_3=1;
for(i=0;i<4;i++)
{
SBUF=tab[a];
j=a;
while(j==a);
}
P3_3=0;
timer(100);
if(a==255)a=7;
}
}
void int4(void)interrupt 4
{TI=0;a--;}
void timer(uchar t)
{
uchar i;
for(i=0;i<t;i++)
{
TMOD=0x01;
TH0=-10000/256;
TL0=-10000%256;
TR0=1;
while(!TF0);
TF0=0;
}
}
```

设 计 篇

　　怎样控制一串灯的亮灭？怎样使喇叭发出悦耳的声音？怎样实现单片机 A/D 或 D/A 转换？怎样控制 LED 显示不同的内容？通过设计篇的学习和实践，读者可以逐步学会单片机的实用单元电路设计，熟练掌握基本电路的硬件原理分析和软件设计。通过最简单实用的方法，本篇将带领读者走进单片机世界的大门，使读者在最短的时间内了解单片机的工作原理和设计过程，并学在其中、乐在其中。

第4章 单片机的实用单元电路设计

在基础篇学习后，我们进入设计篇，本章以自制的 USTH-51S 单片机学习板为基础，系统学习各个实用的单元电路设计，为进入后续的应用篇打下坚实的基础。本章中提到的各个单元电路的设计都是基于 USTH-51S 单片机学习板而言的，读者可以根据自己的情况购买这块学习板进行学习，也可以参照给出的电路原理自行设计。

4.1 USTH–51S 单片机学习板简介

根据多年的教学经验和科研积累，我们自制了便于学习和进行设计开发的 USTH-51S 单片机学习板。该学习板由一片 AT89S52 单片机作为控制芯片，包括独立 I/O 口的单元电路设计、流水灯单元电路设计、LED 数码管静态/动态显示单元电路设计、蜂鸣器发声单元电路设计、矩阵键盘识别单元电路设计、定时器中断单元电路设计、模数/数模转换单元电路设计、液晶显示单元电路设计、带有 I²C 总线的 AT24C04 单元电路设计、串行口通信单元电路设计、LED 点阵显示单元电路设计、单片机控制继电器单元电路设计、红外接收单元电路设计。支持 ISP 在线下载程序，用户无需再购买单片机烧写器也能随时烧写程序。USTH-51S 单片机学习板原理图如图 4-1 所示，详细原理电路见附录。

USTH-51S 学习板主要由以下几部分构成：

（1）6 位数码管：用于动态或静态显示用；

（2）8 个 LED 发光二极管：用于流水灯显示；

（3）蜂鸣器：用于单片机发声；

（4）ADC0804 芯片：用于模数转换；

（5）DAC0832 芯片：用于数模转换；

（6）DS18B20 数字温度传感器：通过编写程序获知当前温度；

（7）AT24C04 外部 EEPROM 芯片：用于存储需保存的数据；

（8）字符液晶 1602 接口：可显示两行字符；

（9）图形液晶 12864 接口：可显示任意汉字及图形；

（10）4×4 矩阵键盘及四个独立按键：用于键盘检测；

（11）单片机 32 个 I/O 口全部引出，方便用户进行自由扩展；

（12）红外接收开关：用于红外通讯；

（13）串口 RS232 通信接口：可以作为与计算机通信的接口；

（14）继电器：通过对继电器控制，掌握继电器的驱动原理和编程方法；

（15）LED 点阵显示：可显示各种文字及图像。

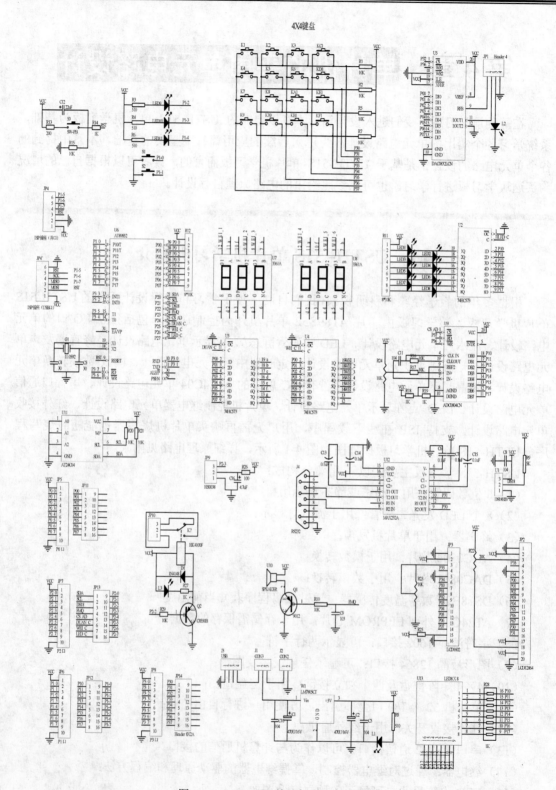

图 4-1　USTH-51S 单片机学习板原理图

4.2　独立 I/O 口的单元电路设计

（1）学习单片机基本 I/O 口的使用方法。

（2）掌握单片机基本 I/O 口的程序设计方法。

4.2.1　硬件原理分析

1. I/O 口基础知识介绍

I/O 口（Input and Output Port）即输入/输出端口，它是单片机最基本也是最重要的组成部分。对 I/O 口的控制也是使用得最多、最广的。标准 89S51 系列单片机共有 4 组 32 个 I/O口，分别为 P0、P1、P2 和 P3 口，此 4 组端口都可以作为单独的输入或输出端口使用，即每个 I/O 引脚都可以作为输入端口使用，也可以作为输出端口使用，但在默认状态下单片机的 I/O 口是当作输出端口来使用的，因此若把该 I/O 口当作输入端口使用时，应先把它设置为输入工作方式，即向该 I/O 口送高电平"1"。

使用时需注意以下几点。

（1）由于 P0、P1、P2、P3 做普通的 I/O 口使用时，都是准双向口结构，因此它们的输入/输出操作不同，即输入操作是读引脚状态，而输出操作是对端口锁存器的写入操作。

（2）由于 P0 口为开漏输出结构，因此作为普通 I/O 使用时必须外加上拉电阻，建议选用 10kΩ阻值。

（3）所有 I/O 口的驱动能力是有限的，因此在某些场合需要扩展一些驱动电路。

2. 发光二极管

发光二极管是一种将电能转换为光能的半导体器件，是一种特殊的二极管。当发光二极管两端加上一定的正向电压，使发光二极管内流过一定的工作电流时，便会发出可见光。根据使用的材料不同，发光二极管有红、黄、绿、蓝、紫等几种。而发光的亮度与正向工作电流成正比，即工作电流越大亮度越强。一般来讲正常工作电流为 5～20mA，压降为 1.5～2.0V。在使用发光二极管时，限流电阻的选择尤为重要，一般建议使用 510Ω，阻值过大或过小，二极管都将不能正常发光，甚至烧毁器件。

3. 硬件设计分析

1）设计要求

P1.0、P1.1 作普通输入端口使用，不断读取 P1.0、P1.1 口的值，当检测到 P1.0 引脚有低电平脉冲时（即键盘输入）点亮单片机学习板上的 3 个 LED 发光二极管 LED9～LED11；当检测到 P1.1 引脚有一低电平脉冲时，熄灭 LED9～LED11。

2）设计思路

用户可以把任何 I/O 口当作输入端口或输出端口来使用（只有当 P0 口和 P2 口作为数

据地址线使用时，它们不再是普通的 I/O 口），在 USTH-51S 单片机学习板中有 3 个独立的 LED 发光二极管 LED9～LED11 和两个独立的按键 S1 和 S2，它们与系统的连接原理图如图 4-2 所示。

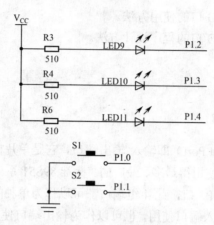

图 4-2　发光二极管硬件原理图

由于 P1 口内部有上拉电阻，这样当 S1 和 S2 按钮没有被按下时，P1.0、P1.1 端口保持高电平；当 S1 和 S2 按键被按下时，P1.0、P1.1 端口被拉为低电平。这样通过检测该 I/O 口的电平状态，即可判断是否有按键输入。通常按键在按下和松开时均会产生抖动，抖动时间的长短一般为 5～10ms，按键抖动会引起一次按键被误读多次。

常见的软件去抖方法是检测出按键闭合后执行一个延时程序（大约 10～20ms），待前沿抖动消失后再检测键的状态，如果仍保持闭合状态则确认为真正有键按下。当检测到按键释放后，也要执行一个延时程序，避开按键的后沿抖动。

4.2.2　软件编程

以下为独立 I/O 口电路的源程序清单。

```
/*******************************************************************
    文件名：led1.c
    功能：使用 USTH-51S 学习 I/O 作基本输出端口及其仿真调试程序的基本方法
    说明：
    1. 点亮发光二极管 LED9 并闪烁。
    2. 正确设置跳线使 P1.2 与 LED9 相连。

    最后修改时间：2010 年 2 月 8 日
*******************************************************************/
#include<reg51.h>
sbit P1_2=P1^2;                          //定义 I/O 口。
void delay02s(void)                      //延时 0.2 秒子程序。
```

```
{
    unsigned char i,j,k;              //定义 3 个无符号字符型数据。
    for(i=20;i>0;i--)                 //作循环延时。
    for(j=20;j>0;j--)
    for(k=248;k>0;k--);
}
void main(void)                       //每一个 C 语言程序有且只有一个主函数。
{
    while(1)                          //循环条件永远为真，以下程序一直执行下去。
    {
        P1_2=0;                       // I/O 口 P1.2 输出低电平，小灯被点亮。
        delay02s();                   //延时经过 0.2 秒。
        P1_2=1;                       // I/O 口 P1.2 输出高电平，小灯熄灭。
        delay02s();                   //延时经过 0.2 秒。
    }
}


/*****************************************************************
文件名：key.c
功能：使用 USTH-51S 学习 I/O 作基本输入/输出口及仿真调试程序基本方法。
说明：
1.键盘 S1、S2 作为输入端口使用，不断读取键盘输入的状态；
2.若 S1 被按下，点亮 LED9～LED11；若 S2 被按下，熄灭 LED9～LED11；
3.正确设置跳线使 P1.2～P1.4 与 LED9～LED11 相连；
4.正确设置跳线使 P1.0～P1.1 与 S1～S2 相连。
最后修改时间：2010 年 2 月 8 日。
*****************************************************************/
#include<reg51.h>
sbit S1=P1^0;                         //定义 I/O 口。
sbit S2=P1^1;
sbit LED9=P1^2;
sbit LED10=P1^3;
sbit LED11=P1^4;
void delay10ms(void)                  //延时 10ms 子程序。
{
    unsigned char i,j;
    for(i=20;i>0;i--)
    for(j=248;j>0;j--);
}
```

```
void main(void)
{
    while(1)                          //循环条件永远为真，以下程序一直执行下去。
    {
    if(S1==0)                         //判断是否按下 S1 按键。
        {
        delay10ms();                  //延时，软件去干扰。
        if(S1==0)                     //确认按键按下。
            {
            LED9=0;                   //点亮发光二极管。
            LED10=0;
            LED11=0;
            }
        }
    if(S2==0)                         //判断是否按下 S2 按键。
        {
        delay10ms();                  //延时，软件去干扰。
        if(S2==0)                     //确认按键按下。
            {
            LED9=1;                   //熄灭发光二极管。
            LED10=1;
            LED11=1;
            }
        }
    }
}
```

4.3　流水灯单元电路设计

（1）学习单片机 P1 口作为输出口的使用方法。

（2）掌握循环移位的工作原理和操作方法，学会使用 C51 封装好的函数库 C51LIB。

4.3.1　硬件原理分析

1. 74HC573 介绍

74HC573 集成电路是常用的、典型的锁存器，有 DIP-20 和 SOP-20 两种封装。各功能引脚的具体描述如表 4-1 所示。

表 4-1　74HC573 引脚功能描述

	对 应 引 脚	功　　能
$\overline{OC}$	1	片选信号，低电平有效
C	11	锁存允许信号
1D～8D	2～9	数据输入 D0～D7
1Q～8Q	19～12	锁存数据输出 Q0～Q7

当 C 端为高电平时，Q0～Q7 输出端反应 D0～D7 对应输入端的输入电平，并随 D0～D7 对应输入端的输入电平的变化而变化；当该端由高变为低时，Q0～Q7 锁存 D0～D7 输入的信号，并且不再跟随 D0～D7 对应输入端的输入电平的变化而变化。

2. 硬件设计分析

1）设计要求

P1 口作普通输出端口使用，通过软件编程控制 P1 口输出的高低电平循环点亮学习板上的 LED1～LED8。

2）设计思路

P1 口连接锁存器 74HC573，通过 P2.7 控制锁存器的锁存允许信号，当 P1 口各引脚输出高低电平不同时，对应的发光二极管熄灭或者点亮。它们与系统的连接原理图如图 4-3 所示。

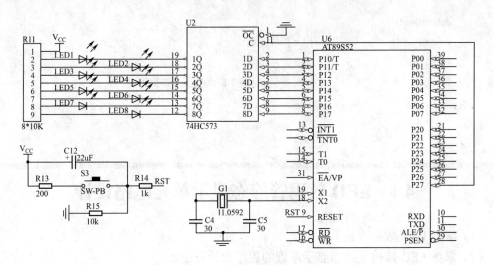

图 4-3　流水灯硬件原理图

4.3.2　软件编程

以下是流水灯电路的源程序清单。

/**

文件名：FlowLight.c

功能：使用 USTH-51S 完成 LED1～LED8 的循环显示。

说明:

1. P1 口作为输出口使用,控制 LED1～LED8 的亮灭状态。

2. 学习 C 语言函数库的使用方法。

最后修改时间: 2010 年 2 月 18 日

**/

```c
#include "reg51.h"
#include "intrins.h"              //后面要用到它里面的_crol_(k, 1)函数
unsigned char a,b,k,j;

void delay10ms()                  //延时子程序,大约延时 10ms
  {
    for(a=100;a>0;a--)
      for(b=225;b>0;b--);
  }
void main()
{
  k=0xfe;                         //先给 k 一个初值 11111110 等待移位
  while(1)
  {
    delay10ms();
    j=_crol_(k,1);                //把 k 循环左移一位。
    k=j;
    P1=j;                         //同时把值送到 P1 口点亮发光二极管。
  }
}
```

4.4　LED 数码管静态显示单元电路设计

(1) 学习 LED 数码管显示原理。

(2) 掌握 LED 数码管静态显示原理的程序设计方法。

4.4.1　硬件原理分析

1. LED 数码管简介

LED 数码显示是用发光二极管显示字段的显示器件,常称为数码管,是常用的输出设备之一。LED 数码管一般由 8 个发光二极管组成,7 个发光二极管组成一个 "8",另一个为小数点。可显示 0～9 及一些英文字母或特殊字符。LED 有不同的大小及颜色,有共阴极与共阳极两种。共阳极是 8 个发光二极管的阳极连在一起,为一个公共端。共阴极是 8 个发

光二极管的阴极连在一起，为一个公共端。公共端称为位码，其他的 8 位称为段码。

当数码管某一段（笔画）加上正向电流时，该段被点亮，没有通电流的不亮。如图 4-4 所示为 LED 显示器的内部结构及外形。

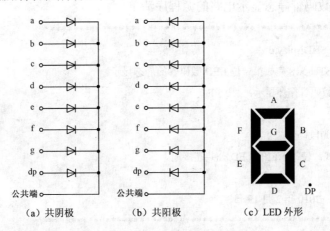

（a）共阴极　　　　（b）共阳极　　　　（c）LED 外形

图 4-4　LED 显示内部结构及外形

2. LED 的静态显示方式

静态显示方式下，LED 数码管的公共端（位控制信号）接电源（对于共阴极数码管则是接地），而数码管的段码分别和 I/O 口相连，这样 N 位数码管就需要占用 N 个 8 位 I/O 口线。其特点是占用较多的硬件资源，控制简单方便。

3. 硬件设计分析

P0 口连接锁存器 74HC573，通过 P2.5 控制锁存器的锁存允许信号，P0 口的输出作为段码。LED 选用共阴极数码管，USTH-51S 的第一位数码管通过跳线可把公共端直接接地。它们与系统的连接原理图如图 4-5 所示。

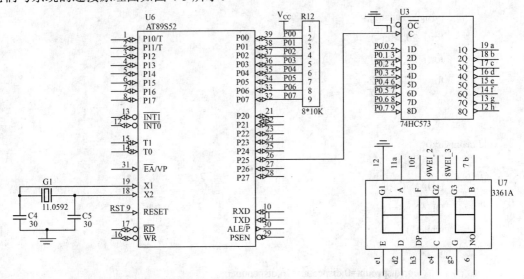

图 4-5　LED 数码管静态显示硬件原理图

4.4.2　软件编程

以下是 LED 数码管静态显示电路的源程序清单。

```
/*************************************************************
文件名：LED_StaDisplay.c
功能：使用 USTH-51S 完成第一位 LED 数码管的静态显示。
        第一位数码管循环显示："0～F"
说明：
1.P0 口输出作为段码。
2.正确设置跳线，使第一位的 LED 公共端接地。

最后修改时间：2010 年 2 月 19 日。
*************************************************************/
#include "reg51.h"
sbit DUAN_C=P2^5;          //控制数码管段选的锁存器锁存端。

unsigned char code table[]={0x3f,0x06,0x5b,0x4f,0x66,0x6d,0x7d,
                   0x07,0x7f,0x6f,0x77,0x7c,0x39,0x5e,0x79,0x71};   //0～F 编码。

 unsigned char dispcount;

void delay02s(void)                //延时 0.2 秒子程序。
{
        unsigned char i,j,k;
        for(i=20;i>0;i--)
        for(j=20;j>0;j--)
        for(k=248;k>0;k--);
}

void main(void)
{
        DUAN_C=0;
        DUAN_C=1;
        while(1)
        {
            for(dispcount=0;dispcount<16;dispcount++)
            {
```

```
                    P0=table[dispcount];
                    delay02s();
            }
        dispcount=0;
        }
}
```

4.5　LED 数码管动态显示单元电路设计

（1）学习 LED 数码管显示原理。
（2）掌握 LED 数码管动态显示原理的程序设计方法。

4.5.1　硬件原理分析

1. LED 的动态显示方式

动态显示方式下，LED 数码管的所有段码连接在同一个 8 位 I/O 口线上，每一个 LED 数码管的位码则单独使用一个 I/O 口，这样 N 位动态显示的 LED 数码管只需占用 8+N 位 I/O 口线。此电路的突出特点是占用较少硬件资源，功耗相对于静态显示大大降低，但编程较复杂，并需要占用系统的软件资源。

由于动态 LED 数码管显示的以上优点，在单片机控制系统中较常采用。为了方便用户的使用，LED 数码管生产厂商已经把多个单位的 LED 数码管集成在一起。

2. 硬件设计分析

1）设计思路
P0 口分别连接两个锁存器 74HC573，分别通过 P2.6 和 P2.5 控制锁存器的锁存允许信号，一个锁存器用于输出段码，另一个锁存器用于输出位码。系统的连接原理图如图 4-6 所示。
2）设计要求
USTH-51S 学习板为用户提供了 6 位共阴 LED 数码管（使用了两组），系统上电后，程序正常运行，LED 动态显示"888888"，当按下 S1 按键时，LED 显示"123456"，当按下 S2 按键时，LED 显示"-UH51-"。如图 4-6 所示。

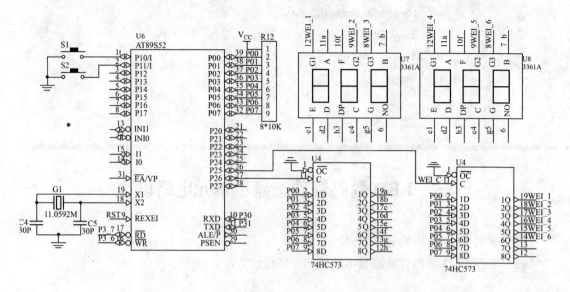

图 4-6　LED 数码管动态显示硬件原理图

4.5.2　软件编程

以下是 LED 数码管动态显示电路的源程序清单：

```
/**********************************************************
文件名：LED_DynDisplay.c
功能：使用 USTH-51S 完成 6 位 LED 数码管的动态显示。
说明：
1. 正常显示为"888888"。
2. 当按键 S1 按下时，显示"123456"。
3. 当按键 S2 按下时，显示"-UH51-"。
最后修改时间：2010 年 2 月 19 日。
**********************************************************/
#include "reg51.h"
#define uint unsigned int
#define uchar unsigned char

sbit DUAN_C=P2^5;        //控制数码管段选的锁存器锁存端。
sbit WEI_C=P2^6;         //控制数码管位选的锁存器锁存端。
sbit S1=P1^0;
sbit S2=P1^1;

unsigned char code table1[]={0x3f,0x06,0x5b,0x4f,0x66,0x6d,0x7d,
               0x07,0x7f,0x6f,0x77,0x7c,0x39,0x5e,0x79,0x71};  //0～F 编码。
```

```
unsigned char code table2[]={0x40,0x3e,0x76,0x6d,0x06,0x40};        //-UH51-编码。
unsigned char code table3[]={0xdf,0xef,0xf7,0xfb,0xfd,0xfe};        //位选编码。


uchar i,j,k;
void delay(uchar i)              //延时函数。
{
     for(j=i;j>0;j--)
     for(k=125;k>0;k--);
}
void display(uchar channel,uchar num) //显示函数。
{
     DUAN_C=0;
     P0=table1[num];
     DUAN_C=1;
     DUAN_C=0;

     WEI_C=0;
     P0=table3[channel];
     WEI_C=1;
     WEI_C=0;
     delay(5); //亮 5ms
}
void display1(uchar channel,uchar num) //显示函数。
{
     DUAN_C=0;
     P0=table2[num];
     DUAN_C=1;
     DUAN_C=0;

     WEI_C=0;
     P0=table3[channel];
     WEI_C=1;
     WEI_C=0;
     delay(5); //亮 5ms
}


void main(void)
{
     uchar l,m,n;
     P1=0xff;
```

```
    while(1)
    {
        for(l=0;l<6;l++)
        {
            display(l,8);
        }

        if(S1==0)              //判断是否按下 S1 按键。
        {
            delay(10);         //延时，软件去干扰。
            if(S1==0)          //确认按键 S1 按下。
            {
              for(m=0;m<6;m++)
              {
                  display(m,++m);
              }
            }
        }
        if(S2==0)              //判断是否按下 S2 按键。
        {
            delay(10);         //延时，软件去干扰。
            if(S2==0)          //确认按下 S2 按键。
            {
              for(n=0;n<6;n++)
              {
                  display1(n,n);
              }
            }
        }
        l=0;
        m=0;
        n=0;
    }
}
```

4.6　蜂鸣器发声单元电路设计

（1）学习蜂鸣器单元电路的硬件原理设计。

（2）掌握蜂鸣器发声的程序设计方法。

4.6.1　硬件原理分析

1. 蜂鸣器简介

由于蜂鸣器具有控制简单、声响悦耳动听的特点，在工程项目中常用作人机接口的重要输出设备，用以发出语音提示信息，使系统更加完善、适用。蜂鸣器有交流和直流两种，直流蜂鸣器驱动简单，一旦在两引脚上加入直流电源它就会发出一定频率的声音，此时声音的音调和音量是固定的；而交流蜂鸣器则显得较灵活，输出的声音信号的频率和音长是用户可控的，因此输出的声响将更逼真、更悦耳。

2. 硬件设计分析

USTH-51S 学习板上采用一个交流蜂鸣器，由于一般 I/O 口的驱动能力有限，在此采用了三极管 Q1 来驱动蜂鸣器，系统的连接原理图如图 4-7 所示。当 FMQ 输出高电平时蜂鸣器不响，而 FMQ 输出低电平时蜂鸣器发出声响。这样只要通过控制 FMQ 输出高低电平的时间和变化频率，就可以让蜂鸣器发出悦耳的音乐。

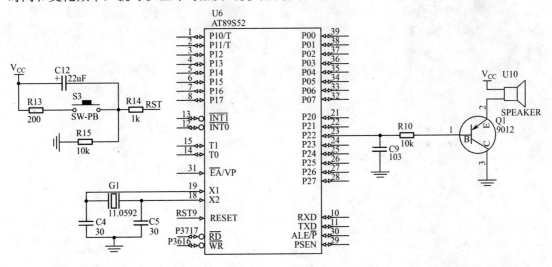

图 4-7　蜂鸣器发声实验硬件原理图

4.6.2　软件编程

500Hz 信号周期为 2ms，信号电平为每 1ms 变反 1 次，1kHz 的信号周期为 1ms，信号电平每 500μs 变反 1 次。

以下是蜂鸣器发声电路的源程序清单。

```
/********************************************************
文件名：Speaker.c
功能：使用 USTH-51S 完成蜂鸣器发声。
说明：
```

　　1.输出 1kHz 和 500Hz 的音频信号驱动扬声器。

　　2.1kHz 信号响 100ms，500Hz 信号响 200ms，交替进行。

　　最后修改时间：2010 年 2 月 25 日。

```c
**************************************************************/
#include "reg51.h"
#include "intrins.h"
#define uint unsigned int
#define uchar unsigned char

sbit FMQ=P2^2;          //蜂鸣器发声控制端。
uchar count;
void dely500(void)
{
        unsigned char i;
        for(i=250;i>0;i--)
        {
            _nop_();
        }
}


void main(void)
{
        while(1)
        {
            for(count=200;count>0;count--)
            {
                FMQ=~FMQ;
                dely500();
            }
            for(count=200;count>0;count--)
            {
                FMQ=~FMQ;
                dely500();
                dely500();
            }
        }
}
```

4.7　矩阵键盘单元电路设计

（1）学习矩阵键盘的检测原理。
（2）掌握 LED 数码管静态显示原理。

4.7.1　硬件原理分析

1. 矩阵式键盘

矩阵式键盘适用于按键数量较多的场合，它由行线与列线组成，按键位于行、列的交叉点上。一个 3×3 的行列结构可以构成一个有 9 个按键的键盘。同理，一个 4×4 的行、列可以构成一个 16 按键的键盘。很明显，在按键数量较多的场合，矩阵式键盘与独立式键盘相比，要节省很多 I/O 口。

2. 键盘按键识别方式

1）扫描法

有行扫描和列扫描两种，无论哪种，其效果是一样的，只是在程序中处理方法有所区别。下面以列扫描法为例介绍扫描法识别按键的方法。首先在键处理程序中将 P1.3～P1.0 依次按位变低，P1.3～P1.0 在某一时刻只有一个为低。在某一位为低时读行线，根据行线的状态即可判断出哪一个按键被按下。如 2 号键按下时，当列线 P1.2 为低时，读回的行线状态中 P1.4 被拉低，由此可知 2 号键被按下。一般在扫描法中分两步处理按键，首先是判断有无键按下，即使列线（P1.3～P1.0）全部为低，读行线，如行线（P1.4～P1.7）全为高，则无键按下，如行线有一个为低，则有键按下。当判断有键按下时，使列线依次变低，读行线，进而判断出具体哪个键被按下。如图 4-8 所示。

2）线反转法

扫描法是逐行或逐列扫描查询，当被按下的键处于最后一列时，要经过多次扫描才能获得此按键所处的行列值。而线反转法则显得简练，无论被按键是处于哪列，均可经过两步即能获得此按键所在的行列值，仍以图 4-8 为例介绍。

第 1 步：将行线 P1.4～P1.7 作为输入线，列线 P1.3～P1.0 作为输出线，并将输出线输出全为低电平，读行线状态，则行线中电平为低的是按键所在的行。

第 2 步：将列线作为输入线，行线作为输出线，并将输出线输出为低电平，读列线状态，则列线中电平为低的是按键所在的列。

综合第 1 步和第 2 的结果，可确定按键所在的行和列，从而识别出所按下的键。

假设 10 号键被按下，在第 1 步 P1.3～P1.0 输出全为低电平时，读 P1.4～P1.7 的值，则 P1.6 为低电平，在第 2 步 P1.4～P1.7 输出全为低电平时，读 P1.3～P1.0 时，P1.1 为低电平，由此可判断第 3 行第 3 列有键被按下，此键就是 10 号键。线反转法非常简单实用。

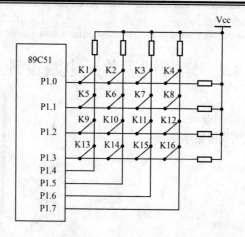

图 4-8　用 89C51 的 P1 口设计的 4×4 键盘

3. 硬件设计分析

USTH-51S 学习板上采用 4×4 矩阵键盘。矩阵键盘的四行分别与 P3.0～P3.3 连接，四列分别与 P3.4～P3.7 连接，系统的连接原理图如图 4-9 所示。

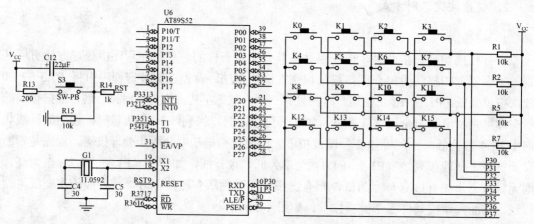

图 4-9　矩阵键盘识别电路原理图

4.7.2　软件编程

依次按下 4×4 矩阵键盘上的第 1 到第 16 个键，同时在六位数码管上依次显示 0、1、2、3、4、5、6、7、8、9、A、B、C、D、E、F。

以下是矩阵键盘识别电路的源程序清单：

```
/***********************************************************
文件名：MatKey_Iden.c
功能：使用 USTH-51S 完成 4×4 矩阵键盘识别。
说明：
```

依次按下 4×4 矩阵键盘上的第 1 到第 16 个键，同时在六位数码管上依次显示 0、1、2、3、4、5、6、7、8、9、A、B、C、D、E、F。

最后修改时间：2010 年 2 月 20 日。

**/

```c
#include "reg51.h"
#define uint unsigned int
#define uchar unsigned char

sbit DUAN_C=P2^5;              //控制数码管段选的锁存器锁存端。
sbit WEI_C=P2^6;               //控制数码管位选的锁存器锁存端。
uchar code table[]={0x3f,0x06,0x5b,0x4f,0x66,0x6d,0x7d,
                0x07,0x7f,0x6f,0x77,0x7c,0x39,0x5e,0x79,0x71};
uchar temp,key;
void delay(uchar i)            //延时函数，当 i=10 时大约为 10ms。
{
    uchar j,k;
    for(j=i;j>0;j--)
    for(k=125;k>0;k--);
}

display(uchar num)            //6 位 LED 同时显示函数。
{
        P0=table[num];
    DUAN_C=1;
    DUAN_C=0;
    P0=0xc0;
    WEI_C=1;
    WEI_C=0;
}

void main()
{
        DUAN_C=0;
        WEI_C=0;
    while(1)
    {
    P3=0xfe;                  //第一行输出低电平。
    temp=P3;
    temp=temp&0xf0;
```

```
    if(temp!=0xf0)
    {
        delay(10);                  //延时去抖。
        if(temp!=0xf0)
        {
            temp=P3;
            switch(temp)            //具体键位识别。
            {
                case 0x7e:
                key=0;
                break;

                case 0xbe:
                key=1;
                break;

                case 0xde:
                key=2;
                break;

                case 0xee:
                key=3;
                break;
            }
            while(temp!=0xf0)       //检测按键是否被释放。
            {
                temp=P3;
                temp=temp&0xf0;
            }
            display(key);
        }
    }

        ......        ......        ......
    }
}
```

4.8　定时器中断单元电路设计

（1）学习中断、定时器/计数器的基本原理。

（2）掌握定时器查询和定时器中断的程序设计方法。

4.8.1　硬件原理分析

1. 中断基础知识

所谓中断是指 CPU 对系统中或系统外发生的某个事件的一种响应过程，即 CPU 暂时停止现行程序的执行，而自动转去执行预先安排好的处理该事件的服务子程序。当处理结束后，再返回到被暂停程序的断点处，继续执行原来的程序。实现这种中断功能的硬件系统和软件系统统称为中断系统。

标准 51 单片机中具有 5 个中断源，包括由 $\overline{INT0}$（P3.2）、$\overline{INT1}$（P3.3）引脚引入的两个外部中断请求信号、片内定时器/计数器 T0 和 T1 溢出产生的两个内部中断请求信号和片内串行通信口产生的一个内部中断请求信号 RI 或 TI。这些请求信号均由单片机中的特殊功能寄存器 TCON、SCON 的相应位锁存。这 5 个中断源的入口地址如表 4-2 所示。

表 4-2　中断源入口地址

中　断　源	入　口　地　址
$\overline{INT0}$	0003H
T0	000BH
$\overline{INT1}$	0013H
T1	001BH
RI/TI	0023H

1）外部中断

外部中断是指从单片机外部引脚 $\overline{INT0}$（P3.2）、$\overline{INT1}$（P3.3）引入中断请求信号的中断。输入/输出的中断请求、实时事件的中断请求及掉电和设备故障的中断请求都可以作为外部中断源，从引脚 $\overline{INT0}$、$\overline{INT1}$ 输入。

外部中断请求有两种触发方式：电平触发和边沿触发。用户可以通过对特殊功能寄存器 TCON 中 IT0 和 IT1 位的编程来选择。TCON 的字节地址为 88H，也可进行位寻址，位地址范围是 88H～8FH，相应位的定义格式如下：

D7	D6	D5	D4	D3	D2	D1	D0
TF1	TR1	TF0	TR0	IE1	IT1	IE0	IT0

IT0（IT1）：外部中断 0（1）触发方式控制位。位地址=88H（8AH）。

IT0（或 IT1）=0，选择外部中断为电平触发方式；IT0（或 IT1）=1，则选择外部中断为边沿触发方式。

IE0（IE1）：外部中断 0（1）的中断请求标志位。位地址=89H（8BH）。

IE0（IE1）=1，表示外部引脚 $\overline{INT0}$（$\overline{INT1}$）检测到有效的中断请求信号；IE0（IE1）=0，表示外部引脚 $\overline{INT0}$（$\overline{INT1}$）上无有效的中断请求信号。

当 IT0（或 IT1）=1，即边沿触发方式时，CPU 需两次检测 $\overline{INT0}$/$\overline{INT1}$ 引脚上的电平才能确定中断请求信号是否有效，即前一次检测为高电平而后一次检测为低电平时，$\overline{INT0}$/$\overline{INT1}$ 引脚上的请求信号才有效。由硬件置位 IE0（或 IE1），并以此向 CPU 请求中断。为了保证检测到负跳变，输入到 $\overline{INT0}$/$\overline{INT1}$ 引脚上的高电平与低电平至少应保持 1 个机器周期。当 CPU 响应中断转向中断服务程序时自动将 IE0（或 IE1）清零，撤除 $\overline{INT0}$/$\overline{INT1}$ 上的中断请求。

当 IT0（或 IT1）=0，即电平触发方式时，CPU 在每个机器周期的 S5P2 拍采样 $\overline{INT0}$/$\overline{INT1}$ 引脚上的中断请求信号。若 $\overline{INT0}$/$\overline{INT1}$ 引脚为低电平，即可认为其中断请求信号有效。由硬件置位 IE0（或 IE1），并以此向 CPU 请求中断。CPU 响应中断时相应的中断标志位 IE0（或 IE1）被清零。与边沿触发方式不同，由于 CPU 对 $\overline{INT0}$/$\overline{INT1}$ 引脚没有控制作用，也没有相应的中断响应标志位，所以需要外接电路来撤除引脚上中断请求信号。否则，$\overline{INT0}$/$\overline{INT1}$ 引脚上的低电平会再次将已经变 0 的中断标志位 IE0（或 IE1）置位，导致系统的混乱。所以，引脚上的低电平应随着其中断被 CPU 响应而变为高电平。

2）内部中断

内部中断是单片机芯片内部产生的中断。51 系列单片机的内部中断有定时器/计数器 T0/T1 的溢出中断，串行口的发送/接收中断。

51 系列单片机内部有两个 16 位的定时器/计数器 T0/T1，由内部定时脉冲或 T0/T1 引脚上引入的外部定时脉冲计数，当 T0/T1 计数到由全 0 变为全 1 时，由硬件自动置位特殊功能寄存器 TCON 的 TF0 或 TF1，向 CPU 申请中断。CPU 响应中断而转向中断服务程序时，由硬件自动将 TF0 或 TF1 清零，即 CPU 响应中断后能自动撤除中断请求信号。串行通信中断请求标志不在 TCON 中，而在特殊功能寄存器 SCON 中。

串行口的中断是当串行口发送完或接收完一帧信息后，通过接口硬件自动置位特殊功能寄存器 SCON 的 TI 或 RI 位向 CPU 申请的。当 CPU 响应中断后，接口硬件不能自动将 TI 或 RI 清零，需用户采用软件方法清零，以便撤除中断请求信号。所以，在相应的中断处理子程序中首先应解决两个问题：一个是通过对 SCON 中 TI 或 RI 的判断区分串口中发生的中断是接收中断还是发送中断，另一个是将 TI 或 RI 清零。

3）中断允许控制字

51 系列单片机中没有专设的开中断和关中断指令，对各中断源的中断开放或关闭是由内部的中断允许寄存器 IE 的各位来进行两级控制的。所谓两级控制是指各个中断源的允许控制位与一个中断允许总控位 EA 配合实现对中断请求的控制。中断允许寄存器 IE 字节地址为 A8H，各控制位也可位寻址。各位状态均可由用户通过程序设定。IE 各位的定义如下：

D7	D6	D5	D4	D3	D2	D1	D0
EA		ET2	ES	ET1	EX1	ET0	EX0

EA：中断允许总控位。EA=0，屏蔽所有的中断请求；EA=1，开放所有的中断请求。EA 的作用是使中断允许形成两级控制。即各中断源首先受 EA 位的控制，其次还要受各中断源自己的中断允许位控制。EA 位地址为 AFH。

ET2：定时器/计数器 T2 的溢出中断允许位，只用于 52 子系列，51 子系列无此位。ET2=0，禁止 T2 中断请求；ET2=1，允许 T2 中断请求。位地址为 ADH。

ES：串行口中断允许位。ES=0，禁止串行口中断请求；ES=1 允许串行口中断请求。位地址为 ACH。

ET1：定时器/计数器 T1 的溢出中断允许位。ET1=0，禁止 T1 中断请求；ET1=1，允许 T1 中断请求。位地址为 ABH。

EX1：外部中断 1（$\overline{INT1}$）的中断请求允许控制位。EX1=0，禁止外部中断 1 中断请求；EX1=1，允许外部中断 1 中断请求。位地址为 AAH。

ET0：定时器/计数器 T0 的溢出中断允许位。ET0=0，禁止 T0 中断请求；ET0=1，允许 T0 中断请求。位地址为 A9H。

EX0：外部中断 0（$\overline{INT0}$）的中断请求允许控制位。EX0=0，禁止外部中断 0 中断请求；EX0=1 允许外部中断 0 中断请求。位地址为 A8H。

应注意在 51 系列单片机复位时，IE 各位均被复位为 0，CPU 处于关闭所有中断的状态。因此复位后，用户应通过主程序中的指令开放所需中断。

2．定时器/计数器基础知识

在 51 系列单片机内部有两个 16 位定时器/计数器 T0 和 T1，它们均可作为定时器或计数器使用，均具有 4 种不同的工作方式，用户可通过对特殊功能寄存器的编程，方便地选择适当的工作方式及设定 T0 或 T1 工作于定时器还是计数器。

对定时器/计数器工作模式、工作方式的设定及控制，是通过方式选择寄存器 TMOD 和控制寄存器 TCON 这两个特殊功能寄存器来完成的。TMOD 用于控制和确定各定时器/计数器的工作方式和功能，TCON 用于控制各定时器/计数器的启动和停止并可反映定时器/计数器的状态，它们存在 21 个特殊功能寄存器 SFR 中。

1）定时器/计数器方式选择寄存器

定时器/计数器 T0、T1 都有 4 种工作方式，可通过程序对 TMOD 的编程来设置。TMOD 的低 4 位用于定时器/计数器 0，高 4 位用于定时器/计数器 1。其各位定义如下：

D7	D6	D5	D4	D3	D2	D1	D0
GATE	C/$\overline{T}$	M1	M0	GATE	C/$\overline{T}$	MI	M0
	T1方式字段				T0方式字段		

其字节地址为 89H，高 4 位对应 T1，低 4 位对应 T0。

GATE：门控位，用于控制定时器/计数器的启动是否受外部引脚中断请求信号的影响。如果 GATE=1，定时器/计数器 0 的启动受芯片引脚 $\overline{INT0}$（P3.2）控制，定时器/计数器 1 的启动受芯片引脚 $\overline{INT1}$（P3.3）控制；如果 GATE=0，定时器/计数器的启动与引脚无关。一般情况下 GATE=0。

$C/\overline{T}$：定时或计数功能选择位，当 $C/\overline{T}$ =1 时为计数方式，当 $C/\overline{T}$ =0 时为定时方式。

M1、M0：定时器/计数器工作方式选择位，其值与工作方式对应关系如表 4-3 所示。

表 4-3　定时器/计数器工作方式

M1	M0	工 作 方 式	方 式 说 明
0	0	0	13 位定时器/计数器
0	1	1	16 位定时器/计数器
1	0	2	具有自动重装初值的 8 位定时器/计数器
1	1	3	仅适用于 T0，分为两个 8 位计数器，T1 在方式 3 时停止工作

2）定时器/计数器控制寄存器（TCON）

TCON 控制寄存器字节地址为 88H，相应各位的定义如下：

D7	D6	D5	D4	D3	D2	D1	D0
TF1	TR1	TF0	TR0	IE1	IT1	IE0	IT0

TF0、TF1：T0、T1 定时器/计数器溢出中断标志位。当 T0、T1 启动计数后，从初值开始加 1 计数，当 T0、T1 计数溢出时，由硬件将该位置位，并在允许中断的情况下，向 CPU 发出中断请求信号，CPU 响应中断转向中断服务程序时，由硬件自动将该位清零，TF0、TF1 也可以由程序查询或清零。

TR0、TR1：T0、T1 运行控制位。当 GATE（TMOD.3/TMOD.7）为 0 时 TR0（或 TR1）=1，启动 T0（或 T1）计数；TR0（或 TR1）=0 时停止 T0（或 T1）计数。当 GATE（TMOD.3/TMOD.7）为 1 时仅当 TR0（或 TR1）=1 且 $\overline{INT0}$/$\overline{INT1}$（P3.2/P3.3）输入高电平时，才允许 T0（或 T1）计数，TR0（或 TR1）=0 或 $\overline{INT0}$/$\overline{INT1}$ 输入低电平时都禁止 T0（或 T1）计数。该位由软件进行设置。

3）定时器/计数器初始化

由于 51 系列单片机的定时器/计数器是可编程的，所以在使用之前需要进行初始化设置，以确定基本工作方式及计数初值。在编程以前应正确地确定定时器/计数器的工作方式并计算初值。一般情况下，包括以下几个步骤。

（1）根据实际应用情况，确定工作方式控制寄存器 TMOD，以便对定时器/计数器的工作方式进行设定。

（2）根据实际需要的定时时间或计数情况，计算初值，并装入定时器/计数器（THX 和 TLX）。

（3）根据实际需要，设定中断允许寄存器 IE，以开放相应中断。

（4）根据实际需要，给中断优先级寄存器 IP 选送中断优先级字，以设定中断优先级。

（5）设置定时器、控制寄存器、TCON，以便启动或禁止定时器/计数器的运行。

4）定时器初值计算方法

在定时器模式下，计数器的计数脉冲来自于晶振脉冲的 12 分频信号，即对机器周期进行计数。若选择 12MHz 晶振，则定时器的计数频率为 1MHz。假设定时时间为 T，机器周期为 T_p，X 为定时器的定时初值，则

$$T=(2^n-X)T_p$$
$$X=2^n-T/T_p$$

若设定时器的定时初值 $X=0$，则定时时间最大。但由于定时器工作在不同工作方式时，n 值不同，所以最大定时时间随工作方式而定。若该单片机晶振频率为 6MHz，则计数脉冲周期为 $\dfrac{1}{6MHz}\times12=2\mu s$。

在方式 0 时，$T_{max}=2^{13}\times2\mu s=16.284ms$。

在方式 1 时，$T_{max}=2^{16}\times2\mu s=131.072ms$。

在方式 3 时，$T_{max}=2^8\times2\mu s=0.512ms$。

对于定时器的几种工作方式来说，最小定时时间都是一样的，为一个计数脉冲周期，即 $T_{min}=2\mu s$。

3. 硬件设计分析

使用 USTH-51S 学习板上的六位 LED 数码管的前两位显示数据。P0 口连接锁存器 74HC573，通过 P2.5 控制锁存器的锁存允许信号，P0 口的输出作为段码。通过 P2.6 控制锁存器的锁存允许信号，P0 口的输出作为位码。如图 4-10 所示。

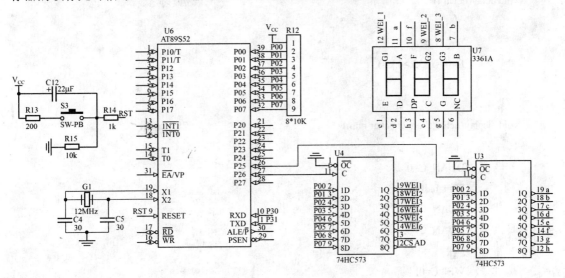

图 4-10 定时/中断电路硬件原理图

4.8.2 软件编程

以下为定时器中断电路（查询方式）的源程序清单。

```
/**************************************************************
文件名：Time_Inquiry.c
功能：使用 USTH-51S 完成用 AT89S52 单片机的定时/计数器 T0 产生一秒的定时时间，
      作为秒计数时间，当一秒产生时，秒计数加 1，秒计数到 60 时，自动从 0 开始。
说明：
在六位数码管前两位显示 0～59。
最后修改时间：2010 年 2 月 20 日。
**************************************************************/
#include "reg51.h"
#define uint unsigned int
#define uchar unsigned char

sbit DUAN_C=P2^5;          //控制数码管段选的锁存器锁存端。
sbit WEI_C=P2^6;           //控制数码管位选的锁存器锁存端。

uchar code table1[]={0x3f,0x06,0x5b,0x4f,0x66,0x6d,0x7d,
                0x07,0x7f,0x6f,0x77,0x7c,0x39,0x5e,0x79,0x71}; //0～F 编码。
uchar code table3[]={0xdf,0xef,0xf7,0xfb,0xfd,0xfe};           //位选编码。

uchar second, tcount, i, j, k;
void delay(uchar i)                                          //延时函数。
{
        for(j=i;j>0;j--)
        for(k=125;k>0;k--);
}

void display(uchar channel,uchar num)                        //显示函数。
{
        DUAN_C=0;
        P0=table1[num];
        DUAN_C=1;
        DUAN_C=0;

        WEI_C=0;
        P0=table3[channel];
        WEI_C=1;
        WEI_C=0;
        delay(5); //亮 5ms

}
```

```c
void main(void)
{
        uchar a,b;
        TMOD=0x01;
        TH0=(65536-50000)/256;
        TL0=(65536-50000)%256;
        TR0=1;
        tcount=0;
        second=0;
        display(0,0);
        display(1,1);
        while(1)
        {
            if(TF0==1)
            {
                    tcount++;
                    if(tcount==20)
                    {
                            tcount=0;
                            second++;
                            if(second==60)
                            {
                                    second=0;
                            }
                            a=second/10;
                            b=second%10;
                            display(0,a);
                            display(1,b);
                    }
            TF0=0;
            TH0=(65536-50000)/256;
            TL0=(65536-50000)%256;
            }
        }
}
```

以下为定时器中断电路（中断方式）的源程序清单。

```
/*******************************************************************
文件名：Time_Interrupt.c
```

　　　功能：使用 USTH-51S 完成用 AT89S52 单片机的定时/计数器 T0 产生一秒的定时时间，
　　　　　作为秒计数时间，当一秒产生时，秒计数加 1，秒计数到 60 时，自动从 0 开始。
　　说明：
　　1.在六位数码管前两位显示 0～59。
　　2.采用中断方式完成程序设计。
　　最后修改时间：2010 年 2 月 20 日。
　　**/

```
#include "reg51.h"
#define uint unsigned int
#define uchar unsigned char

sbit DUAN_C=P2^5;                    //控制数码管段选的锁存器锁存端。
sbit WEI_C=P2^6;                     //控制数码管位选的锁存器锁存端。

uchar code table1[]={0x3f,0x06,0x5b,0x4f,0x66,0x6d,0x7d,
                     0x07,0x7f,0x6f,0x77,0x7c,0x39,0x5e,0x79,0x71};   //0～F 编码。
uchar code table3[]={0xdf,0xef,0xf7,0xfb,0xfd,0xfe};                  //位选编码。
uchar second,tcount,i,j,k;

void delay(uchar i)            //延时函数,延时为 i 毫秒。
{
    for(j=i;j>0;j--)
    for(k=125;k>0;k--);
}

//显示函数，channel 为显示位数，num 为显示数据。
void display(uchar channel,uchar num)
{
    DUAN_C=0;
    P0=table1[num];
    DUAN_C=1;
    DUAN_C=0;

    WEI_C=0;
    P0=table3[channel];
    WEI_C=1;
    WEI_C=0;
    delay(5); //亮 5ms
}
```

```
void main(void)
{
        TMOD=0x01;                          //设定定时器 0 为 16 位。
        TH0=(65536-50000)/256;              //定时器初值设置，定时为 50ms。
        TL0=(65536-50000)%256;
        TR0=1;                              //定时器 0 启动。
        ET0=1;                              //定时器 0 开中断。
        EA=1;                               //CPU 开中断。
        tcount=0;
        second=0;
        display(0,0);
        display(1,1);
        while(1);
}

void t0(void) interrupt 1 using 0          //1 为对应中断源的编号，使用默认寄存器组 0。
{
        uchar a,b;
        tcount++;
        if(tcount==20)                      //当计数为 20 次时，时间为 1s。
        {
                tcount=0;
                second++;
                if(second==60)
                {
                        second=0;
                }
                a=second/10;
                b=second%10;
                display(0,a);               //调用显示函数。
                display(1,b);
        }
        TH0=(65536-50000)/256;
        TL0=(65536-50000)%256;
}
```

4.9 模数转换 ADC0804 单元电路设计

（1）学习模拟量转换为数字量的原理。

（2）掌握 ADC0804 的应用。

4.9.1 硬件原理分析

在一个实际的单片机应用系统中，往往需要将外部的模拟量采集到单片机中。由于 MCS-51 单片机只能对数字量进行处理，因而 MCS-51 单片机在对模拟量进行处理时要用到将模拟量转换成数字量的器件，这种器件称之为 A/D 转换器。

将模拟量转换成数字量的方法有很多，根据转换原理有逐次逼近式、双积分式、压频变换式和电压时间式等。

衡量 A/D 性能的主要参数如下。

（1）分辨率：即输出的数字量变化一个 LSB 值的输入模拟量的变化值；

（2）满量程误差：即输出全为 1 时输入的电压与理想输入量之差；

（3）转换速率：完成一次 A/D 采样的时间；

（4）转换精度：实际 A/D 结果与理想值之差；

（5）与 CPU 之间的接口方式：有并行口方式和串行口方式。

A/D 转换器根据转换方式分逐次逼近式、双积分式、压频变换式和电压时间式等。下面只说明学习板采用的 ADC0804 的工作原理。

1. 逐次逼近式 A/D 转换器工作原理

逐次逼近式 A/D 转换也称逐次比较式 A/D，它由结果寄存器、D/A、比较器和置位控制逻辑等部件组成，如图 4-11 所示。

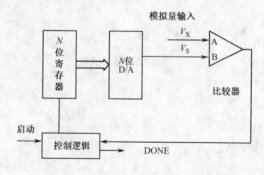

图 4-11　逐次逼近式 A/D 转换电路

这种 A/D 转换采用对分搜索法逐次比较、逐步逼近的原理来转换，整个转换过程是个"试探"过程。

控制逻辑先置 1 结果寄存器最高位 D_{n-1}，然后经 D/A 转换得到一个占整个量程 1/2 的模拟电压 V_S，比较器将 V_S 和模拟输入量 V_X 比较，若 $V_X > V_S$ 则保留 D_{n-1}（为 1），否则清零 D_{n-1} 位。然后控制逻辑置 1 结果寄存器次高位 D_{n-2}，连同 D_{n-1} 一起送 D/A 转换，得到的 V_S 再和 V_X 比较，以决定 D_{n-2} 位保留为 1 还是清零，依此类推。最后 D_0 连同前面的 D_{n-1}，D_{n-2}，$\cdots$ D_1 一起送 D/A 转换，转换得到的结果 V_S 和 V_X 比较，决定 D_0 保留为 1 还是清零。至此，结果寄存器的状态便是与输入的模拟量 V_X 对应的数字量。

2. 常用 A/D 转换器

常用的 A/D 转换器有很多种，表 4-4 列出了不同种类的 A/D 转换器的型号及基本性能。

表 4-4　常用 A/D 转换器及基本性能

型　号	转换方式	接口方式	转换精度	型　号	转换方式	接口方式	转换精度
ADC0804	逐次逼近	并行口	1 路 8 位	TLV1572	逐次逼近	串行口	1 路 10 位
TLC0831	逐次逼近	串行口	1 路 8 位	TLC2543	电容逼近	串行口	11 路 12 位
TLC0834	逐次逼近	串行口	4 路 8 位	AD7888	逐次逼近	串行口	8 路 12 位
AD7705	Σ-$\triangle$	串行口	2 路 16 位	AD7714	和差转换	串行口	6 路 24 位
MC14433	双积分	BCD 码	三位半	ICL7135	双积分	BCD 码	四位半

3. 逐次逼近式 A/D 转换器 ADC0804

ADC0804 是 8 位 CMOS 逐次逼近式 A/D 转换器，片内有三态数据输出锁存器，单通道输入，转换时间大约为 $100\mu s$。ADC0804 引脚功能如下。

$\overline{CS}$：芯片选择，低电平有效。

$\overline{RD}$：外部读取转换结果的输出信号。

$\overline{WR}$：用来启动转换的控制输入。

$\overline{INTR}$：中断请求信号输出，低电平有效。

CLK IN、CLK R：时钟输入或接振荡元件。

VIN(+)、VIN(−)：差动模拟电压输入，输入单端正电压时，VIN(−)接地；差动输入时，直接加入 VIN(+)、VIN(−)。

D0～D7：数字量输出，是转换后的数字量。

V_{REF}：参考电压输入端。

AGND：模拟信号地。

DGND：数字信号地。

V_{CC}：工作电源，+5V。

4. 硬件设计分析

USTH-51S 学习板上采用芯片 ADC0804 进行 A/D 转换。输入的模拟量通过电阻 R24 可调，经 A/D 转换后，在六位 LED 数码管的前 3 位显示相应的模拟量数值。系统的连接原理图如图 4-12 所示。

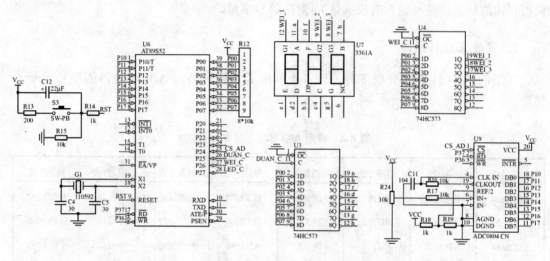

图 4-12　A/D 转换电路原理图

4.9.2　软件编程

通过调节电阻 R24 改变输入的模拟量的大小，相应的在 LED 数码管上显示出数值。可通过实际测量模拟量值，与转换后的结果做比较，看转换后的结果是否正确。

以下是 A/D 转换电路的源程序清单。

```
/***********************************************************
 文件名：AD_Converter.c
 功能：使用 USTH-51S 完成模数转换。
 说明：
 1.通过调节学习板上的电阻 R24 可改变输入的模拟量的大小。
 2.转换后的值通过 LED 数码管的前 3 位显示，第 4 位显示电压单位"U"。
 最后修改时间：2010 年 3 月 18 日。
 ***********************************************************/
#include "reg51.h"
#include <intrins.h>
#define uint unsigned int
#define uchar unsigned char

sbit DUAN_C=P2^5;          //控制数码管段选的锁存器锁存端。
```

```
sbit WEI_C=P2^6;              //控制数码管位选的锁存器锁存端。
sbit AD_RD=P3^7;              //A/D 读引脚。
sbit AD_WR=P3^6;              //A/D 写引脚。


uchar code table1[]={0x3f,0x06,0x5b,0x4f,0x66,0x6d,0x7d,
                0x07,0x7f,0x6f,0x77,0x7c,0x39,0x5e,0x79,0x71,0x3e};  //0～F,U 编码。
uchar code table3[]={0xdf,0xef,0xf7,0xfb,0xfd,0xfe};            //位选编码,第 1、2、3、4、5、6 位。
uchar num[3]={'0','0','0'};
uchar ad_con,j,k;


void delay(uchar i)          //延时函数,延时为 i 毫秒。
{
    for(j=i;j>0;j--)
    for(k=125;k>0;k--);
}
/*------------------------------------------
函数调用方式: display(uchar channel,uchar num)
函数说明: 显示函数, channel 为显示位数, num 为显示数据。
------------------------------------------ */
void display(uchar channel,uchar num)
{
    DUAN_C=0;
    P0=table1[num];
    DUAN_C=1;
    DUAN_C=0;

    WEI_C=0;
    P0=table3[channel];
    WEI_C=1;
    WEI_C=0;
    delay(5); //亮 5ms
}
/*------------------------------------------
函数调用方式: getnumber(uint dat)
函数说明: 将模拟量转换为 ASCII 码。
------------------------------------------ */
void getnumber(uint dat)
{
    uchar m;
```

```
        uchar buff[3];
        unsigned long h;
        h=dat;
        h=h*500;
        h=h/4096;
        dat=(uint)h;
        buff[2]=dat/100;
        m=(dat-buff[2]*100);
        buff[1]=m/10;
        buff[0]=(m-buff[1]*10);
        for(m=0;m<3;m++)
        num[m]=buff[m]+48;
}


void main()
{
        uchar a;
        while(1)
        {
                AD_WR=0;
                _nop_();
                AD_WR=1;
                AD_RD=0;
                ad_con=P1; //A/D 数据读取。
                AD_RD=1;
                delay(10);
                getnumber(ad_con);
                for(a=10;a>0;a--)
                {
                        display(0,num[2]|0x80);
                        display(1,num[1]);
                        display(2,num[0]);
                        display(3,16);
                };
        }

}
```

4.10　数模转换 DAC0832 单元电路设计

（1）学习数字量转换为模拟量的原理。

（2）掌握 DAC0832 的应用。

4.10.1　硬件原理分析

D/A 转换器是单片机系统中常用的模拟输出的必备电路，基本的 D/A 转换器由电压基准或电流基准、精密电阻网络、电子开关及全电流求和电路构成。选择一个好的 D/A 转换器有 3 个重要指标：分辨率、准确度和转换速度。另外，还要考虑其他基本要求：温度稳定性、输入编码、输出方式、基准和功耗等。

D/A 转换器的动态指标如下。

（1）分辨率：当输入的数字信号发生单位数码变化，即最低位产生一次变化时，所对应的输出模拟量的变化量即为分辨率。在实际应用中，更常用的方法是用输入的数字量的位数来表示分辨率。如 8 位二进制的 D/A 转换器，分辨率为 8 位。

（2）精度：如果不考虑 D/A 的转换误差，D/A 转换的精度为其分辨率的大小。因此，要获得一定精度的 D/A 转换结果，首先条件是选择有足够分辨率的 D/A 转换器。当然，D/A 转换的精度不仅与 D/A 转换器本身有关，也与外电路以及电源有关。影响转换精度的主要误差因素有失调误差、增益误差、非线性误差和微分非线性误差等。

（3）建立时间：建立时间是描述 D/A 转换速度快慢的一个重要指标，它是指输入的数字量变化后，输出模拟量稳定到相应的数字范围内（±0.5LSB）所需的时间。

（4）尖峰：尖峰是输入的数字量发生变化时产生的瞬时误差。通常尖峰的转换时间很短，但幅度很大。在许多场合是不允许有尖峰存在的，应采取措施予以消除。

在选择 D/A 转换器时，不仅要考虑上述性能指标，还要考虑 D/A 转换芯片的结构特性和应用特性。需要考虑的特性如下。

数字输入特性：是串行输入还是并行输入以及逻辑电平等。

模拟输出特性：是电流输出还是电压输出以及输出的范围等。

锁存特性及转换特性：是否具有锁存功能，是单缓冲还是双缓冲，如何启动转换等。

参考电压：是内部参考电压还是外部参考电压，其大小如何，极性如何等。

电源：功耗的大小，是否具有低功耗的模式，正常工作时需要几组电源及电压的高低等。

1．D/A 转换器工作原理

D/A 转换器可以直接从 MCS-51 单片机输入数字量，并经一定的方式转换成模拟量。通常情况下 D/A 转换器输出的模拟量与输入的数字量是成正比关系的，有如下关系式：

$$V_{\text{OUT}} = B \times V_{\text{R}}$$

式中：V_{R} 为常量，由参考电压 V_{REF} 决定；B 为数字量，为一个二进制数。

数字量 B 一般为 8 位、10 位、16 位等，它由 D/A 转换器的具体型号决定。B 为 n 位时

的通式为:

$$B = b_{n-1}b_{n-2}\cdots b_1 b_0 = b_{n-1} \times 2^{n-1} + b_{n-2} \times 2^{n-2} + \cdots + b_1 \times 2^1 + b_0 \times 2^0$$

式中: b_{n-1} 为 B 的最高位; b_0 为 B 的最低位。

D/A 转换器的原理很简单,它将数字量的每一位按权值分别转换成模拟量,再通过运算放大器求和相加,因此 D/A 转换器内部有一个解码网络,以实现按权值分别进行 D/A 转换。解码网络有两种: 一种是二进制加权网络,另一种是 T 型网络。

2. 常用 D/A 转换器

常用 D/A 转换器的型号和功能如表 4-5 所示,目前单片机系统常用的 D/A 转换器转换精度有 8 位、10 位、12 位等,与单片机接口方式有并行接口,也有串行接口。

表 4-5　常用 D/A 转换器

型　　号	精　　度	接口方式	型　　号	精　　度	接口方式
DAC0832	1 路 8 位	并行口	DAC1208	1 路 12 位	并行口
TLC5620	4 路 8 位	串行口	TLC7226	4 路 8 位	并行口
TLC5615	1 路 10 位	串行口	TLC5618	2 路 12 位	串行口

3. 8 位并行 D/A 转换器 DAC0832

DAC0832 由美国国家半导体公司研制,同系列芯片还有 DAC0830 和 DAC0831,它们都是 8 位 D/A 转换器,可以互换。现对 DAC0832 内部结构和引脚功能分述如下。

1) DAC0832 的内部结构

DAC0832 内部由 3 部分组成,如图 4-13 所示。8 位输入寄存器用于存放 CPU 送来的数字量,使输入数字量得到缓冲和锁存,由 $\overline{LE1}$ 加以控制。8 位 DAC 寄存器用于存放待转换的数字量,由 $\overline{LE2}$ 控制。8 位 D/A 转换电路由 8 位 T 型电阻网络和电子开关组成,电子开关受 8 位 DAC 寄存器的输出控制,T 型电阻网络能输出与数字量成正比的模拟电流。因此,DAC0832 通常需要外接运算放大器才能得到模拟电压输出。

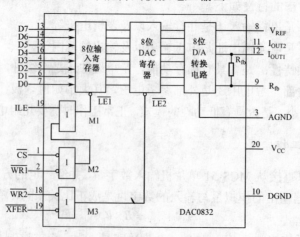

图 4-13　DAC0832 原理框图

2）DAC0832 的引脚功能

DAC0832 共有 20 个引脚，双列直插封装。各引脚功能如下。

D0～D7：数字量输入，通常 D0～D7 与单片机的数据总线相连，用于输入 CPU 送来的待转换数字量。

$\overline{CS}$：片选信号，低电平有效。

ILE：数字量输入允许控制，为高电平时允许输入数字量。

$\overline{XFER}$：传送控制输入线，低电平有效。

$\overline{WR1}$、$\overline{WR2}$：写命令输入线。$\overline{WR1}$ 用于控制数字量输入到输入寄存器。当 ILE=1，$\overline{CS}$=0，$\overline{WR1}$=0 时，则与门 M1 输出高电平，数据可送到 8 位输入寄存器中，并被锁存。$\overline{WR2}$ 用于控制 D/A 的转换时刻。当 $\overline{XFER}$=0，$\overline{WR2}$=0 时，则 M3 输出高电平，8 位 DAC 寄存器的输出与输入相同。

RFB：运算放大器的反馈输入。

IOUT1、IOUT2：模拟电流输出线。$I_{OUT1}+I_{OUT2}$ 为一常数，若输入数字量全为 1，则 I_{OUT1} 为最大，I_{OUT2} 为最小；若输入数字量全为 0，则 I_{OUT1} 为最小，I_{OUT2} 为最大。为了保证输出电流的线性，应将 I_{OUT1} 及 I_{OUT2} 接到外部运算放大器的输入端上。

V_{CC}：芯片工作电源，范围是+5V～+15V。

VREF：参考电压，范围是-10V～+10V。

DGND：数字信号地。

AGND：模拟信号地。

4. 硬件设计分析

USTH-51S 学习板上采用芯片 DAC0832 进行 D/A 转换。通过单片机控制 DAC0832 输出锯齿波，让学习板上的发光二极管 L2 由暗到亮变化，循环进行。系统的连接原理图如图 4-14 所示。

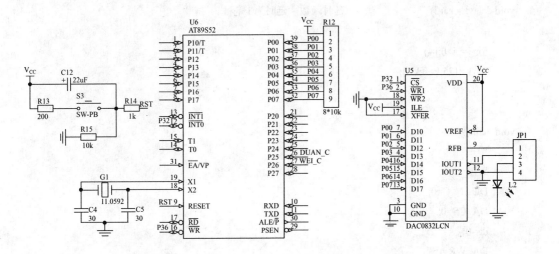

图 4-14 D/A 转换电路原理图

4.10.2　软件编程

　　通过不断增加 DAC0832 输入的数字量，其转换成的模拟量电流也不断增加，发光二极管 L2 由暗到亮不断变化，当数字量增加到 255 时，再重新从 0 开始，不断循环，发光二极管由暗到亮的状态也不断循环。

　　以下是 D/A 转换电路的源程序清单。

```
/************************************************************
  文件名：DA_Converter.c
  功能：使用 USTH-51S 完成数模转换。
  说明：
  1.给 DAC0832 输入的数字量不断增加，其转换成的模拟量电流也不断增加，
    发光二极管 L2 由暗到亮不断变化。
  最后修改时间：2010 年 3 月 18 日。
  ************************************************************/
#include "reg51.h"
#define uint unsigned int
#define uchar unsigned char

sbit DUAN_C=P2^5;           //控制数码管段选的锁存器锁存端。
sbit WEI_C=P2^6;            //控制数码管位选的锁存器锁存端。
sbit DA_WR=P3^6;            //D/A 写数据引脚。
sbit DA_CS=P3^2;            //D/A 片选引脚。

uchar da,j,k;
void delay(uchar i)         //延时函数，延时为 i 毫秒。
{
    for(j=i;j>0;j--)
    for(k=125;k>0;k--);
}

void main()
{
    WEI_C=0;
    DUAN_C=0;
    DA_CS=0;
    da=0;
    DA_WR=0;
    while(1)
    {
```

```
        P0=da;                 //给 D/A 不断地加 1，然后送给 DAC0832。
        delay(50);             //延时 50ms 左右，再加 1，再送 DAC0832。
        da++;
    }
}
```

4.11　1602 字符液晶显示单元电路设计

（1）掌握字符型液晶模块的控制方法。
（2）掌握 1602 字符液晶的应用。

4.11.1　硬件原理分析

与 LED 相比，液晶显示器 LCD 是一种功耗极低的显示器，目前应用范围很广，从电子表到计算机，从袖珍式仪表到便携式微型计算机以及一些文字处理机都广泛利用了液晶显示器。液晶显示器分字符型和点阵图形式两大类，其中字符型液晶显示模块的基本特点有：

（1）液晶显示屏是以若干个 5×7 或 5×11 点阵块组成的显示字符群，每个点阵块为一个字符位，字符间距和行距都是为一个点的宽度；

（2）具有字符型发生器 ROM，可显示 192 种字符；

（3）具有 80 个字节的 RAM；

（4）具有 64 个字节的自定义字符 RAM，可定义 8 个 5×8 点阵字符或 4 个 5×11 点阵字符；

（5）单+5V 电源供电（宽温型需要一个–7V 的驱动电源）；

（6）低功耗、长寿命、高可靠性。

1. SMC1602A 液晶模块介绍

SMC1602A 是一种用 5×7 点阵图形来显示字符的液晶模块，根据显示的容量可以分为 1 行 16 个字、2 行 16 个字等，最常用的为 2 行 16 个字。主要技术参数如下：

（1）显示容量：16×2 个字符；

（2）芯片工作电压：4.5～5.5V；

（3）工作电流：2.0mA（5V）；

（4）字符尺寸：2.95×4.35mm。

2. SMC1602A 的接口特性及时序

SMC1602A 的接口引脚说明如表 4-6 所示。

表 4-6　SMC1602A 引脚功能说明

编　号	符　号	引 脚 说 明	编　号	符　号	引 脚 说 明
1	VSS	电源地	9	D2	DATA I/O
2	VDD	电源正极	10	D3	DATA I/O
3	VL	液晶显示偏压信号	11	D4	DATA I/O
4	RS	数据/命令选择端（H/L）	12	D5	DATA I/O
5	R/W	读/写选择端（H/L）	13	D6	DATA I/O
6	E	使能信号	14	D7	DATA I/O
7	D0	DATA I/O	15	BLA	背光源正极
8	D1	DATA I/O	16	BLK	背光源负极

SMC1602A 控制器接口时序说明如下。

（1）读操作时序。

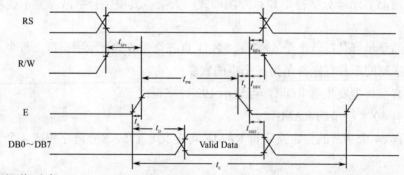

（2）写操作时序。

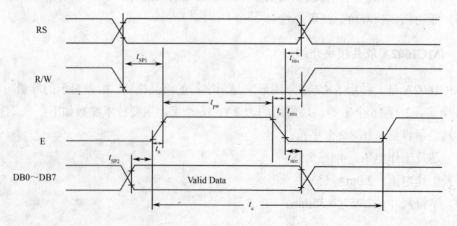

基本操作时序简述如下。

（1）读状态。

输入：RS=L，R/W=H，E=H　　　　　输出：D0～D7=状态字

（2）写指令。

输入：RS=L，R/W=L，D0～D7=指令码，E=高脉冲　　　输出：无

（3）读数据。

输入：RS=H，R/W=H，E=H　　　输出：D0～D7=数据

（4）写数据。

输入：RS=H，R/W=L，D0～D7=数据，E=高脉冲　　　输出：无

3. SMC1602A 指令集

（1）显示模式设置。

指　令　码								功　　能
0	0	1	1	1	0	0	0	设置 16×2 显示，5×7 点阵，8 位数据接口

（2）显示开/关及光标设置。

指　令　码								功　　能
0	0	0	0	1	D	C	B	D=1 开显示；D=0 关显示 C=1 显示光标；C=0 不显示光标 B=1 光标闪烁；B=0 光标不闪烁
0	0	0	0	0	1	N	S	N=1 当读或写一个字符后，地址指针加 1 且光标加 1； N=0 当读或写一个字符后，地址指针减 1 且光标减 1； S=1 当写一个字符，整屏显示左移（N=1） 或右移（N=0）； S=0 当写一个字符，整屏显示不移动

（3）数据指针设置。

指　令　码	功　　能
80H 加地址码（0～27H，40～67H）	设置数据地址指针

（4）其他设置。

指　令　码	功　　能
01H	显示清屏：数据指针清零，所有显示清零
02H	显示回车：数据指针清零

4. 硬件设计分析

USTH-51S 学习板上采用 SMC1602A 字符型液晶显示模块，学习板上的电阻 R23 为 1602 液晶对比度调节电位器。系统的连接原理图如图 4-15 所示。

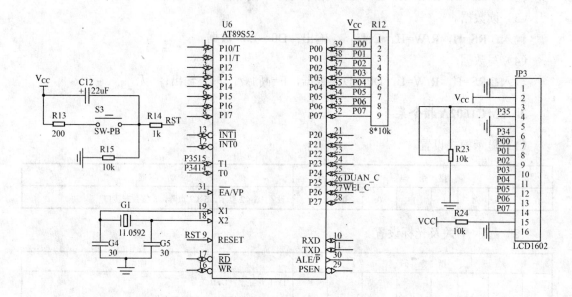

图 4-15　1602 液晶显示电路原理图

4.11.2　软件编程

在 1602 液晶屏的第一行显示"USTH-51S"，第二行显示"Communication"。
以下是 1602 字符型液晶显示电路的源程序清单。

```
/************************************************************

文件名：SMC1602_display.c

功能：使用 USTH-51S 完成 1602 字符型液晶显示。

说明：

1.在 1602 液晶屏的第一行显示"USTH-51S"，第二行显示"Communication"。

最后修改时间：2010 年 3 月 18 日。

************************************************************/

#include "reg51.h"

#define uint unsigned int

#define uchar unsigned char


sbit DUAN_C=P2^5;              //控制数码管段选的锁存器锁存端。
```

```
sbit WEI_C=P2^6;                  //控制数码管位选的锁存器锁存端。
sbit LCD_RS=P3^5;                 //LCD 数据/命令选择端。
sbit LCD_EN=P3^4;                 //LCD 使能信号。

uchar table1[]="USTH-51S";
uchar table2[]="Communication";
void delay(uint x)
{
    uint a,b;
    for(a=x;a>0;a--)
        for(b=10;b>0;b--);
}

void write_com(uchar com)
{
    P0=com;
    LCD_RS=0;
    LCD_EN=0;
    delay(10);
    LCD_EN=1;
    delay(10);
    LCD_EN=0;
}

void write_data(uchar dat)
{
    P0=dat;
    LCD_RS=1;
    LCD_EN=0;
    delay(10);
    LCD_EN=1;
    delay(10);
    LCD_EN=0;
}

void init()
{
    DUAN_C=0;                     //关闭 LED 显示。
```

```
        WEI_C=0;
        write_com(0x38);              //显示模式设置。
        delay(20);
        write_com(0x0f);             //开显示，显示光标，光标闪烁。
        delay(20);
        write_com(0x06);             //写一个字符后，地址指针加 1，光标加 1，整屏显示不移动。
        delay(20);
        write_com(0x01);             //显示清屏，数据指针清零，所有显示清零。
        delay(20);
}

void main()
{
        uchar a;
        init();

        write_com(0x80+17);          //设置第一行数据指针。
        delay(20);
        for(a=0;a<8;a++)
        {
        write_data(table1[a]);
        delay(20);
        }

        write_com(0xc0+17);          //设置第二行数据指针。
        delay(50);
        for(a=0;a<13;a++)
        {
        write_data(table2[a]);
        delay(40);
        }
        while(1);
}
```

4.12　12864 图形点阵液晶显示单元电路设计

（1）掌握图形点阵型液晶模块的控制方法。

（2）掌握 12864 图形点阵液晶的应用。

4.12.1　硬件原理分析

点阵式液晶显示器不仅可以显示字符、数字，还可以显示各种图形、曲线及汉字，并且可以实现屏幕上下左右滚动、动画、分区开窗口、反转、闪烁等功能，用途十分广泛。有的点阵式液晶显示器还固化有汉字库，在使用时就不用再送字形数据，而是写入汉字编码即可显示汉字，而大多数点阵式液晶显示器内部没有汉字库。

点阵式液晶显示器按尺寸分有多种规格，常用的有 132×32、128×64、192×64、240×128、320×240 等尺寸。

点阵式液晶显示器根据尺寸不同、厂家不同，其内部的驱动芯片也不同。因而在使用点阵式液晶显示器时要仔细阅读使用说明书。

USTH-51S 单片机学习板选用 HS12864 图形点阵液晶显示器。

1. HS12864 主要技术性能

HS12864 是一种图形点阵液晶显示器，它主要由行驱动器/列驱动器及 128×64 全点阵液晶显示器组成。可完成图形显示，也可以显示 8×4 个（16×16 点阵）汉字。主要技术参数和性能如下。

（1）电源：V_{DD}=+5V，模块内自带-10V 负压，用于 LCD 的驱动电压。

（2）显示内容：128（列）×64（行）点。

（3）全屏幕点阵。

（4）7 种指令。

（5）与 CPU 接口采用 8 位数据总线并行输入输出和 8 条控制线。

（6）工作温度为-10～+55℃，存储温度为-20～+60℃。

2. HS12864 接口特性及时序

HS12864 接口引脚说明如表 4-7 所示。

表 4-7　HS12864 引脚功能说明

引 脚 号	引 脚 名 称	状　态	功　能
1	V_{SS}	0	电源地
2	V_{DD}	5V	电源电压
3	VO	−13V～5V	显示驱动电压，可调节对比度
4	D/I	H/L	D/I=H，DB0～DB7 为显示数据
			D/I=L，DB0～DB7 为指令
5	R/W	H/L	R/W=H，E=H，CPU 可读数据
			R/W=L，E 的下降沿，数据被写到 IR 或 DR 中
6	E	H/L	R/W=L，E 信号的下降沿可将数据或指令写入
			R/W=H，E=H，CPU 可读 DDRAM 数据
7～14	DB0～DB7	H/L	数据线
15	CS1	H/L	CS1=H，CS2=L，向左半屏送数据
16	CS2	H/L	CS1=L，CS2=H，向右半屏送数据
17	RET	H/L	复位信号，低电平复位
18	V_{EE}	−10V	负电压输出
19	LEDA		LED 背光电源+
20	LEDK		LED 背光电源−

HS12864 控制器接口时序说明如下。

（1）读操作时序。

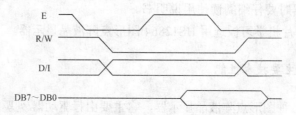

（2）写操作时序。

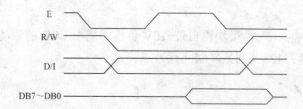

3. HS12864 指令集

HS12864 的指令集如表 4-8 所示。

表 4-8　HS12684 指令集

指　　令	指　令　码										功　　能
	R/W	D/I	D7	D6	D5	D4	D3	D2	D1	D0	
显示 ON/OFF	0	0	0	0	1	1	1	1	1	1/0	D0=1，开显示　D0=0，关显示
显示起始行	0	0	1	1	显示起始行，0～63						指定显示从哪一行开始显示
设置 X 地址	0	0	1	0	1	1	1	X，0～7			设置页地址
设置 Y 地址	0	0	0	1	Y 地址，0～63						设置 Y 地址
读状态	1	0	BUSY	0	ON/OFF	RST	0	0	0	0	读状态　RST：1 复位，0 正常　ON/OFF：1 显示，0 关显示　BUSY：1 忙，0 空闲
写显示	0	1	显示数据								将数据写入 LCD
读数据	1	1	显示数据								将 LCD 的数据读出

4. 硬件设计分析

学习板上的电阻 R22 为 12864 液晶对比度调节电位器。系统的连接原理图如图 4-16 所示。

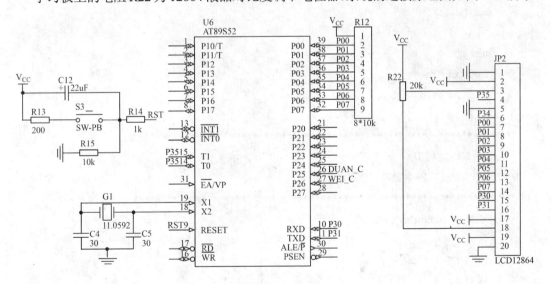

图 4-16　12864 图形点阵液晶显示电路原理图

4.12.2　软件编程

在 12864 液晶屏的第一行显示"单片机学习板"，第二行显示"USTH-51S"。

以下是 12864 图形点阵液晶显示的源程序清单。

```c
/*******************************************************************
    文件名：LCD12864_display.c
    功能：使用 USTH-51S 完成 12864 图形点阵液晶显示。
说明：
    1.在 12864 液晶屏的第一行显示"单片机学习板"，第二行显示"USTH-51S"。
最后修改时间：2010 年 3 月 18 日。
*******************************************************************/
#include "reg51.h"
#include <intrins.h>
#define uint unsigned int
#define uchar unsigned char
sbit DUAN_C=P2^5;            //控制数码管段选的锁存器锁存端。
sbit WEI_C=P2^6;             //控制数码管位选的锁存器锁存端。
sbit LCD_DI=P3^5;            //LCD 数据/命令选择端。
sbit LCD_EN=P3^4;            //LCD 使能信号。
sbit LCD_CS1=P3^0;           //片选 1，低有效（前 64 列）
sbit LCD_CS2=P3^1;           //片选 2，低有效（后 64 列）
uchar code HZ[];
void delay(uint x)
{
    uint a,b;
    for(a=x;a>0;a--)
        for(b=10;b>0;b--);
}
/*****************************************************************/
/*写指令数据到 LCD。                                           */
/*DI=L，RW=L，E=高脉冲，D0-D7=指令码。                        */
/*****************************************************************/
void LCD_wr_com(uchar com)
{
    LCD_DI=0;
    LCD_EN=1;
    P0=com;
    delay(20);
    LCD_EN=0;
}
/*****************************************************************/
```

```
/*写显示数据到LCD。                                              */
/*DI=H，RW=L，E=高脉冲，D0-D7=数据。                              */
/*****************************************************************/
void LCD_wr_dat(uchar dat)
{
    LCD_DI=1;
    LCD_EN=1;
    P0=dat;
    delay(20);
    LCD_EN=0;
}
/*****************************************************************/
/*  LCD 初始化设定。                                             */
/*****************************************************************/
void LCD_init()
{
    LCD_EN=0;
    LCD_DI=0;
    delay(20);
    LCD_CS1=0;
    LCD_CS2=1;                              //右半屏。
    LCD_wr_com(0x3f);                       //0x3f 开显示。
    LCD_CS1=1;
    LCD_CS2=0;                              //左半屏。
    LCD_wr_com(0x3f);
}
/*****************************************************************/
/*  设定显示位置。                                               */
/*****************************************************************/
void set_xy(uchar x,uchar y)        //y-页地址 0～7；x-列地址 0～127
{
    if(x>=64)                        //64 行 128 列。
    {
        LCD_CS1=0;
        LCD_CS2=1;                   //右半屏。
        x=x-64;
        LCD_wr_com(0x40|x);          //0x40 设定显示列。
    }
    else
```

```
        {
            LCD_CS1=1;
            LCD_CS2=0;                        //左半屏。
            LCD_wr_com(0x40|x);
        }
        LCD_wr_com(0xb8|y);                   //0xb8 设定页地址。
    }
    /********************************************************************/
    /* 清屏                                                          */
    /********************************************************************/
    void LCD_clr()
    {
        uchar i,j;
        LCD_CS1=1;                            //左半屏。
        LCD_CS2=0;
        set_xy(0,0);
        for(j=0;j<8;j++)
        {
            for(i=0;i<128;i++)
            {
                set_xy(i,j);
                LCD_wr_dat(0x0);
            }
        }
    }

    /********************************************************************/
    /*写数据到 LCD。                                                  */
    /*x--列地址     y--双页地址   HZ_add--汉字首地址。                 */
    /********************************************************************/
    void LCD_hz16_16(uchar x,uchar y,HZ_add)
    {
        uchar idata i,k;     //每行存放 16 个由 i 控制。
        uchar code *ip=HZ_add;
        x=x&127;
        y=y&3;
        y=y<<1;
        k=x;
        set_xy(x,y);
        for(i=0;i<16;i++)
```

```
        {
            if(k==64){set_xy(64,y);}
                LCD_wr_dat(*(ip+i));
            k++;
        }
        k=x;
        set_xy(x,y+1);
        for(i=0;i<16;i++)
        {
            if(k==64){set_xy(64,y+1);}
                LCD_wr_dat(*(ip+i+16));
            k++;
        }
    }
    void LCD_hz816(uchar x,uchar y,HZ_ADD)
    {
        uchar i,j;
        uchar code *ip=HZ_ADD;
        x=x&127;
        y=y&3;
        y=y<<1;
        j=x;
        set_xy(x,y);
        for(i=0;i<8;i++)
        {
            if(j==64){set_xy(64,y);}
                LCD_wr_dat(*(ip+i));
            j++;
        }
        j=x;
        set_xy(x,y+1);
        for(i=0;i<8;i++)
        {
            if(j==64){set_xy(64,y+1);}
                LCD_wr_dat(*(ip+i+8));
            j++;
        }
    }
    void main()
```

```
{
    LCD_init();
    LCD_clr();
    while(1)
    {
        LCD_hz16_16(0,0,HZ);
        LCD_hz16_16(16,0,HZ+32);
        LCD_hz16_16(32,0,HZ+64);
        LCD_hz16_16(48,0,HZ+96);
        LCD_hz16_16(64,0,HZ+128);
        LCD_hz16_16(80,0,HZ+160);
        LCD_hz816(0,1,HZ+192);
        LCD_hz816(8,1,HZ+208);
        LCD_hz816(16,1,HZ+224);
        LCD_hz816(24,1,HZ+240);
        LCD_hz816(32,1,HZ+256);
        LCD_hz816(40,1,HZ+272);
        LCD_hz816(48,1,HZ+288);
        LCD_hz816(56,1,HZ+304);
    }
}
uchar code HZ[]=
{
/*-- 文字: 单 --*/
/*-- 宋体12; 此字体下对应的点阵为: 宽 x 高=16x16   --*/
0x00,0x00,0x1F,0x14,0x94,0x74,0x54,0x1F,0x14,0x34,0xD4,0x54,0x1F,0x00,0x00,0x00,
0x10,0x10,0xD0,0x90,0x90,0x90,0x90,0xFF,0x90,0x90,0x90,0x90,0xD0,0x10,0x10,0x00,
/*-- 文字: 片 --*/
/*-- 宋体12; 此字体下对应的点阵为: 宽 x 高=16x16   --*/
0x00,0x00,0x00,0x7F,0x08,0x08,0x08,0x08,0x08,0xF8,0x08,0x08,0x08,0x18,0x08,0x00,
0x01,0x02,0x0C,0xF0,0x80,0x80,0x80,0x80,0x80,0x80,0x80,0xFF,0x00,0x00,0x00,0x00,
/*-- 文字: 机 --*/
/*-- 宋体12; 此字体下对应的点阵为: 宽 x 高=16x16   --*/
0x10,0x10,0x13,0xFE,0x12,0x11,0x10,0x00,0x7F,0x40,0x40,0x40,0x7F,0x00,0x00,0x00,
0x20,0xC0,0x00,0xFF,0x00,0x82,0x0C,0x30,0xC0,0x00,0x00,0x00,0xFC,0x02,0x1E,0x00,
/*-- 文字: 学 --*/
/*-- 宋体12; 此字体下对应的点阵为: 宽 x 高=16x16   --*/
0x02,0x0C,0x08,0x48,0x3A,0x2A,0x0A,0x8A,0x7A,0x2B,0x0A,0x18,0xEA,0x4C,0x08,0x00,
0x00,0x40,0x40,0x40,0x40,0x40,0x42,0x41,0xFE,0x40,0x40,0x40,0x40,0x40,0x40,0x00,
```

```
/*-- 文字: 习 --*/
/*-- 宋体 12; 此字体下对应的点阵为: 宽 x 高=16x16    --*/
0x00,0x00,0x40,0x40,0x50,0x48,0x44,0x46,0x40,0x41,0x41,0x42,0x40,0x7F,0x00,0x00,
0x00,0x00,0x20,0x30,0x20,0x40,0x40,0x80,0x80,0x00,0x04,0x02,0x01,0xFE,0x00,0x00,
/*-- 文字: 板 --*/
/*-- 宋体 12; 此字体下对应的点阵为: 宽 x 高=16x16    --*/
0x08,0x08,0x0B,0xFF,0x0A,0x09,0x00,0x7F,0x46,0x45,0x44,0x84,0x85,0x86,0x00,0x00,
0x20,0xC0,0x00,0xFE,0x00,0x88,0x70,0x82,0x04,0x88,0x50,0x70,0x8C,0x06,0x04,0x00,
/*-- 文字: U --*/
/*-- 宋体 12; 此字体下对应的点阵为: 宽 x 高=8x16    --*/
0x10,0x1F,0x10,0x00,0x00,0x10,0x1F,0x10,0x00,0xF8,0x04,0x04,0x04,0x04,0xF8,0x00,
/*-- 文字: S --*/
/*-- 宋体 12; 此字体下对应的点阵为: 宽 x 高=8x16    --*/
0x00,0x0E,0x11,0x10,0x10,0x10,0x1C,0x00,0x00,0x1C,0x04,0x84,0x84,0x44,0x38,0x00,
/*-- 文字: T --*/
/*-- 宋体 12; 此字体下对应的点阵为: 宽 x 高=8x16    --*/
0x18,0x10,0x10,0x1F,0x10,0x10,0x18,0x00,0x00,0x00,0x04,0xFC,0x04,0x00,0x00,0x00,
/*-- 文字: H --*/
/*-- 宋体 12; 此字体下对应的点阵为: 宽 x 高=8x16    --*/
0x10,0x1F,0x10,0x00,0x00,0x10,0x1F,0x10,0x04,0xFC,0x84,0x80,0x80,0x84,0xFC,0x04,
/*-- 文字: - --*/
/*-- 宋体 12; 此字体下对应的点阵为: 宽 x 高=8x16    --*/
0x00,0x00,0x00,0x00,0x00,0x00,0x00,0x00,0x00,0x80,0x80,0x80,0x80,0x80,0x80,0x80,
/*-- 文字: 5 --*/
/*-- 宋体 12; 此字体下对应的点阵为: 宽 x 高=8x16    --*/
0x00,0x1F,0x10,0x11,0x11,0x10,0x10,0x00,0x00,0x98,0x84,0x04,0x04,0x88,0x70,0x00,
/*-- 文字: 1 --*/
/*-- 宋体 12; 此字体下对应的点阵为: 宽 x 高=8x16    --*/
0x00,0x08,0x08,0x1F,0x00,0x00,0x00,0x00,0x00,0x04,0x04,0xFC,0x04,0x04,0x00,0x00,
/*-- 文字: S --*/
/*-- 宋体 12; 此字体下对应的点阵为: 宽 x 高=8x16    --*/
0x00,0x0E,0x11,0x10,0x10,0x10,0x1C,0x00,0x00,0x1C,0x04,0x84,0x84,0x44,0x38,0x00,
};
```

4.13　带有 I^2C 总线的 AT24C04 单元电路设计

（1）掌握 I^2C 总线与串行 E^2PROM 的基本工作原理。

（2）掌握单片机与 AT24C04 的连接与读写操作方法。

4.13.1　硬件原理分析

I^2C 总线（Inter IC BUS）是 Philips 公司推出的芯片间串行传输总线，与 SPI、Microwire/Plus 接口不同，它以两根连线实现完善的全双工同步数据传送，可以极方便地构成多机系统和外围器件扩展系统。I^2C 总线采用了器件地址的硬件设计方法，通过软件寻址完全避免了器件的片选寻址方法，从而使硬件系统具有简单而灵活的扩展方法。按照 I^2C 总线规范，总线传输中所有状态都生成相对应的状态码，系统中的主机能够依照这些状态码自动地进行总线管理，启动 I^2C 总线就能自动完成规定的数据传送操作。

1. I^2C 总线的工作原理

在 I^2C 总线上每传输一位数据，都有一个时钟脉冲相对应，其逻辑 0 和 1 的信号电平取决于该点的正端电源 V_{DD}。I^2C 总线传输数据时，在时钟线高电平期间数据线上必须保持有稳定的逻辑电平状态，高电平为数据 1，低电平为数据 0。只有在时钟线为低电平时，才允许数据线上的电平变化。

I^2C 总线传送数据时有两种时序状态，分别定义为起始信号和终止信号。

起始信号：在时钟线保持高电平期间，数据线由高电平到低电平变化时启动 I^2C 总线，为 I^2C 总线的起始信号。

终止信号：在时钟线保持高电平期间，数据线由低电平到高电平变化时停止 I^2C 总线的数据传送，为 I^2C 总线的终止信号。

起始信号和终止信号都是由主控制器产生的。总线上带有 I^2C 总线接口的器件很容易检测到这些信号。但是，对于不具备这些硬件接口的单片机来说，为了能准确地检测到这些信号，必须保证在总线的一个时钟周期内对数据线至少进行两次采样。

2. I^2C 总线上数据传输格式

（1）I^2C 总线上传送的每一个字节均为 8 位，但每启动一次 I^2C 总线，其后的数据传输字节数没有限制。每传送一个字节后都必须跟随一个应答位，并且首先发送的数据位为最高位，在全部数据传送后，主控制器发送终止信号，如图 4-17 所示。

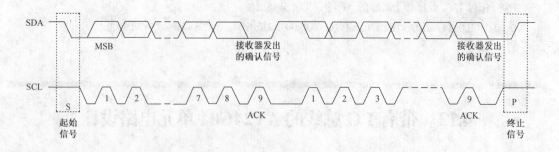

图 4-17　I^2C 总线上的数据传输

（2）从图 4-17 中可以看到，没有时钟信号时，数据传送将停止进行，接口的线与特征将使 SCL 在低电平时钳住总线。这种情况可以用于当接收器接收到一个字节数据后要进行一些其他工作而无法立即接收下一个数据时，迫使总线进入等待状态，直到接收器准备好接收新数据时再释放时钟线，使数据传送得以继续正常进行。例如，当接收器接收完主控制器的一个字节数据后，产生中断信号并进行中断处理，中断处理完毕后才能接收下一个字节数据，这时接收器在中断处理时钳住 SCL 为低电平，直到中断处理完毕才释放 SCL。

（3）I^2C 总线传送数据时，每传送一个字节数据后都必须有应答信号，与应答信号相对应的时钟由主控器产生，这时，发送器必须在这一个时钟位上释放数据线，使其处于高电平状态，以便接收器在这一位上送出应答信号。

应答信号在第 9 个时钟位上出现，接收器输出低电平为应答信号，输出高电平为非应答信号。

由于某种原因，被控器不产生应答时，如被控器正在进行其他处理而无法接收总线上的数据时，必须释放总线，将数据线置高电平，然后主控器可通过产生一个停止信号来终止总线上的数据传送。

当主控器接收数据时，接收最后一个字节后，必须给被控发送器发送一个非应答位，使被控发送器释放数据线，以便主控制器发送停止信号，从而终止数据传送。

（4）I^2C 总线传送数据时必须遵循规定的数据格式，如图 4-18 所示为 I^2C 总线一次完整的数据传送格式。

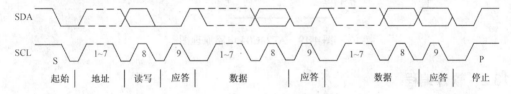

图 4-18　I^2C 总线一次完整的数据传送格式

按照总线规约，起始信号表明一次数据传送的开始，其后为寻址字节，寻址字节由高 7 位地址和最低 1 位方向位组成，方向位表明主控制器与被控制器之间数据传送的方向，方向位为 0 时，表示主控制器对被控制器的写操作；方向位为 1 时，表示主控制器对被控制器的读操作。在寻址字节后是按指定读写操作的数据字节与应答位。在数据传送完成后主控制器必须发送停止信号。

3. I^2C 总线寻址约定

为了消除 I^2C 总线系统中主控制器与被控制器的地址选择线，最大限度地简化总线连接线，I^2C 总线采用了独特的寻址方式，规定了起始信号后的第一个字节为寻址字节，用来寻址被控器件，并规定数据传送的方向。

在 I^2C 总线标准规定中，寻址字节由被控器的 7 位地址位（它占据了 D1～D7 位）和 1 位方向位（为 D0 位）组成。方向位为 0 时表示主控器将数据写入被控器，为 1 时表示主控器从被控器读出数据。

主控器发送起始信号后，立即发送寻址字节，这时，总线上的所有器件都将寻址字节中的 7 位地址与自己的器件地址相比较，如两者相同，则该器件认为被主控器寻址，并根据读写位确定是被控发送器或被控接收器。

4. 硬件设计分析

USTH-51S 学习板上 E^2PROM 选用 ATMEL 公司的 AT24C04 芯片，采用 AT89S52 单片机的通用 I/O 口用软件模拟 I^2C 串行口。系统的连接原理图如图 4-19 所示。

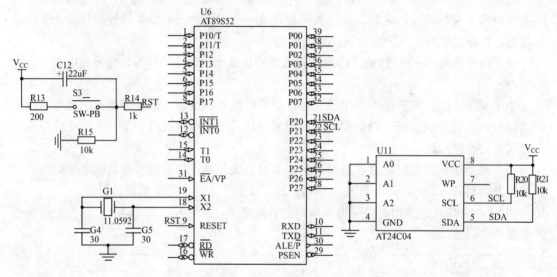

图 4-19　AT24C04 电路原理图

4.13.2　软件编程

利用 AT24C04 掉电后数据保持的特点，用单片机实现写入 AT24C04 指定地址的任意数据，然后读出相应数据，通过 8 位流水灯的亮灭表示此数据。

以下是带有 I^2C 总线的 AT24C04 电路的源程序清单。

```
/**********************************************************
文件名：AT24C04.c
功能：使用 USTH-51S 完成带有 I2C 总线的 AT24C04 电路。
说明：
1.利用 AT24C04 掉电后数据保持的特点，用单片机实现写入 AT24C04。
  指定地址的任意数据，然后读出相应数据，通过 8 位流水灯的亮灭表示此数据。
最后修改时间：2010 年 3 月 18 日
**********************************************************/
#include <reg51.h>
#define uint unsigned int
#define uchar unsigned char


sbit DUAN_C=P2^5;          //控制数码管段选的锁存器锁存端。
```

```c
sbit WEI_C=P2^6;            //控制数码管位选的锁存器锁存端。
sbit LED_C=P2^7;            //控制流水灯的锁存器锁存端。
sbit SDA=P2^0;              //AT24C04 数据端。
sbit SCL=P2^1;              //AT24C04 时钟端。

uchar a;
void delay()
{ ;; }

void start()    //开始信号
{
    SDA=1;
    delay();
    SCL=1;
    delay();
    SDA=0;
    delay();
}

void stop()      //停止
{
    SDA=0;
    delay();
    SCL=1;
    delay();
    SDA=1;
    delay();
}

void respons()   //应答。
{
    uchar i;
    SCL=1;
    delay();
    while((SDA==1)&&(i<250))i++;
    SCL=0;
    delay();
}

void init()      //AT24C04 初始化。
```

```
    {
        SDA=1;
        delay();
        SCL=1;
        delay();
    }

void write_byte(uchar dat)        //写入一个字节。
    {
        uchar i,temp;
        temp=dat;

        for(i=0;i<8;i++)
        {
            temp=temp<<1;
            SCL=0;
            delay();
            SDA=CY;
            delay();
            SCL=1;
            delay();
        }
        SCL=0;
        delay();
        SDA=1;
        delay();
    }

uchar read_byte()              //读出一个字节。
    {
        uchar i,k;
        SCL=0;
        delay();
        SDA=1;
        delay();
        for(i=0;i<8;i++)
        {
            SCL=1;
            delay();
            k=(k<<1)|SDA;
```

```
        SCL=0;
        delay();
    }
    return k;
}


void delay1(uchar x)
{
    uchar a,b;
    for(a=x;a>0;a--)
      for(b=100;b>0;b--);
}


void write_add(uchar address,uchar dat)      //写入指定地址一个字节。
{
    start();
    write_byte(0xa0);
    respons();
    write_byte(address);
    respons();
    write_byte(dat);
    respons();
    stop();
}


uchar read_add(uchar address)                //读出指定地址字节内容。
{
    uchar dat;
    start();
    write_byte(0xa0);
    respons();
    write_byte(address);
    respons();
    start();
    write_byte(0xa1);
    respons();
    dat=read_byte();
    stop();
    return dat;
}
```

```
void main()
{
    LED_C=0;
    LED_C=1;
    init();
    write_add(23,0xaa);
    delay1(100);
    P1=read_add(23);
    while(1);
}
```

4.14　串行口通信单元电路设计

（1）学习串行口通信的原理。

（2）掌握用 C51 进行串行口编程的方法。

4.14.1　硬件原理分析

MCS-51 单片机内部有一个功能很强的全双工串行口，可同时发送和接收数据。它具有 4 种工作方式，可应用于所需的不同场合。串行通信所需的波特率可由片内定时器/计数器或系统时钟产生，并可通过软件设置波特率值。接收、发送过程均可工作在查询方式或中断方式，使用十分灵活。单片机的串行口既可以作为 UART（通用异步接收发送器）使用，也可以作为同步移位寄存器使用，方便地构成一个或多个并行输入输出口，或作为串并转换，用来驱动键盘与显示器。

1. 串行口的基本构成

MCS-51 单片机串行口的结构主要由数据发送/接收部分、波特率发生器和串行通信控制寄存器等组成。

1）数据发送和接收部分

数据发送部分主要由发送数据缓冲寄存器 SBUF（发送）、零检测器和发送控制器等部分组成；数据接收部分由接收数据缓冲寄存器 SBUF（接收）、接收移位寄存器、接收控制器和位检测器等组成。

在串行接收时，串行数据经过 RXD（P3.0）引脚进入，经过接收移位寄存器将串行数据转换成并行数据后，移入 SBUF（接收），此时，CPU 可执行 MOV A，SBUF 指令，产生读 SBUF（接收）脉冲，把 SBUF（接收）中接收到的数据通过内部总线并行传送到累加器 A 中，完成数据在此部分的串入并出。数据接收部分采用双缓冲结构，避免了接收过程中出现数据重叠错误。

在串行发送时，串行数据通过 TXD（P3.1）引脚送出。与接收不同，发送数据过程 CPU 是主动的，当 CPU 执行 MOV SBUF，A 指令时，产生写 SBUF（发送）脉冲，累加器 A 中的字符数据写入 SBUF（发送）缓冲寄存器。在发送控制器的作用下，将数据串行发出。完成数据在此部分的并入串出。为提高数据发送速度，发送器采用单缓冲结构。

2）波特率发生器

波特率发生器主要由内部定时器/计数器、系统时钟信号及一些控制开关和分频器组成。它提供串行口的发送时钟 TXC 和接收时钟 RXC。但值得注意的是，波特率发生器产生的采样脉冲须经 16 倍分频，才是串行口的发送和接收移位时钟。MCS-51 单片机串行口的发送和接收时钟既可由振荡器频率 f_{osc} 经过分频后提供，也可以由内部定时器 T1 或 T2 的溢出率经过 16 分频后提供。在发送时钟和接收时钟控制下，完成发送和接收过程。

2. 串行口通信控制寄存器

在 MCS-51 单片机的特殊功能寄存器中，有 4 个与串行通信有关，分别为 SCON、PCON、IE 和 IP，它们对应的地址分别是 98H、87H、A8H 和 B8H，其中 SCON 和 PCON 直接控制串行口的工作方式。下面分别予以介绍。

1）串行控制寄存器 SCON

串行口控制寄存器 SCON 的格式如下：

D7	D6	D5	D4	D3	D2	D1	D0
SM0	SM1	SM2	REN	TB8	RB8	TI	RI

SM0、SM1：用于选择串行口的工作方式，可由软件置位或清零。其状态组合与对应的工作方式如表 4-9 所示。

表 4-9　串行口的工作方式

SM0	SM1	工作方式	功　　能	波　特　率
0	0	方式 0	移位寄存器方式，用于并行 I/O 扩展	$f_{osc}/12$
0	1	方式 1	8 位通用异步接收器/发送器	可变
1	0	方式 2	9 位通用异步接收器/发送器	$f_{osc}/32$ 或 $f_{osc}/64$
1	1	方式 3	9 位通用异步接收器/发送器	可变

SM2：多机通信控制位。在方式 2 和方式 3 中，若置 SM2=1，则接收到的第 9 位数据即 RB8=0 时，不启动接收中断标志 RI（即 RI=0），并且将接收到的前 8 位数据丢弃；RB8=1 时，才将接收到的前 8 位数据送入 SBUF，并置位 RI，产生中断请求。若置 SM2=0，则不论第 9 位数据为 0 或 1，都将前 8 位数据装入 SBUF 中，并产生中断请求。因多机通信只能选择工作于方式 2 和方式 3，所以 SM2 主要用于这两种工作方式。在方式 0 时该位不用，必须设置为 0。

REN：允许串行接收控制位。若 REN=0，则禁止接收；若 REN=1，则允许接收，该位由软件置位或复位。

TB8: 发送数据 D8 位。在方式 2 和方式 3 中,TB8 为所要发送的第 9 位数据。在多机通信中,以 TB8 位的状态表示主机发送的是地址还是数据。TB8=0 为数据,TB8=1 为地址,也可作为数据的奇偶校验位。该位由软件置位或复位。

RB8: 接收数据 D8 位。在方式 2 和方式 3 中,接收到的第 9 位数据,可作为奇偶校验位或地址帧或数据帧的标志。方式 1 时,若 SM2=0,则 RB8 是接收到的停止位。方式 0 时,不使用 RB8 位。

TI: 发送中断标志位。方式 0 时,当发送数据的第 8 位结束后,或在其他方式发送停止位后,由内部硬件使 TI 置位,向 CPU 请求中断。CPU 在响应中断后,必须用软件清零。此外,TI 也可供查询使用。

RI: 接收中断标志位。方式 0 时,当接收数据的第 8 位结束后,或在其他方式接收到停止位的后,由内部硬件使 RI 置位,向 CPU 请求中断。同样,在 CPU 响应中断后,也必须用软件清零。RI 也可供查询使用。

2) 电源控制寄存器 PCON

PCON 的格式如下:

D7	D6	D5	D4	D3	D2	D1	D0
SMOD				CF1	CF0	PD	IDL

PCON 的最高位 SMOD 是串行口波特率系数控制位。SMOD=1 时,波特率增大 1 倍。当系统复位时,SMOD=0。控制字中其余各位与串行口无关。

3) 中断允许控制寄存器 IE

其中的 ES 位与串行通信有关,说明如下:

ES=0,禁止串行中断;ES=1,允许串行中断。

4) 中断优先级控制寄存器 IP

其中的 PS 位与串行通信有关,说明如下:

PS=0,串行口中断为低优先级;PS=1,串行口中断为高优先级。

3. 串行口工作方式比较

MCS-51 单片机的串行口具有 4 种工作方式,可应用于所需的不同场合。表 4-10 为几种工作方式的比较,其中较为常用的是工作方式 1。

4. 波特率的设置

串行通信的 4 种工作方式对应着 3 种波特率。

对于方式 0,波特率是固定的,为单片机时钟频率的 1/12,即 $f_{osc}/12$。

对于方式 2,波特率有两种可供选择,即 $f_{osc}/32$ 和 $f_{osc}/64$。对应于以下公式:

$$波特率 = f_{osc} \times 2^{SMOD}/64$$

用户通过对 PCON 中的 SMOD 位的设置来选择波特率值。

表 4-10　串行口的 4 种工作方式比较

特性＼方式	引脚功能	一帧数据格式	波　特　率	应　用
方式 0 8 位移位 寄存器 输入/输出 方式	TXD 引脚输出 f_{osc}/12 频率的 同步脉冲， RXD 引脚作为 数据输入、输出端	8 位数据	波特率固定为 f_{osc}/12	常用于扩展 I/O 口
方式 1 10 位异步 通信方式， 波特率可变	TXD 数据输出端， RXD 数据输入端	10 位数据，包括 一个起始位 0， 8 个数据位， 一个停止位 1	波特率可变，取决于 T1 的溢出率和 PCON 中的 SMOD 波特率=$(2^{SMOD}/32)\times$T1 的溢出率 =$(2^{SMOD}/32)\times f_{osc}/(12\times(256-X))$	常用于双机通信
方式 2 11 位异步 通信方式， 波特率固定	TXD 数据输出端， RXD 数据输入端	11 位数据，包括 一个起始位 0， 9 个数据位， 一个停止位 1， 发送的第 9 位数据由 SCON 的 TB8 提供， 接收的第 9 位数据存入 SCON 的 RB8	波特率固定为$(2^{SMOD}/64)\times f_{osc}$	多用于多机通信
方式 3 11 位异步 通信方式， 波特率可变	TXD 数据输出端， RXD 数据输入端		波特率可变，取决于 T1 的溢出率和 PCON 中的 SMOD， 波特率=$(2^{SMOD}/32)\times$T1 的溢出率 =$(2^{SMOD}/32)\times f_{osc}/(12\times(256-X))$	多用于多机通信

对于方式 1 和方式 3，波特率都由定时器 T1 的溢出率来决定，对应于以下公式：

$$波特率=(2^{SMOD}/32)\times 定时器 T1 的溢出率$$

而定时器 T1 的溢出率则和所采用的定时器工作方式有关，并可用以下公式表示：

$$定时器 T1 的溢出率=f_{osc}/12\times(2^n-X)$$

式中，X 为定时器 T1 的计数初值，n 为定时器 T1 的位数，对于定时器方式 0，取 n=13；对于定时器方式 1，取 n=16；对于定时器方式 2、3，取 n=8。

在实际应用中，定时器 T1 通常采用方式 2，即自动重装方式。此时，TL1 和 TH1 分别为两个 8 位的计数器，当 TL1 从全 1 变为全 0 时，TH1 中所保存的初值自动装入 TL1 中。这样，不仅简化了操作，也避免了因重装初值而带来的定时误差。

5. RS-232C 串行接口标准

为了实现不同厂商生产的计算机和各种外部设备之间的串行通信，国际上制定了一些串行接口标准，常见的有 RS-232C 接口、RS-422A 接口、RS-485 接口等。目前最普遍使用的是美国电子工业协会颁布的 RS-232C 接口标准。通常有 9 针和 25 针等规格，其中，9 针接口的各信号线功能如表 4-11 所示。

表 4-11　9 针 RS-232C 接口信号线功能定义

引 脚 号	缩 写 名 称	信 号 名 称	功 能 特 点
1	DCD	载波信号检测	指出调制解调器正在接收远程载波
2	RXD	接收数据	从调制解调器接收数据
3	TXD	发送数据	将数据送调制解调器
4	DTR	数据终端准备好	数据终端准备就绪，可以接收
5	SG	信号地	作为信号的公用地
6	DSR	通信设备准备好	指出调制解调器进入工作状态
7	RTS	请求发送	终端请求通信设备切换到发送方式
8	CTS	允许发送	指出调制解调器准备好发送
9	RI	振铃指示	指出在链路上检测到声音信号

RS-232C 接口中采用负逻辑规定逻辑电平，逻辑"1"电平规定为–3V～–15V，逻辑"0"电平规定为+3V～+15V。在实际使用中，常采用±12V 或±15V。由此可见，RS-232C 接口标准中的信号电平标准与计算机中广泛采用的 TTL 电平标准不相容，在使用时，必须有电平转换电路。

6. MAX232 接口转换芯片

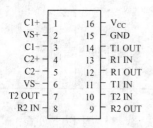

图 4-20　MAX232 芯片引脚图

MAX232 芯片就是专门用来实现 TTL 与 RS-232C 电平之间的转换，其芯片引脚图如图 4-20 所示。

MAX232 芯片使用+5V 单电源供电，是一种双组驱动器/接收器，片内含有一个电容性电压发生器，以便在单 5V 电源供电时提供 EIA/TIA-232-E 电平。每个接收器将 EIA/TIA-232-E 电平输入转换为 5V 的 TTL/CMOS 电平。这些接收器具有 1.3V 的典型门限值及 0.5V 的典型迟滞，而且可以接收±30V 的输入。每个驱动器将 TTL/CMOS 输入电平转换为 EIA/TIA-232-E 电平。

MAX232 芯片的内部结构基本可分供电、电荷泵电路和数据转换通道三个部分。其中，供电部分是 GND 和 VCC（+5V）；电荷泵电路部分由引脚 1、2、3、4、5、6 和 4 只电容构成，功能是产生+12V 和-12V 两个电源，提供给 RS-232 串口电平的需要；数据转换通道部分由引脚 7、8、9、10、11、12、13、14 构成。TTL/CMOS 数据从 T1IN、T2IN 输入，转换成 RS-232 数据后从 T1OUT、T2OUT 送到电脑的 DP9 插头；DP9 插头的 RS-232 数据从 R1IN、R2IN 输入，转换成 TTL/CMOS 数据后从 R1OUT、R2OUT 输出。

7. 硬件设计分析

串行接口通信在单片机与 PC 之间采用 MAX232 接口转换芯片，电路连接比较简单。系统的连接原理图如图 4-21 所示。

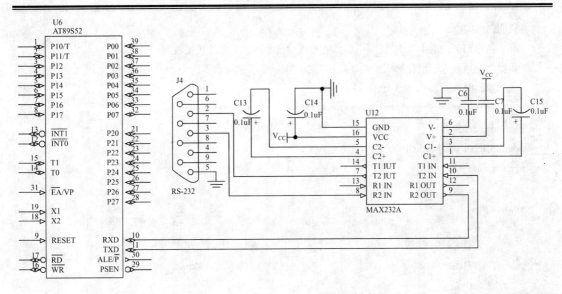

图 4-21　串口通信硬件原理图

4.14.2　软件编程

编写单片机串行通信程序步骤如下。

（1）设置串口工作方式：需对 SCON 中的 SM0、SM1 进行设置。PC 与单片机的通信中一般选择串口工作在方式 1 下。

（2）选择波特率发生器：选择定时器 1 或 2 作为其波特率发生器。

（3）设置定时器工作方式：当选择定时器 1 作为波特率发生器时，需设置其方式寄存器 TMOD 为计数方式并选择相应的工作方式（一般选择方式 2 以避免重装定时器初值）；当选择定时器 2 作为波特率发生器时，需将 T2CON 设置为波特率发生器工作方式。

（4）设置波特率参数：一是特殊寄存器 PCON 的 SMOD 位，另外是相应定时器初值。

（5）允许串行中断：一般采用中断接收方式，应设 EA=1、ES=1。

（6）允许接收数据：设置 SCON 中的 REN=1，表示允许串行口接收数据。

（7）允许定时器/计数器工作：此时开启定时/计数器，使其产生波特率。

（8）编写串行中断服务程序：当有数据到达串口时，系统将自动执行所编写的中断服务程序。

（9）收/发相应数据：发送操作完成需将 TI 清零，接收工作完成需将 RI 清零。

本实验由串口调试助手以 16 进制向单片机发送一数据，如果单片机接收到数据将会原样返回给计算机，并且显示在串口调试助手的接收框内。

以下是串口通信电路的源程序清单。

```
/*********************************************************
文件名：UART.C
功能：完成 USTH-51S 与 PC 的串口通信。
```

说明：

　　由串口调试助手以 16 进制向单片机发送一数据，如果单片机接收到数据将会原样返回给计算机，并且显示在串口调试助手的接收框内。

最后修改时间：2010 年 3 月 18 日。

**/

```c
#include <reg51.h>
#define uchar unsigned char
uchar a,flag;

void main()
{
    TMOD=0x20;                      //设置定时器 1 为模式 2。
    TH1=0xfd;                       //设波特率为 4.8kbps。
    TL1=0xfd;
    TR1=1;                          //启动定时器。
    SM0=0;                          //串口通信模式 1。
    SM1=1;
    REN=1;                          //串口允许接收数据。
    EA=1;                           //开总中断。
    ES=1;                           //开串行中断。
    PCON=0x80;                      //SMOD=1，波特率加倍。
    while(1)
    {
        if(flag==1)
        {
            ES=0;
            flag=0;
            SBUF=a;                 //数据发给 PC。
            while(!TI);             //等待数据发送完成。
            TI=0;
            ES=1;
        }
    }
}

void serial() interrupt 4          //串行中断函数。
{
    a=SBUF;                         //收取数据。
    flag=1;                         //标志置位。
    RI=0;
}
```

4.15　LED 点阵显示单元电路设计

（1）学习点矩阵 LED 显示器的显示原理。

（2）掌握用 C51 语言实现点矩阵 LED 显示器进行显示的方法。

4.15.1　硬件原理分析

点矩阵显示器是由 LED 按照矩阵方式排列而成的显示器，常见的可分为 5×7、5×8、6×8、8×8 等多种。除颜色区分外，又分为共阴极和共阳极。

8×8 点阵 LED 显示器与系统的连接原理图如图 4-22 所示。

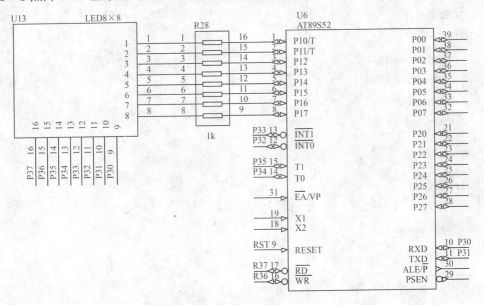

图 4-22　LED 点阵显示硬件原理图

4.15.2　软件编程

在 8×8 LED 点阵上显示柱形，让其先从左到右平滑移动三次，其次从右到左平滑移动三次，再次从上到下平滑移动三次，最后从下到上平滑移动三次，如此循环下去。

以下是 LED 点阵显示电路的源程序清单。

/**

文件名：LED_MatDisplay.c

功能：使用 USTH-51S 学习板完成 LED 点阵显示。

说明：

在 8X8 LED 点阵上显示柱形，让其先从左到右平滑移动三次，

其次从右到左平滑移动三次，再次从上到下平滑移动三次，

最后从下到上平滑移动三次，如此循环下去。

最后修改时间：2010 年 4 月 8 日。

```c
*************************************************************/
#include "reg51.h"

#define uchar unsigned char

uchar code taba[]={0xfe,0xfd,0xfb,0xf7,0xef,0xdf,0xbf,0x7f};
uchar code tabb[]={0x01,0x02,0x04,0x08,0x10,0x20,0x40,0x80};

void delay(void)
{
    unsigned char i,j,k;
    for(k=10;k>0;k--)
    for(i=20;i>0;i--)
    for(j=248;j>0;j--);
}

void main(void)
{
    unsigned char i,j;
    while(1)
    {
        for(j=0;j<3;j++)                //从左到右显示 3 次。
        {
            for(i=0;i<8;i++)
            {
                P3=taba[i];
                P1=0xff;
                delay();
            }
        }
        for(j=0;j<3;j++)                //从右到左显示 3 次。
        {
            for(i=0;i<8;i++)
            {
```

```
                P3=taba[7-i];

                P1=0xff;

                delay();

            }

        }

        for(j=0;j<3;j++)              //从上到下显示 3 次。

        {

            for(i=0;i<8;i++)

            {

                P3=0x00;

                P1=tabb[7-i];

                delay();

            }

        }

        for(j=0;j<3;j++)              //从下到上显示 3 次。

        {

            for(i=0;i<8;i++)

            {

                P3=0x00;

                P1=tabb[i];

                delay();

            }

        }

    }

}
```

4.16　单片机控制继电器单元电路设计

（1）学习继电器的工作原理和实际应用。

（2）掌握单片机控制继电器的硬件原理和软件编程方法。

4.16.1　硬件原理分析

在各种自动控制设备中，都存在一个低压的自动控制电路与高压电气电路的互相连接问题，一方面要使低压的电子电路的控制信号能够控制高压电气电路的执行元件，如电动机、电磁铁、电灯等；另一方面又要为电子线路的电气电路提供良好的电隔离，以保护电子电路和人身的安全，电磁式继电器便能完成这一桥梁作用。

1. 继电器工作原理

电磁式继电器一般由控制线圈、铁芯、衔铁、触点簧片等组成，控制线圈和接点组之间是相互绝缘的，因此，能够为控制电路起到良好的电气隔离作用。当在继电器的线圈两头加上其线圈的额定的电压时，线圈中就会流过一定的电流，从而产生电磁效应，衔铁就会在电磁力吸引的作用下克服返回弹簧的拉力吸向铁芯，从而带动衔铁的动触点与静触点（常开触点）吸合。当线圈断电后，电磁的吸力也随之消失，衔铁就会在弹簧的反作用力返回原来的位置，使动触点与原来的静触点（常闭触点）吸合。这样吸合、释放，从而达到在电路中的接通、切断的开关目的。

2. 硬件设计分析

图 4-23 是 USTH-51S 单片机学习板上 HK4100F 继电器驱动电路原理图，三极管 Q2 的基极 B 接到单片机的 P2.2，三极管的发射极 E 接到继电器线圈的一端，线圈的另一端接到＋5V 电源 VCC 上；继电器线圈两端并接一个二极管 1N4148，用于吸收释放继电器线圈断电时产生的反向电动势，防止反向电势击穿三极管 Q2 及干扰其他电路；R27 和发光二极管 L3 组成一个继电器状态指示电路，当继电器吸合的时候，L3 点亮，这样就可以直观地看到继电器状态了。

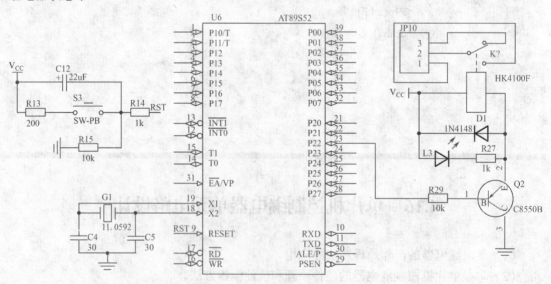

图 4-23　单片机控制继电器硬件原理图

4.16.2　软件编程

单片机控制继电器不停地吸合、释放动作，通过指示灯 L3 可知道继电器的状态。以下是继电器电路的源程序。

```
/*******************************************************
文件名：Relay_Control.c
功能：使用 USTH-51S 学习板完成单片机控制继电器电路。
说明：
单片机控制继电器不停地吸合、释放动作，通过指示灯 L3 可知道继电器的状态。
最后修改时间：2010 年 4 月 8 日。
********************************************************/
#include "reg51.h"
sbit DELAY_CON=P2^2;
void delay(void)
{
    unsigned char i,j,k;
    for(k=10;k>0;k--)
    for(i=20;i>0;i--)
    for(j=248;j>0;j--);
}
void main(void)
{
    P2=0xff;
    while(1)
    {
        DELAY_CON=0;
        delay();
        DELAY_CON=1;
        delay();
    }
}
```

4.17　红外接收单元电路设计

（1）学习红外线遥控的知识。

（2）掌握简单的红外接收方法。

4.17.1　硬件原理分析

1. 红外线遥控应用介绍

红外线遥控是目前使用最广泛的一种通信和遥控手段。由于红外线遥控装置具有体积小、功耗低、功能强、成本低等特点，因而，继彩色电视机、录像机之后，在录音机、音响设备、空调机以及玩具等其他小型电器装置上也纷纷采用红外线遥控。工业设备中，在高压、辐射、有毒气体、粉尘等环境下，采用红外线遥控不仅完全可靠而且能有效隔离电气干扰。

2. 硬件设计分析

图 4-24 是 USTH-51S 单片机学习板上 HS0038 红外接收电路原理图，HS0038 的 3 脚接到单片机的 P2.3 引脚，当接收到遥控信号后，在 P2.3 引脚产生低脉冲，这时可控制 P1 口的发光二极管 LED9～LED11 的状态。

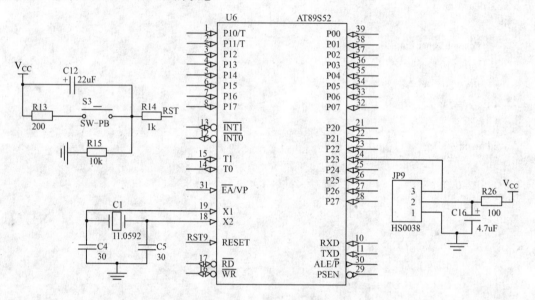

图 4-24　红外接收电路硬件原理图

4.17.2　软件编程

当按下任意的遥控器按键，LED9～LED11 的状态会发生变化，以下是红外接收电路的源程序清单。

```
/*****************************************************
文件名：RF_Recieve.c
功能：使用 USTH-51S 学习板完成红外接收电路。
说明：
当接收到遥控信号后，在 P2.3 脚产生低脉冲，
这时可控制 P1 口的发光二极管 LED9～LED11 的状态转换。
最后修改时间：2010 年 4 月 8 日。

*****************************************************/
#include "reg51.h"
```

```c
#define uchar unsigned char

sbit RF_REC=P2^3;                //红外接收引脚。
sbit LED9=P1^2;                  //LED 指示灯引脚。
sbit LED10=P1^3;
sbit LED11=P1^4;
sbit LED_C=P2^7;                 //流水灯控制端。

void delay(void)
{
    uchar i,j;
    for(i=0;i<255;i++)
    for(j=0;j<255;j++);
}

void main(void)
{
    LED_C=0;

    while(1)
    {
        LED9=1;
        LED10=1;
        LED11=1;
        delay();
        while(RF_REC);           //等待遥控信号出现。
        LED9=0;
        LED10=0;
        LED11=0;
        delay();
        while(RF_REC);
    }
}
```

应 用 篇

　　经过基础篇和设计篇的学习后，相信读者已经不再是一个懵懵懂懂的初学者，而是具备了较多设计经验和调试经验的单片机爱好者了。如果想要检验自己的设计水平，读者可以从应用篇提供的案例入手，按照功能要求独立完成硬件和软件的设计工作，如遇问题，可以参考本篇的设计思路，不断完善和改进自己的设计方案。当能轻松并正确地完成每个设计任务时，祝贺你，你已经成为一名颇具设计与开发经验的单片机高手了。

第 5 章　数字温度计设计

在日常生活及工农业生产中经常要用到温度的检测与控制，传统的测温元件有热电偶和热电阻，而热电偶和热电阻测出的一般都是电压，再转换成对应的温度，需要比较多的硬件支持。因此，电路设计和软件调试复杂，制作成本高。本章针对这一问题，利用单片机设计一个数字温度计。

5.1　功能要求

（1）数字温度计的测温范围为：$-10\sim110$℃；
（2）数字温度计的测温误差范围为：±0.1℃；
（3）用 4 位 LED 数码管直读显示；
（4）所设计的数字温度计电路尽量简单、制作成本低。

5.2　总体设计

经过调研和分析，数字温度计设计采用美国 DALLAS 半导体公司的一种改进型智能温度传感器 DS18B20 作为检测元件，其测温范围为$-55\sim125$℃，分辨率最大可达 0.0625℃。DS18B20 可以直接读出被测温度值，而且采用三线制与单片机相连，减少了外部硬件电路，具有低成本和易使用的特点。

按照系统设计功能的要求，确定系统由三个模块组成：主控制器、测温电路和显示电路。数字温度计总体电路结构框图如图 5-1 所示。

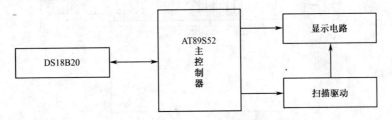

图 5-1　数字温度计总体电路结构框图

5.3　硬件电路设计

数字温度计电路设计原理图如图 5-2 所示，控制器使用单片机 AT89S52，温度传感器使用 DS18B20，用 4 位共阳 LED 数码管以动态扫描法实现温度显示。

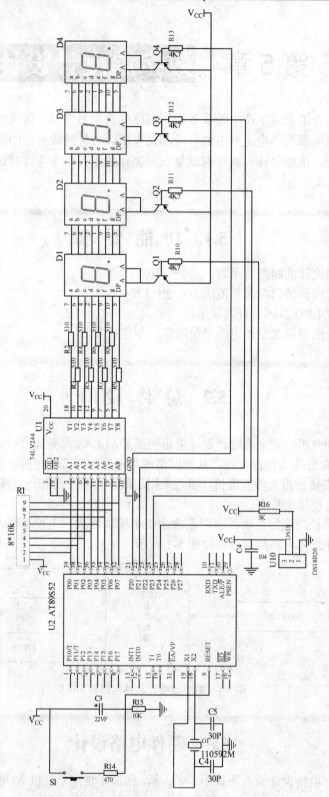

图 5-2　数字温度计电路设计原理图

5.3.1 温度传感器工作原理

1. DS18B20 的性能特点

DS18B20 温度传感器与传统的热敏电阻等测温元件相比,它能直接读出被测温度,并且可根据实际要求通过简单的编程实现 9~12 位的数字值读数方式。DS18B20 的主要性能特点如下:

(1) 独特的单线接口,仅需要一个端口引脚进行通信;

(2) 多个 DS18B20 可以并联在唯一的三线上,实现多点组网功能;

(3) 温度以 9 或 12 位数字量读出;

(4) 零待机功耗;

(5) 用户可定义的非易失性温度报警设置;

(6) 负电压特性,电源极性接反时,温度计不会因发热而烧毁,只是不能正常工作。

2. DS18B20 的内部结构

DS18B20 采用 3 脚 PR-35 封装或 8 脚 SOIC 封装,其内部结构框图如图 5-3 所示。

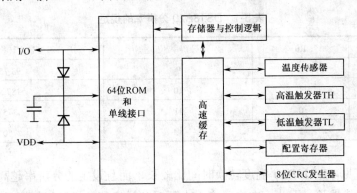

图 5-3　DS18B20 内部结构图

64 位 ROM 的位结构如图 5-4 所示,低 8 位是产品类型的编号,接着是每个器件的唯一序号,共有 48 位,高 8 位是前面 56 位的 CRC 校验码,这也是多个 DS18B20 可以采用单线进行通信的原因。非易失性温度报警触发器 TH 和 TL,可通过软件写入报警上下限。

8 位检验 CRC	48 位序列号	8 位工厂代码（10H）

图 5-4　64 位 ROM 结构图

DS18B20 温度传感器的内部存储器还包括一个高速存储器 RAM 和一个非易失性的可电擦除的 E^2PROM。高速暂存 RAM 包含 8 字节存储器,其结构如图 5-5 所示。前两个字节包含测得的温度信息。第 3 和第 4 字节是温度高限 TH 和温度低限 TL 的暂存区,是易失的,每次上电复位时被刷新。第 5 字节为配置寄存器,它的内容用于确定温度值的数字转换分辨率。DS18B20 工作时按此寄存器中的分辨率将温度转换为相应精度的数值。该字节各位的定义如图 5-6 所示，低 5 位一直为 1，TM 是测试模式位，用于设置 DS18B20 是工作模式还是在测试模式。DS18B20 出厂时该位被设置为 0。R1 和 R0 决定温度转换的精度位数，即用来设置分辨率，定义方法如表 5-1 所示。

温度　LSB	1字节
温度　MSB	2字节
TH　用户字节1	3字节
TL　用户字节2	4字节
配置寄存器	5字节
保留	6字节
保留	7字节
保留	8字节
CRC	9字节

图 5-5　高速暂存 RAM 结构图

TM	R1	R0	1	1	1	1	1

图 5-6　配置寄存器

表 5-1　DS18B20 分辨率的规定

R1	R0	分辨率/位	温度最大转换时间/ms
0	0	9	93.75
0	1	10	187.5
1	0	11	375
1	1	12	750

由表 5-1 可见，DS18B20 温度转换时间比较长，而且设定的分辨率越高，所需要的温度数据转换时间就越长。因此，在实际应用中要对分辨率和转换时间权衡考虑。

高速暂存 RAM 的第 6、7、8 字节保留未用，表现为全逻辑 1。第 9 字节读出前面 8 个字节的 CRC 码，用来检验数据，从而保证通信数据的正确性。

当 DS18B20 接收到温度转换命令后，开始启动转换。转换完成后的温度值以 16 位带符号扩展的二进制补码形式存储在高速暂存存储器的第 1、2 字节。单片机可以通过单线接口读出该数据，读数据时低位在前，高位在后，数据格式以 0.0625℃/LSB 形式表示。其中第 2 字节的高 4 位为符号位，当符号位为 0 时，表示测得的温度值为正值，可以直接将二进制数转换为十进制数；当符号位为 1 时，表示测得的温度值为负值，要先将补码变成原码，再计算其对应的十进制数。

5.3.2　DS18B20 与单片机的接口电路设计

DS18B20 可以采用两种方式供电，一种是采用电源供电方式，此时 DS18B20 的引脚 1

接地，引脚 2 作为信号线，引脚 3 接电源；另一种是寄生电源供电方式。本设计中采用第一种供电方式。

5.3.3　显示电路设计

显示电路采用 4 位共阳 LED 数码管，从 P1 口输出段码，列扫描用 P3.0~P3.3 口来实现，列驱动用 9012 三极管。

5.4　软　件　设　计

软件程序主要包括主函数、DS18B20 复位函数、DS18B20 写字节函数、DS18B20 读字节函数、温度计算转换函数和显示函数。

5.4.1　主函数

主函数的主要功能是初始化并负责温度的读出、处理计算与显示。温度测量每 2s 进行一次，其程序流程如图 5-7 所示。

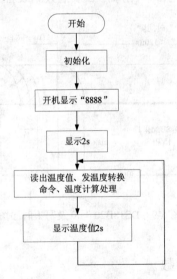

图 5-7　DS18B20 数字温度计主函数流程图

5.4.2　DS18B20 复位函数

DS18B20 复位时序如图 5-8 所示。总线控制器发出（TX）一个复位脉冲（一个最少保持 480μs 的低电平信号），然后释放总线，进入接收状态（RX）。单线总线由 5kΩ 上拉电阻拉到高电平。探测到 I/O 引脚上的上升沿后，DS18B20 等待 15~60μs，然后发出存在脉冲（一个 60~240μs 的低电平信号）。

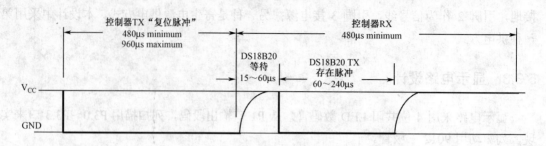

图 5-8　DS18B20 复位时序图

5.4.3　DS18B20 写字节函数

当主机把数据线从逻辑高电平拉到逻辑低电平的时候，写时间隙开始。写时间隙有写 1 时间隙和写 0 时间隙两种，如图 5-9 所示。所有写时间隙必须最少持续 60μs，包括两个写周期间至少 1μs 的恢复时间。I/O 线电平变低后，DS18B20 在一个 15μs～60μs 的窗口内对 I/O 线采样。如果线上是高电平，就是写 1，如果线上是低电平，就是写 0。主机要生成一个写时间隙，必须把数据线拉到低电平然后释放，在写时间隙开始后的 15μs 内允许数据线拉到高电平。主机要生成一个写 0 时间隙，必须把数据线拉到低电平并保持 60μs。

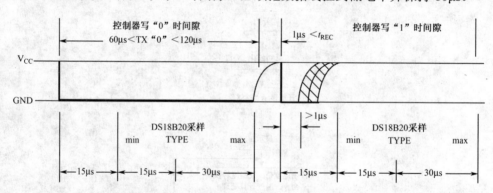

图 5-9　DS18B20 写 0 及写 1 时序图

5.4.4　DS18B20 读字节函数

当从 DS18B20 读取数据时，主机生成读时间隙。读时间隙有读 1 时间隙和读 0 时间隙两种，如图 5-10 所示。当主机把数据线从高电平拉到低电平时，写时间隙开始。数据线必须保持至少 1μs；从 DS18B20 输出的数据在读时间隙的下降沿出现后 15μs 内有效。因此，主机在读时间隙开始后必须停止把 I/O 引脚驱动为低电平 15μs，以读取 I/O 引脚状态。在读时间隙的结尾，I/O 引脚将被外部上拉电阻拉到高电平。所有读时间隙必须最少 60μs，包括两个读周期间至少 1μs 的恢复时间。

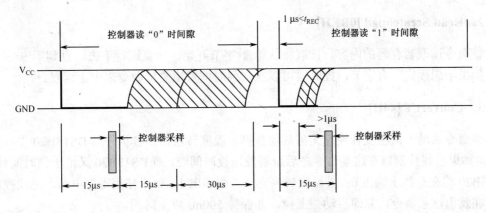

图 5-10　DS18B20 读 0 及读 1 时序图

5.4.5　温度计算转换函数

温度数据处理程序将 12 位温度值进行 BCD 码转换运算，并进行温度值正负的判定，其程序流程如图 5-11 所示。

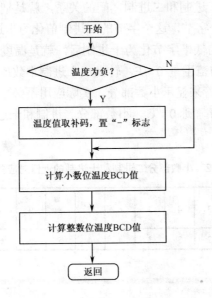

图 5-11　温度计算转换函数程序流程图

5.4.6　DS18B20 的主要 ROM 命令

1. Skip ROM [0CCH]

该命令允许总线控制器不用提供 64 位 ROM 编码就使用存储器操作命令，在单点总线情况下，可以节省时间。

2. Read Scratchpad [0BEH]

该命令读取暂存器的内容。读取将从第 1 字节开始，一直进行下去，直到第 9 字节读完。如果不想读完所有字节，控制器可以在任何时间发出复位命令来中止读取。

3. Convert T [44H]

该命令启动一次温度转换而无需其他数据。温度转换命令被执行后 DS18B20 保持等待状态。如果总线控制器在这条命令之后跟着发出读时间隙，而 DS18B20 又忙于做时间转换，DS18B20 将在总线上输出 0；若温度转换完成，则输出 1。如果使用寄生电源，总线控制器必须在发出这条命令后立即启动强上拉，并保持 500ms 以上时间。

5.4.7　温度数据的计算处理方法

从 DS18B20 读取的二进制数值必须先转换成十进制数值，才能用于字符的显示。DS18B20 的转换精度为 9～12 位可选，为了提高精度采用 12 位。在采用 12 位转换精度时，温度寄存器里的值以 0.0625 为步进，即温度值为温度寄存器里的二进制值乘以 0.0625，就是实际的十进制温度值。十进制和二进制之间的关系，就是把二进制高字节的低半字节和低字节的高半字节组成一个字节，这个字节的二进制值化为十进制后，就是温度的百、十、个位值，而剩下的低字节的低半字节化为十进制后，就是温度的小数部分。因为小数部分是半字节，所以二进制值的范围是 0～F，转换成十进制小数值就是 0.0625 的倍数（0～15倍）。这样，需要 4 位数码管来显示小数部分，实际应用不必采用这么高的精度，采用一位数码管来显示小数，可以精确到 0.1℃。小数部分二进制和十进制的近似对应关系如表 5-2 所示。

表 5-2　小数部分二进制和十进制的近似对应关系表

小数部分二进制值	0	1	2	3	4	5	6	7	8	9	A	B	C	D	E	F
十进制值	0	1	1	2	3	3	4	4	5	6	6	7	8	8	9	9

5.5　源程序清单

以下是 DS18B20 温度计 C 语言源程序清单。

```
/*************************************************
文件名：ds18b20.c
功能：用 4 位共阳 LED 数码管显示 DS18B20 测得的实时温度。
说明：
最后修改时间：2010 年 2 月 2 日。
```

```
*********************************************/

#include "reg51.h"
#include "intrins.h"
#define    Disdata P0                              //段码输出口。
#define    discan   P2                             //扫描口。
#define uchar unsigned char
#define uint    unsigned int
sbit DQ=P2^4;                                      //温度输入口。
sbit DIN=P0^7;                                     //LED 小数点控制。
uint h;

//*********** 温度小数部分用查找法*********//
uchar code ditab[16]=
{0x00,0x01,0x01,0x02,0x03,0x03,0x04,0x04,0x05,0x06,0x06,0x07,0x08,0x08,0x09,0x09};


uchar code dis_7[12]={0xC0,0xF9,0xA4,0xB0,0x99,0x92,0x82,0xF8,0x80,0x90,0xFF,0xBF};
/*共阳 LED 段码表      0   1   2   3   4   5   6   7  8   9   不亮  -  */


uchar code scan_con[4]={0xfe,0xfd,0xfb,0xf7};      //列扫描控制字。
uchar data temp_data[2]={0x00,0x00};              //读出温度暂存。
uchar data display[5]={0x00,0x00,0x00,0x00,0x00}; //显示单元数据。



//***************************************
//              11μs 延时函数
//***************************************
void delay(uint t)
{
 for(;t>0;t--);
}
//***************************************
//              显示扫描函数
//***************************************
scan()
{
 char k;
 for(k=0;k<4;k++)                                  //4 位 LED 扫描控制。
 {
```

```
        Disdata=dis_7[display[k]];
        if(k==1)
            {DIN=0;}
        discan=scan_con[k];
        delay(90);
        discan=0xff;
    }
}
//****************************************
//              DS18B20 复位函数
//****************************************
ds18b20_reset(void)
{
 char presence=1;
 while(presence)
 {
        while(presence)
        {
            DQ=1;_nop_();_nop_();
            DQ=0;
            delay(50);
            DQ=1;
            delay(6);
            presence=DQ;
        }
        delay(45);
        presence=~DQ;
 }
 DQ=1;
}
//****************************************
//              DS18B20 写命令函数
//
//              (功能：向总线上写 1 个字节)
//****************************************
void ds18b20_writebyte(uchar val)
{
 uchar i;
 for(i=8;i>0;i--)
```

```
    {
        DQ=1;_nop_();_nop_();
        DQ=0;_nop_();_nop_();_nop_();_nop_();_nop_();
        DQ=val&0x01;                                    //最低位移出。
        delay(6);
        val=val/2;                                      //右移 1 位。
    }
    DQ=1;
    delay(1);
}
//*****************************************
//              DS18B20 读 1 字节函数
//
//            (功能：从总线上读取 1 个字节)
//*****************************************
uchar ds18b20_readbyte(void)
{
    uchar i;
    uchar value=0;
    for(i=8;i>0;i--)
    {
        DQ=1;_nop_();_nop_();
        value>>=1;
        DQ=0;_nop_();_nop_();_nop_();_nop_();
        DQ=1;_nop_();_nop_();_nop_();_nop_();
        if(DQ) value|=0x80;
        delay(6);
    }
    DQ=1;
    return(value);
}
//*****************************************
//              读出温度函数
//*****************************************
ds18b20_readtemp()
{
    ds18b20_reset();                                    //总线复位。
    ds18b20_writebyte(0xCC);                            //发 ROM 命令。
    ds18b20_writebyte(0xBE);                            //发读命令。
```

```
    temp_data[0]=ds18b20_readbyte();                    //温度低 8 位。
    temp_data[1]=ds18b20_readbyte();                    //温度高 8 位。
    ds18b20_reset();
    ds18b20_writebyte(0xCC);
    ds18b20_writebyte(0x44);                            //发转换命令。
}
//******************************************
//              温度数据处理函数
//******************************************
ds18b20_worktemp()
{
uchar n=0;
if(temp_data[1]>127)
    {
        temp_data[1]=(256-temp_data[1]);               //负温度求补码。
        temp_data[0]=(256-temp_data[0]);
        n=1;
    }
display[4]=temp_data[0]&0x0f;
display[0]=ditab[display[4]];
display[4]=((temp_data[0]&0xf0)>>4)|((temp_data[1]&0x0f)<<4);
display[3]=display[4]/100;
display[1]=display[4]%100;
display[2]=display[1]/10;
display[1]=display[1]%10;
if(!display[3])
    {
        display[3]=0x0A;
        if(!display[2])
            {
                display[2]=0x0A;
            }
    }
if(n)
    {
        display[3]=0x0B;                               //负温度，最高位显示"-"。
    }
}
```

```
//**************************************
//            主函数
//**************************************
main()
{
Disdata=0xff;                              //初始化端口。
discan=0xff;
for(h=0;h<4;h++)
{
    display[h]=8;                          //开机显示"8888"。
}
ds18b20_reset();
ds18b20_writebyte(0xCC);
ds18b20_writebyte(0x44);
for(h=0;h<500;h++)
{
    scan();
}
while(1)
{
    ds18b20_readtemp();                    //读出 DS18B20 温度数据。
    ds18b20_worktemp();                    //处理温度数据。
    for(h=0;h<500;h++)
    {
        scan();
    }
}
}
```

第6章 无线数据传输系统设计

随着科学技术的发展，特别是射频技术、集成电路技术的逐渐成熟，无线数据传输技术已广泛应用于人类科研、生产和生活等活动领域中。本章针对这一问题，利用单片机设计一个无线数据传输系统。

6.1 功能要求

（1）自制适用无线数据传输的发射机和接收机，并能实现数据信号的无线传送，调制方式任选；

（2）无线传送距离≥1m；

（3）系统性能指标、自动化程度尽可能高；

（4）发送数据信号通过无线传输和接收后，应有相应的数据显示，并能证明所接收的数据是正确的；

（5）数据显示可上传计算机；

（6）单片机系统自制；

（7）发射机和接收机只能使用集成电路自制，不允许采用成品通信设备。

6.2 总体设计

根据通信系统模型可知，典型的无线通信系统由信源、调制、发射、接收、解调和信宿等部分组成，而无线数据传输系统也是如此，其原理框图如图 6-1 和图 6-2 所示，其中图 6-1 是无线数据传输系统发射电路的原理框图，图 6-2 是无线数据传输系统接收电路的原理框图。

图 6-1 无线数据传输系统发射电路原理框图

图 6-2 无线数据传输系统接收电路原理框图

从图中可以看出，对于工作在现场的分机而言，通过传感器在工业现场检测出来的模拟信号，经过 A/D 转换器转换成数字信号后，送入到单片机中。单片机通过软件控制，把相关数据以数据包的形式通过无线射频模块发射出去。对于工作在中央处理位置的主机而言，单片机在软件的控制下，通过无线射频模块接收到分机发射的信息，通过接口可以传送给 PC 进行处理，也可以把相关数据送到数码管上显示。其中，无线射频模块是研究和设计该系统的核心。

6.3　发射电路硬件设计

无线数据传输系统分为发射电路和接收电路，控制器使用单片机 AT89C4051，无线数据收发芯片选用 nRF401，用 6 位共阴 LED 数码管以动态扫描法实现显示。根据工作原理的划分，发射电路主要由 A/D 转换模块、单片机控制模块、无线射频模块及电源模块等组成。

6.3.1　nRF401 无线收发芯片介绍

1. nRF401 的性能特点

nRF401 无线收发芯片是由北欧集成电路 Nordic 公司研制的单片 UHF 无线收发一体芯片，采用蓝牙核心技术设计，在一个 20 引脚的芯片中包括了高频发射、高频接收、PLL 合成、FSK 调制、FSK 解调、多频道切换，是目前集成度最高的无线数传产品。以往设计无线数据传输产品往往需要相当的无线电专业知识和价格高昂的专业设备，传统的电路方案不是电路烦琐就是调试困难，令人望而却步，影响了用户的使用和新产品的开发，nRF401 的出现使人们摆脱了无线产品设计的困难。它具有高频发射，高频接收，是一个为工作在 433MHz ISM（Industrial, Scientific and Medical）频段设计的真正单片 UHF 无线收发芯片，满足欧洲电信工业标准（ETSI）。它采用 FSK 调制解调技术，抗干扰能力强，特别适合工业控制场合。并采用 PLL 频率合成技术，工作频率稳定性好，发射功率可以调整，最大发射功率可达+10dBm，接收灵敏度最大为-105dBm，最高数据传输速率可达 20kbps，具有多个频道，可方便地切换工作频率，特别满足需要多信道工作的特殊场合，工作电压范围在 2.7～5V 之间，还具有待机模式，可以更省电和高效。

nRF401 有三种工作模式：收模式、发模式和等待模式。在等待模式下，系统的功耗可以达到很小的值。两个通信信道分别为 433.92 MHz 和 434.33 MHz。nRF401 的工作模式可由 3 个引脚设定，分别是 TXEN、CS 和 PWR-UP。因此可以控制 nRF401 的工作模式，使其处于接收、发射和等待三种状态中的任一种状态，实现双工通信。

nRF401 无线收发芯片功耗低，接收待机状态仅为 8μA，是目前低功耗无线数传的理想产品选择，适合于便携及手持产品的设计，由于采用了低发射功率，高接收灵敏度的设计，满足无线管制要求，无需使用许可证，开阔地的使用距离最远可达 1000m（与具体使用环境及元件参数有关），可广泛用于遥测、小型无线数据终端、安全防火系统、无线遥控系统、生物信号采集、水文气象监控、机器人控制、无线 232 数据通信、无线 485/422 数据通信、无线数字语音、数字图像传输等。nRF401 芯片的主要技术指标如表 6-1 所示。

表 6-1　nRF401 芯片主要技术指标

参　　数	指　　标	备　　注
频率：信道 1/信道 2	433.92MHz /434.33MHz	
调制方式	FSK	
最大输出功率	10dBm	400Ω，3V
接收灵敏度	−105dBm	400Ω，BR=20kbps
工作电压	2.7～5.25V	
接收电流	10mA	
发射电流	8mA～30mA	
待机电流	8μA	

2. nRF401 芯片的内部结构及引脚功能

nRF401 无线收发芯片的内部结构主要由发射电路、接收电路和低功耗控制逻辑电路及串行接口等几部分组成。

nRF401 芯片内包含有发射功率放大器（PA）、低噪声接收放大器（LNA）、晶体振荡器（OSC）、锁相环（PLL）、压控振荡器（VCO）、混频器（MIXFR）、解调器（DEM）等电路。基准振荡器采用外接晶体振荡器，产生电路所需的基准频率。在接收模式中，nRF401 被配置成传统的外差式接收机，所接收的射频调制的数字信号被低噪声放大器放大，经混频器变换成中频，放大、滤波后进入解调器，解调后变换成数字信号输出（DOUT 端）。在发射模式中，数字信号经 DIN 端输入，经锁相环和压控振荡器处理后进入到发射功率放大器射频输出。由于采用了晶体振荡和 PLL 合成技术，频率稳定性极好；采用 FSK 调制和解调，抗干扰能力强。

nRF401 采用小型贴片封装形式，占用很小的空间，属于高集成度的芯片，其长度和宽度分别不到 8.2mm 和 7.5mm。nRF401 只需搭配较少的外围元器件即可组成收发一体的无线收发系统。芯片引脚图如图 6-3 所示，各引脚功能如表 6-2 所示。

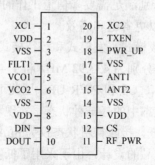

图 6-3　nRF401 芯片引脚图

表 6-2　nRF401 芯片引脚功能

引脚	名称	功能	引脚	名称	功能
1	XC1	晶振输入	11	RF_PWR	发射功率设置
2	VDD	电源+3~+5V	12	CS	频道选择： CS=0，选择 433.92MHz； CS=1，选择 434.33MHz
3	VSS	电源地	13	VDD	电源+3~+5V
4	FILT1	环路滤波器	14	VSS	电源地
5	VCO1	外接电感	15	ANT2	天线端
6	VCO2	外接电感	16	ANT1	天线端
7	VSS	电源地	17	VSS	电源地
8	VDD	电源+3~+5V	18	PWR_UP	节电控制： PWR=“0”为待机模式； PWR=“1”为正常工作模式
9	DIN	数据输入	19	TXEN	发射/接收控制： TXEN=“1”为发射模式； TXEN=“0”为接收模式
10	DOUT	数据输出	20	XC2	晶振输出

6.3.2　A/D 转换模块设计

市场上 A/D 转换器芯片种类很多，选择 A/D 转换器主要考虑转换精度、采样频率、转换时间、功耗及成本等。这里选择了带串行控制的 12 位 A/D 转换器 TLC2543。

1. TLC2543 的性能特点

TLC2543 是一种 12 位开关电容逐次逼近式模拟转换器，带有 SPI（Serial Peripheral Inter face）接口。它消除了以往许多 A/D 芯片并行输出、连线复杂的缺点，并在 A/D 转换结果串行输出的同时，可以串行输入下次 A/D 转换位的控制字。TLC2543 与外围电路的连线简单，三个控制输入端为 CS（片选）、输入/输出时钟（I/O CLOCK）以及串行数据输入端（DATA INPUT）。片内的 14 通道多路器可以选择 11 个输入中的任何一个或 3 个内部自测试电压中的一个，采样-保持是自动的，转换结束，EOC 输出变高。

TLC2543 的主要特性有，11 个模拟输入通道；66kbps 的采样速率；最大转换时间为 10μs；SPI 串行接口；线性度误差最大为±1LSB；低供电电流（1mA 典型值）；掉电模式电流为 4μA。

2. TLC2543 的引脚功能

TLC2543 的引脚图如图 6-4 所示。

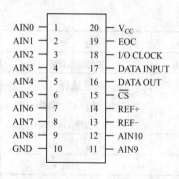

图 6-4　TLC2543 引脚图

AIN0～AIN10：模拟输入端，由内部多路器选择。

$\overline{CS}$：片选端，$\overline{CS}$ 由高变低时将复位内部计数器，并控制和使能 DATA OUT、DATA INPUT 和 I/O CLOCK。$\overline{CS}$ 由低变高时将在设置时间内禁止 DATA INPUT 和 I/O CLOCK。

DATA INPUT：串行数据输入端，串行数据在 I/O CLOCK 的前 4 个时钟以高位在前的形式移入 4 位地址，用来选择下一个要转换的模拟输入通道或测试电压，之后 I/O CLOCK 将余下的几位依次输入。

DATA OUT：A/D 转换结果三态输出端，在 $\overline{CS}$ 为高时处于高阻状态；$\overline{CS}$ 为低时处于激活状态。

EOC：转换结束端。在最后的 I/O CLOCK 下降沿之后，EOC 由高电平变为低电平并保持到转换完成及数据准备传输。

V_{CC}、GND：电源正端、地。

REF+、REF−：正、负基准电压端。通常 REF+接 V_{CC}，REF−接 GND。最大输入电压范围取决于两端电压差。

I/O CLOCK：时钟输入/输出端。

3. TLC2543 的控制字

控制字是从 DATA INPUT 端串行输入的 8 位数据，它规定了 TLC2543 要转换的模拟量通道、转换后的输出数据长度、输出数据的格式，如图 6-5 所示。

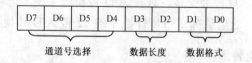

图 6-5　TLC2543 的控制字

其中，高 4 位（D7～D4）决定通道号，当为 0000～1010H 时，对应 0 通道至 10 通道，当为 1011～1101 时，用于对 TLC2543 的自检，分别测试（V_{REF+}+V_{REF-}）/2、V_{REF-}、V_{REF+} 的值，当为 1110 时，TLC2543 进入休眠状态。

D3 和 D2 决定输出数据长度，01 表示输出数据长度为 8 位，11 表示输出数据长度为 16 位，00 和 10 表示输出数据长度为 12 位。

D1 决定输出数据是最高位先送出，还是最低位先送出，0 表示最高位先送出，1 表示最低位先送出。

D0 决定输出数据是单极性（无符号二进制）数据，还是双极性（有符号二进制）数据，0 表示单极性，1 表示双极性。对于单极性，一个等于 V_{REF-} 的输入电压的转换结果是一个全 0（000…0）的代码，一个等于 V_{REF+} 的输入电压的转换结果是一个全 1（111…1）的代码，而（V_{REF+}+V_{REF-}）/2 的转换结果则是一个 1 后面为 0（100…0）的代码；对于双极性，一个等于 V_{REF-} 的输入电压的转换结果是一个 1 后面为 0（100…0）的代码，一个等于 V_{REF+} 的输入电压的转换结果是一个 0 后面跟个 1（011…1）的代码，而（V_{REF+}+V_{REF-}）/2 的转换结果则是一个为全 0（000…0）的代码。

4. TLC2543 的工作时序

TLC2543 转换器的工作分成连续的两个不同的周期：一是 I/O 周期，二是实际转换周期。I/O 周期由外部提供的 I/O CLOCK 定义，延续 8、12 或 16 个时钟周期，这取决于选定的输出数据的长度。

在 I/O 周期中，同时发生两种操作：一是控制字被送到 DATA INPUT，这个数据在前 8 个时钟内被移入器件。当采用 12 或 16 个 I/O 时钟传送时，在前 8 个时钟之后 DATA INPUT 便无效。二是在 DATA OUT 端串行地提供 8、12 或 16 位长度的数据输出。当 $\overline{CS}$ 保持为低时，第一个输出数据位发生在 EOC 的上升沿。若转换是由 $\overline{CS}$ 控制，则第一个输出数据位发生在 $\overline{CS}$ 的下降沿。这个数据是前一次转换的结果，在第一个输出数据位之后的每个后续位由后续的 I/O 时钟每个下降沿输出。

转换周期对用户是透明的，它是由 I/O 时钟同步的内部时钟来控制的。当转换时，器件对模拟输入电压完成逐次逼近式的转换。在转换周期开始时，EOC 输出端变低；而当转换完成时变高，并且输出数据寄存器被锁存。只有在 I/O 周期完成后才开始一次转换周期，这样可减小外部的数字噪声对转换精度的影响。

5. A/D 转换模块电路

模拟量采集电路如图 6-6 所示。设计了三路可以外接传感器检测的模拟量，接在 TLC2543 的 1～3 脚；为了便于调试，又设计了四路通过调节电位器的方式来产生模拟信号，接在 TLC2543 的 4～7 脚。

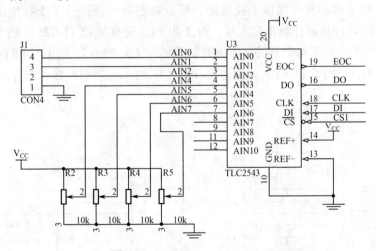

图 6-6　模拟量采集电路图

A/D 转换模块电路的工作过程如下。

上电后，片选 $\overline{CS}$ 必须从高到低，才能开始一次工作周期，此时 EOC 为高，输入数据寄存器被置为 0，输出数据寄存器的内容是随机的。开始时，$\overline{CS}$ 为高电平，I/O CLOCK、DATA INPUT 被禁止，DATA OUT 呈高阻状，EOC 为高。使 $\overline{CS}$ 变低，I/O CLOCK、DATA

INPUT 使能，DATA OUT 脱离高阻状态。时钟信号从 I/O CLOCK 端依次加入，随着时钟信号的加入，控制字从 DATA INPUT 一位一位地在时钟信号的上升沿被送入 TLC2543，同时上一周期转换的 A/D 数据，即输出数据寄存器中的数据从 DATA OUT 一位一位地移出。TLC2543 收到第 4 个时钟信号后，通道号也已收到，此时 TLC2543 开始对选定通道的模拟量进行采样，并一直保持到 EOC 变低，开始对本次采样的模拟量进行 A/D 转换，转换时间约需 10μs，转换完成后 EOC 变高，转换的数据在输出数据寄存器中，待下一个工作周期输出。此后，可以进行新的工作周期。

6.3.3 单片机控制模块设计

1. AT89C4051 单片机特点

AT89C4051 是美国 ATMEL 公司生产的低电压、高性能 CMOS 8 位单片机，片内含 4KB 的可反复擦写的只读 Flash 程序存储器和 128B 的随机存取数据存储器（RAM），器件采用 ATMEL 公司的高密度、非易失性存储技术生产，兼容标准 MCS-51 指令系统，片内置通用 8 位中央处理器和 Flash 存储单元。功能强大的 AT89C4051 单片机可灵活地应用于各种控制领域。

2. 单片机控制模块电路

根据系统功能的需要及 AT89C4051 单片机的特点，单片机控制模块电路的设计如图 6-7 所示。其中，V_{CC} 接电源电压；GND 接地； XTAL1 与 XTAL2 接 11.0592MHz 的晶振；P1.0 和 P1.1 由于内部没有提供上拉电阻，所以在芯片外部连接了上拉电阻，分别作为 TLC2543 芯片的时钟和串行数据输入端；P1.2 和 P1.3 分别连接 TLC2543 的数据输出和片选端；P1.4～P1.7 连接了 4 个开关，作为开关量的输入；P3.0 和 P3.1 与 nRF401 连接，作为串行接口；P3.4、P3.5 和 P3.7 分别连接 nRF401 的节电控制、频道选择和发射/接收方式控制端。

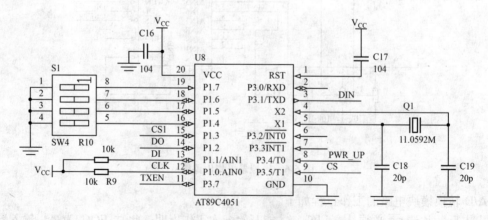

图 6-7　单片机控制电路图

6.3.4 无线射频模块设计

无线射频模块是无线通信系统的核心，该系统设计的好坏，直接关系到数据的正确传输及整个系统正常工作。

无线发射电路采用 nRF401 芯片，设计电路如图 6-8 所示。其中，DOUT 和 DIN 作为串行口，分别与单片机的 P3.0 和 P3.1 连接；PWR_UP、CS、TXEN 分别与单片机的 P3.4、P3.5和 P3.7 连接。

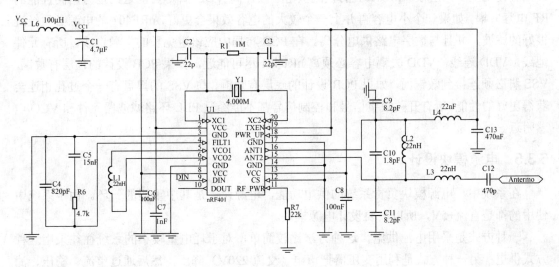

图 6-8 无线发射电路图

在 nRF401 芯片使用时，设定好工作频率，进入正常工作状态后，通过单片机根据需要进行发送数据、接收数据或进行状态转换等控制。在实际的设计应用中，需要注意以下几个问题：

（1）VCO 外部电感的设计。nRF401 需要为片内电压控制振荡器（VCO）提供一个外置的电感，由于 VCO 产生器件中的所有 RF 频率，因此是一个非常关键的部分。它是由 LC电路确定额定频率的振荡器，其中 LC 电路由片内电路、VCO 电感、连接芯片和 VCO 电感的布线线路、PCB 上的寄生电容等组成。由于 VCO 的内部将 VCO1 和 VCO2 引脚之外的整个电路视作它的 VCO 电感，因此，电感的取值和放置位置及其在 PCB 上的特性是相当重要的。这意味着，连接电感的布线对电感值有影响，围绕这些布线的对地层平面的寄生电容也增大了算式中的电容值。锁相环（PLL）产生一个直流电压来精确地设置 VCO 的频率，这个电压就是环路滤波器电压，它可以在连接外部 VCO 电感的器件外部引脚上测得。问题是 PLL 只能在一定频率范围内调谐 VCO，如果想在某个调谐范围内设置 RF 信道，就必须相应选择 VCO 电感的取值和放置位置。

（2）环路滤波器的设计。nRF401 外接有环路滤波器，此滤波器用以保证供给 VCO 一个稳定的控制电压，因此屏蔽外部噪声尤其是"低频"（小于 50kHz）高幅值信号（如数字数据信号）对滤波器的干扰是十分重要的，在这个频率范围内的噪声很难被滤除（接近滤波器的通带），将直接影响 VCO。因此不要在环路滤波器的附近布置数字线路，可在环路滤波器的周围布置地线平面加以屏蔽并使数字信号线尽量远离。为获得好的环路滤波器性能，连接到地的滤波器元件应该直接连接到地线层，而不要通过走线或公共过孔。

（3）晶体振荡器设计。选择合适的晶体是非常重要的，不仅影响 RF 应用的性能，也可以降低成本。为满足数据手册上的指标，本设计方案安装了一个 4MHz 晶振，这种晶振有插孔和贴片两种封装。插装的晶振最便宜，但考虑加工方便选择 SMD 安装的晶振。

（4）PCB 布局和去耦设计。一个好的 PCB 设计对于获得好的 RF 性能是必需的，本设计推荐使用至少两层板。nRF401 的直流供电必须在离 VDD 脚尽可能近的地方用高性能的 RF 电容去耦。如果一个小电容再并上一个较大的电容效果会更好，nRF401 的电源必须经过很好的滤波，并且与数字电路供电分离。在 PCB 布局中应该避免长的电源走线，所有元件地线，VDD 连线，VDD 去耦电容必须离 nRF401 尽可能近，如果 PCB 设计的顶层有敷铜，VSS 脚必须连接到敷铜面，如果 PCB 设计的底层有敷铜，与 VSS 的焊盘有一个过孔相连会获得更好的性能。所有开关数字信号和控制信号都不能经过 PLL 环路滤波器元件和 VCO 电感附近。

6.3.5　电源模块设计

在系统中，电源模块负责系统的供电功能，电源设计是其中重要的一环。由于系统中使用的都是直流+5V，所以需要设计电源模块。

一种方式是采用电池供电，这种方法比较简单，对于耗电量较小的系统往往采用这种方式供电；另一种方式是利用变压器把市电（交流 220V）降压，然后通过整流、稳压、滤波的形式，使之变成系统所需的直流电压。

为了方便调试，简化系统的复杂性，这里采用市场上销售现成的 9V 电源作为供电系统。但考虑系统有无线射频模块，对电源要求比较严格，所以又设计了稳压和滤波电路。电压电源模块的设计电路如图 6-9 所示。其中 LM7805C 起到稳压的作用，C15 和 C21 起到滤波的作用。

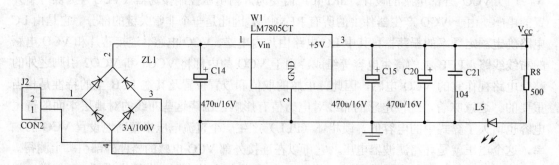

图 6-9　电源模块电路图

6.4 接收电路硬件设计

接收电路主要由无线射频接收模块、单片机控制模块、显示模块、接口模块及电源模块等组成。其中，电源模块的设计与发射电路一样，无线射频接收模块设计与发射电路稍有区别。

6.4.1 单片机控制模块设计

对于接收端的控制模块电路，其设计与发射端的控制电路基本一样，如图 6-10 所示。但由于接收端的控制模块需要实现的功能较多，即不仅与发射电路进行通信，往往还与 PC 进行串口通信，同时还要把有关数据送到数码管等显示设备进行显示，所以 AT89C4051 芯片的 I/O 口使用较多。

这里，P3.0、P3.1、P3.7、P1.2 和 P1.3 与 nRF401 芯片相连接，控制数据的接收和发射功能。P3.3～P3.5 与 MAX7219 芯片相连，控制数据的显示功能。P1.4～P1.7 与 4 个发光二极管相连，作为开关量的显示。

由于 AT89C4051 芯片仅有一个串行口，且已经被射频模块占用，所以，采用软件的方式来扩展单片机的串行口。具体硬件连接方式是：P3.2 连接 MAX232 的 R2OUT 端，模拟接收端，即采用中断的方式来读取数据；P1.1 连接 MAX232 的 T2IN 端，实现数据的发送。

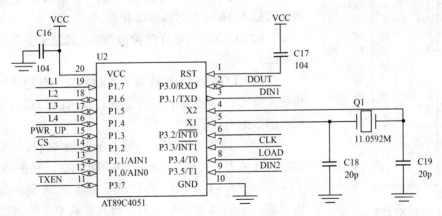

图 6-10 接收端的单片机控制电路图

6.4.2 显示模块设计

常用的专用数码管显示电路驱动器有 8279 和 MAX7219，后者因使用方便灵活，连线简单，不占用数据存储器空间，使用的人则越来越多。

1．MAX7219 的性能特点

MAX7219 是一个高性能的串行共阴极多位 LED 数字显示驱动器，它是一种串行接口的 8 位数码管显示驱动器，内设多个控制和数据寄存器，其工作方式可通过编程灵活地设计，它是体积小、功能强大、使用灵活方便的串行接口。它与通用微处理器只有 3 根串行线相连，最多可同时驱动 8 个共阴极数码管或 64 个发光二极管。其芯片内部结构主要包括 BCD 译码器、多位扫描电路、移位寄存器、控制寄存器、译码器、位驱动器、段驱动器、亮度调节和多路扫描电路和用于存放每个数据位的 8×8 静态 RAM 以及数个工作寄存器。通过指令设置这些工作寄存器，可以使 MAX7219 进入不同的工作状态。它的特点有：串行接口的传输速率可达 10Mbps；独立的发光二极管段控制；译码与非译码两种显示方式可选；数字、模拟两种亮度控制方式；可以级联使用。

MAX7219 采用串行接口方式，只需 LOAD、DIN、CLK 三个引脚便可实现数据传送。DIN 管脚上的 16 位串行数据包不受 LOAD 状态的影响，在每个 CLK 的上升沿移入到内部 16 位移位寄存器中。然后，在 LOAD 的上升沿数据被锁存到数字或控制寄存器中。LOAD 必须在第 16 个时钟上降沿之后，但在下一个时钟上升沿之前变高，否则数据将会丢失。DIN 端的数据通过移位寄存器传送，并在 16.5 个时钟周期后出现在 DOUT 端，随 CLK 的下降沿输出。

2．MAX7219 的引脚功能

MAX7219 是个 24 引脚双列直插或表面贴装 IC，其引脚图如图 6-11 所示。

MAX7219 芯片的各引脚功能如下：

（1）DIN：串行数据输入端。当 CLK 为上升沿时，数据被载入 16 位内部移位寄存器。

（2）CLK：为串行时钟输入端。其最大工作频率可达 10MHz。

（3）LOAD：为片选端，当 LOAD 为低电平时，芯片接收来自 DIN 的数据，接收完毕，LOAD 回到高电平时，接收的数据将被锁定。

（4）DIG0～DIG7：为吸收显示器共阴极电流的位驱动线。其最大值可达 500mA，关闭状态时，输出+V_{CC}。

（5）A～G，DP：为驱动显示器 7 段及小数点的输出电流，一般为 40mA 左右，可软件调整，关闭状态时，接入 GND。

DIN	1	24	DOUT
DIG0	2	23	D
DIG4	3	22	DP
GND	4	21	E
DIG6	5	20	C
DIG2	6	19	V_{CC}
DIG3	7	18	ISET
DIG7	8	17	G
GND	9	16	B
DIG5	10	15	F
DIG1	11	14	A
LOAD	12	13	CLK

图 6-11　MAX7219 引脚图

（6）DOUT：为串行数据输出端，通常直接接入下一片 MAX7219 的 DIN 端。

3．显示模块电路设计

显示模块的设计电路如图 6-12 所示，其中，CLK、LOAD 和 DIN 分别与 AT89C4051 的 P3.3、P3.4 和 P3.5 相连。

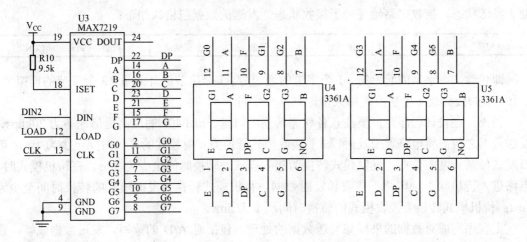

图 6-12　LED 显示电路图

6.4.3　接口模块设计

由于 PC 具有强大的存储和运算能力，通常情况下，我们往往利用 PC 来协助接收模块进行加工处理接收到的数据。所以就需要把接收模块收到的数据转发到 PC 上，这就存在着 PC 与接收模块之间的通信问题。工程上，常常采用 PC 的串口进行串行通信。

接口电路负责将接收模块收到的数据转发到 PC，通过上位机软件以数字、柱状图和曲线图显示出来。设计接口转换模块的电路如图 6-13 所示。其中，RXD 与 AT89C4051 的 P3.2 连接，TXD 与 AT89C4051 的 P1.1 连接。

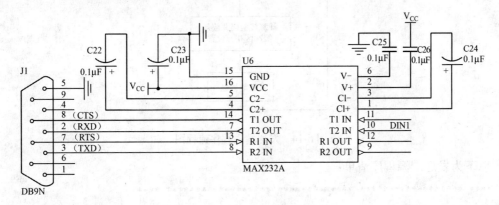

图 6-13　接口转换模块电路图

6.5　发射电路的软件设计

为了验证无线数据传输系统能否正确实现数据的发送和接收，这里，让发射电路始终处于发送状态，接收电路始终处于接收状态。发送的数据包格式如下：

AAH	55H	通道号	开关量	3 个模拟量	校验	CCH

即包含 2 个字节的起始符、1 个字节的通道号、1 个字节的开关量、3 个字节的模拟量、1 个字节的校验及 1 个字节的结束符，共 9 个字符。

另外，在设计程序时，要注意各状态转换的时延。nRF401 的最高通信速率为 20kbps，发送数据之前需将电路置于发射模式；接收模式转换为发射模式的转换时间至少为 1ms；可以发送任意长度的数据；发射模式转换为接收模式的转换时间至少为 3ms。在待机模式时，电路进入待机状态，电路不接收和发射数据。待机模式转换为发射模式的转换时间至少为 4ms；待机模式转换为接收模式的转换时间至少为 5ms。

主程序完成对数据的采样与发送数据的处理，包括对 A/D 的读写，发送数据成帧，数据帧的校验和将数据加入发送缓冲区，其流程图如图 6-14 所示。

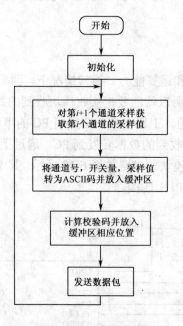

图 6-14 发送端主程序流程图

以下为发送端源程序清单：

```
/**************************************************************
    文件名：Tran.c
    功能：完成模拟量和开关量采集，并发送出去。
    最后修改时间：2010 年 3 月 18 日。
 **************************************************************/
include <reg51.h>
#include<intrins.h>
#include<absacc.h>
```

```c
sbit _CS =P1^3;
sbit D_OUT=P1^2;
sbit D_IN=P1^1;
sbit CLOCK=P1^0;
sbit CSnrf=P3^5;
sbit PWR =P3^4;
sbit TXEN =P3^7;


typedef unsigned int uint;
typedef unsigned char uchar;



uchar buff[12]={'%','0','1','#', '0','0', '0','0','0', '0','0','\n'};
/*-------------------------------------
//函数调用方式：crc()
//函数说明：加校验码
-------------------------------------*/
void crc(void)
{
    uchar j,i=0,k;
    for(j=0;j<9;j++)
    {
    i=i^buff[j];
    }
    k=i>>4;
    if(k>=0&&k<=9)
    k=k+0x30;
    else if(k>=10&&k<=15)
    k=k+0x41;
    i=i&0x0f;
    if(i>=0&&i<=9)
    i=i+0x30;
    else if(i>=10&&i<=15)
    i=i+0x41;
    buff[9]=k;
    buff[10]=i;
}
```

```
/*-------------------------------------------
函数调用方式：getnumber(uint dat)
函数说明：将模拟量转换为 ASC II 码。
------------------------------------------ */
void getnumber(uint dat)
{
    uchar k;
    uchar num[3];
    unsigned long h;
    h=dat;
    h=h*500;
    h=h/4096;
    dat=(uint)h;
    num[2]=dat/100;
    k=(dat-num[2]*100);
    num[1]=k/10;
    num[0]=(k-num[1]*10);
    for(k=6;k<9;k++)
        buff[k]=num[k-6]+48;
}
/*------------------------------------------------------------
调用方式：uint read2543(uchar port)
函数说明：read2543()返回 12 位 A/D 芯片 TLC2543 的 port 通道采样值
-----------------------------------------------------------*/
uint read2543(uchar port)
{
    uint idata ad=0;char idata i;
    //EA=0;

    CLOCK=0;
    _CS=0;
    port<<=4;/*12 位数据输出长度*/
    /*port=port|0x0c;*/
for (i=0;i<8;i++) /*把通道号打入 2543*/
  {
            D_IN=(bit)(port&0x80);
```

```
                CLOCK=1;
                 _nop_();
                ad<<=1;
            if (D_OUT) ad|=0x01;/*读入 A/D 高 8 位*/
                CLOCK=0;
            port<<=1;
        }
    for(i=0;i<4;i++)
      {
                CLOCK=1;
                 _nop_();
                ad<<=1;
            if (D_OUT) ad|=0x01;/*读入 A/D 低 4 位*/
                CLOCK=0;
}


            _CS=1;
            _nop_();_nop_();_nop_();_nop_();_nop_();_nop_();
            _nop_();_nop_();_nop_();_nop_();_nop_();_nop_();
            _nop_();_nop_();_nop_();_nop_();_nop_();_nop_();
            _nop_();_nop_();_nop_();
            _CS=0; /*等待 A/D 转换*/
            _nop_();_nop_();_nop_();
            _CS=1;
            //EA=1;
            return (ad);

}


/////////主程序/////////////////
main()
{    uchar n,m;
     uint    datas,y;

    unsigned int h;
/*  CSnrf    =0;
    TXEN     =0;
    PWR      =1;
```

```
    TXEN     =1;*/
    for(h=0;h<=2000;h++);                        //延时。

    SCON     = 0x40;                             //串口初始化。
    TMOD     = 0x20;
    TH1      = 0xfa;
    TL1      = 0xfa;
    PCON     &= 0x7F;
    TR1      = 1;
    EA=0;

  while(1)
  {
datas=read2543(0);
     for(n=0;n<7;n++)
       {
       datas=read2543(n+1);                      //A/D 采样。
       getnumber(datas);
       buff[4]=n+48;                             //通道号。
       buff[5]=(P1>>4)+48;                       //开关变量。
       crc();                                    //加校验码。
       for(m=0;m<12;m++)                         //发送。
         {TI=0;
          SBUF=buff[m];
          while(TI==0);
         }
       for(y=0;y<5000;y++);                      //帧延时。
       }
    }
 }
```

6.6　接收电路的软件设计

接收端主程序完成对成功接收的数据的处理、所需数据的显示以及上传功能，其流程图如图 6-15 所示。

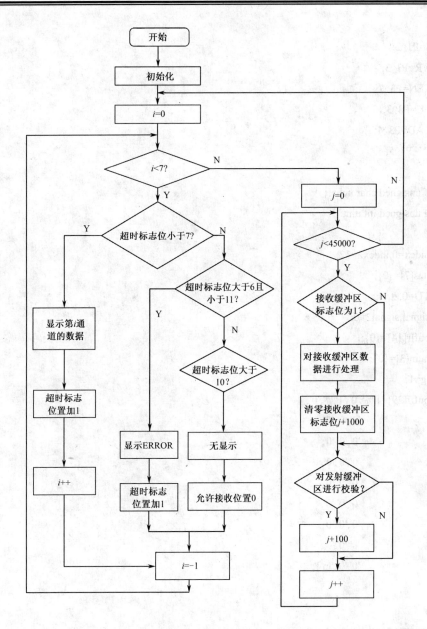

图 6-15 接收端主程序流程图

以下为接收端源程序清单：

```
/*************************************************************
文件名：Receive.c
功能：完成对成功接收的数据的处理、所需数据的显示以及上传功能。


最后修改时间：2010 年 3 月 18 日
*************************************************************/
#include <reg51.h>
```

```
sbit CS=P1^2;
sbit PWR=P1^3;
sbit TXEN=P3^7;
sbit CLK=P3^3;
sbit LOAD=P3^4;
sbit DIN=P3^5;

typedef unsigned char uchar;
typedef unsigned int uint;

uchar index=0,index2=12;
uint datas[7]={0};
uchar TD=0,zt;
uchar signal,signal2=0;
uchar buffr[14]={0};
uchar num[3]={0};
uchar jg=1;
uchar bufft[29]={'%','0','1','#','0',
                  '0','0','0',
                  '0','0','0',
                  '0','0','0',
                  '0','0','0',
                  '0','0','0',
                  '0','0','0',
                  '0','0','0',
                  '0','0','\n'};



/*------------------------------------
//函数调用方式：crc1()
//函数说明：加校验码。
--------------------------------------*/
void crc1(void)
{
   uchar j,i=0,k;
      for(j=0;j<26;j++)
      {
          i=i^bufft[j];
```

```
        }
        k=i>>4;
        if(k>=0&&k<=9)
        k=k+0x30;
        else if(k>=10&&k<=15)
        k=k+0x41;
        i=i&0x0f;
        if(i>=0&&i<=9)
        i=i+0x30;
        else if(i>=10&&i<=15)
        i=i+0x41;
        bufft[26]=k;
        bufft[27]=i;
}
/*-------------------------------------
函数调用方式：crc2()
函数说明：对数据包进行校验。
-------------------------------------*/
uchar crc2(void)
{
    uchar i,m=0,k;
        for(i=0;i<9;i++)
        {
            m=m^buffr[i];
        }
        k=m>>4;
        if(k>=0&&k<=9)
        k=k+0x30;
        else if(k>=10&&k<=15)
        k=k+0x41;
        m=m&0x0f;
        if(m>=0&&m<=9)
        m=m+0x30;
        else if(m>=10&&m<=15)
        m=m+0x41;
        buffr[12]=k;
        buffr[13]=m;
        if((buffr[12]==buffr[9])&&(buffr[13]==buffr[10]))
          return(1);
```

```
            else
                return(0);
        }
/*------------------------------------------
//函数调用方式：print(uchar add,uchar dat)
//函数说明：数码管字符。
--------------------------------------------*/
void print(uchar add,uchar dat)
{
 uchar DAT,c,z;
 LOAD=0;
 for(c=0;c<16;c++)
   {
    if(c<8)
      DAT=add;
    else DAT=dat;
      for(z=0;z<8;z++)
        {DIN=DAT&0x80;
         DAT<<=1;
         CLK=1;
         CLK=0;}
         c+=8;
   }
   LOAD=1;
}
/*------------------------------
函数调用方式：pr(uchar i)
函数说明：数码管显示数据。
----------------------------------*/
 void pr(uchar i)
        {
                num[2]=datas[i]/100;
                num[1]=(datas[i]%100)/10;
                num[0]=datas[i]%10;

                print(1,num[2]|0x80);
                print(2,num[1]);
                print(3,num[0]);
                print(6,10);
```

```
                print(5,i+1);
                print(4,62);
    }
/* ----------------------------------------------
函数调用方式：joindat()
函数说明：对收到的数据包进行处理并存入数据区和发送缓冲区。
----------------------------------------------*/
 void joindat()
 {
    uint a=0,b=0,c=0;
   if(crc2())
     {a=(buffr[8]-48)*100;
      b=(buffr[7]-48)*10;
      c=buffr[6]-48;
      switch(buffr[4])                        // 根据通道号选择相应的数据区。
      { case '0': datas[0]=a+b+c;              //存入数据区中。
                  if(signal2)                  //如果发送标志位为 1。
                  {bufft[7]=buffr[8];          //将数据加入发送缓冲区。
                   bufft[6]=buffr[7];
                   bufft[5]=buffr[6];}
                  break;
        case '1': datas[1]=a+b+c;
                  if(signal2)
                  {bufft[10]=buffr[8];
                   bufft[9]=buffr[7];
                   bufft[8]=buffr[6];}
                  break;
        case '2': datas[2]=a+b+c;
                  if(signal2)
                  {bufft[13]=buffr[8];
                   bufft[12]=buffr[7];
                   bufft[11]=buffr[6];}
                  break;
        case '3': datas[3]=a+b+c;
                  if(signal2)
                  {bufft[16]=buffr[8];
                   bufft[15]=buffr[7];
                   bufft[14]=buffr[6];}
                  break;
```

```
        case '4': datas[4]=a+b+c;
                  if(signal2)
                  {bufft[19]=buffr[8];
                   bufft[18]=buffr[7];
                   bufft[17]=buffr[6];}
                  break;
        case '5': datas[5]=a+b+c;
                  if(signal2)
                  {bufft[22]=buffr[8];
                   bufft[21]=buffr[7];
                   bufft[20]=buffr[6];}
                  break;
        case '6': datas[6]=a+b+c;
                  if(signal2)
                  {bufft[25]=buffr[8];
                   bufft[24]=buffr[7];
                   bufft[23]=buffr[6];}
                  break;
        }


    P1|=0xf0;          //显示开关状态。
    P1&=((buffr[5]-48)<<4)|0x0f;
    zt=0;
    if(jg==0);
    {signal2=1;jg++;}
    }
}
/*--------------------------------------
函数说明：显示 error。
--------------------------------------*/
void error(void)
{
 print(4,15);
 print(5,11);
 print(6,14);
 print(1,14);
 print(2,0);
 print(3,14);
```

```
}
/*------------------------------------
函数说明：无显示。
------------------------------------*/
void blank(void)
{
  uchar f;
  for(f=1;f<7;f++)
    print(f,15);


}
/*------------------------------------
函数调用方式：txd()
函数说明：串口发送数据包。
------------------------------------*/
void txd(void)
{
  if((TI&&index2<29)&&(!signal2)&&jg)
    {TI=0;SBUF=bufft[index2++];}
  else if(TI&&(index2==29))          //发送完一个数据包。
    {
      TI=0;
      index2=0;
      signal2=1;                     //标志位置 1，等待数据处理完再发送。
    }
  if(TI&&!jg)
    TI=0;
}
/*------------------------------
函数调用方式：deal(uchar s)
函数说明：为发送缓冲区加校验码。
------------------------------*/
uchar deal(uchar s)
{
  if(s)
    {
            signal2=0;               //允许发送。
            bufft[4]=buffr[5];
            crc1();                  //加校验码。
```

```
                TI=1;
                return 1;
            }
    else return 0;
}
/*-----------------------------
串口中断程序
-----------------------------*/
void serial() interrupt 4 using 3
{
if(RI)
 {
    RI=0;
    if((index==0)&&(SBUF=='%'))                //判断同步字。
        buffr[index++]=SBUF;
    else if((index==1)&&(SBUF=='0'))
        buffr[index++]=SBUF;
      else if((index==2)&&(SBUF=='1'))
        buffr[index++]=SBUF;
        else if((index==3)&&(SBUF=='#'))
            buffr[index++]=SBUF;
            else if(index>3&&index<12)        //接收。
                buffr[index++]=SBUF;
                else   index=0;
    if((SBUF=='\n')&&(index==12))
        {
            index=0;
            signal=1;                         //接收完一个数据包。
        }


    txd();


    }
}
/*-----------------------------
主程序
-----------------------------*/
main()
```

```
{

    uchar m=0,n=1;
    uchar index=0,index2=0;
    uint i,j;

    print(0x0c,0x01);              //数码管初始化。
    print(0x0b,0x07);
    print(0x0a,0xf5);
    print(0x09,0xff);
    print(1,13);
    print(2,13);
    print(3,0);
    print(6,11);
    print(5,12);
    print(4,10);

    SCON     = 0x50;               //串口初始化。
    TMOD     = 0x20;
    TH1      = 0xfa;
    TL1      = 0xfa;
    PCON    &= 0x7F;
    TR1      = 1;
    EA=1;
    ES=1;

    for(i=0;i<3000;i++);           //延时。
    TI=1;

    while(1)
    {
      for(i=0;i<7;i++)             //循环显示。
        { if(zt<7)
          {
                pr(i);
                zt++;
          }
        else if(zt>6&&zt<11)
                { error();zt++;i=-1;P1|=0xf0;}
```

```
          else    {blank();i=-1;jg=0;}


    for(j=0;j<45000;j++)
       { if(signal)                    //对数据包处理。
         {
           joindat();
           signal=0;                    //数据包处理完，清零标志位。
           j+=1000;
         }
         if(deal(signal2))
           j+=100;
       }
     }
   }
```

第7章 超声波测距仪设计

在汽车倒车、建筑施工工地、液位、井深、管道长度等一些工业现场的位置监控场合，可以利用超声波测距仪测出它们的距离。本章针对这一问题，利用单片机设计一个超声波测距仪测。

7.1 设 计 任 务

（1）超声波测距仪的测量距离为：0.2～20.0m；

（2）超声波测距仪的测量误差为：±1cm；

（3）能实现自动语音播报测量距离的数值，播报时间间隔≤10s，播报声音功率≥0.1W，播报声音无明显失真；

（4）能实时显示测量的距离（实时显示要与语音播报同步），显示格式为：□.□□m；

（5）具有"汉字提醒显示"功能：距离在 0.2～2.0m，显示"危险距离"，并用红色 LED 灯指示；距离在 2.0～3.0m，显示"保持距离"，并用黄色 LED 灯指示；距离在 3.0m 以上，显示"安全距离"，并用绿色 LED 灯指示。

7.2 总 体 设 计

7.2.1 超声波测距原理

超声波发射器向某一方向发射超声波，在发射时刻的同时开始计时，超声波在空气中传播，途中碰到障碍物就立即返回来，超声波接收器收到反射波就立即停止计时，原理图如图 7-1 所示。

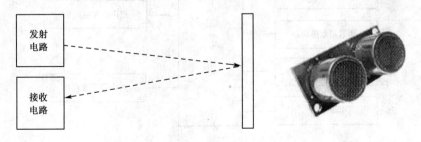

图 7-1　超声波测距原理示意图

超声波在空气中的传播速度为 v，根据计时器记录的时间 t，就可以计算出发射点距障碍物的距离 s，即 $s = vt/2$。由于超声波指向性强，能量消耗缓慢，在介质中传播的距离较远，因而超声波经常用于距离的测量，利用超声波检测往往比较迅速、方便，且计算简单、易于做到实时控制，因此，在测量精度方面能达到实用的要求。

7.2.2　超声波速度的确定

在正常情况下，干燥空气成分按重量比为氮:氧:氩:二氧化碳=78.084:20.946:0.934:0.033，空气的平均摩尔质量 μ 为 28.964kg·mol^{-1}。在标准状态下，干燥空气中的声速为 v_0=331.5m·s^{-1}。在室温为 t℃时，干燥空气的声速为：

$$v = v_0 \sqrt{1 + \frac{t}{T}}$$

由于空气实际上并不是干燥的，总含有一些水蒸气，经过对空气摩尔质量和比热容的修正，在温度为 t℃、相对湿度为 r 的空气中，声速为：

$$v = 331.5 \sqrt{\left(1 + \frac{t}{T_0}\right)\left(1 + 0.31 \frac{rP_s}{P}\right)}$$

式中：T_0=273.15K，P_s 为 t℃时空气的饱和蒸气压，可从饱和蒸气压与温度的关系表中查出；P 为大气压，取 P=1.013×10^{5}Pa 即可；相对湿度 r 可从干湿温度计上读出。由这些气体参量可以计算出声速。

由于湿度对声速的影响比较小，同时测试环境是在相对干燥的地方测试，所以采取下面公式来计算声速：

$$v = v_0 \sqrt{1 + \frac{t}{T}}$$

为了写程序的方便，把方程式化简成 v=331.4×0.6007t。

7.2.3　超声波测距仪总体设计

本系统由单片机、LCD 显示模块、语音播报模块、温度采集模块、超声波发射模块、超声波接收模块、电源模块组成，系统框图如图 7-2 所示。

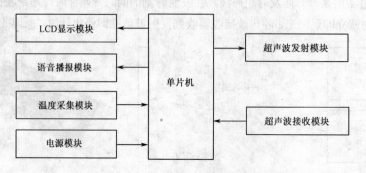

图 7-2　超声波测距仪系统框图

7.3　硬件电路设计

根据超声波测距仪的系统框图，下面主要对超声波发射电路、超声波接收电路、语音播报电路、LCD 显示电路和单片机控制电路进行设计。

7.3.1　元器件的选择

1. 超声波传感器

超声波发生器分为两大类：一是用电气方式产生超声波；另一是用机械方式产生超声波。电气方式包括压电型、电动型等；机械方式有加尔统笛、液哨和气流旋笛等。它们所产生的超声波频率、功率和声波特性各不相同，因而用途也各不相同。目前在近距离测量中较为常用的是压电式超声波发生器。

压电式超声波发生器实际上是利用压电晶体的谐振来工作的。它有两个压电晶片和一个共振板。当它的两极外加脉冲信号，其频率等于压电晶片的固有振荡频率时，压电晶片将会发生共振，并带动共振板振动，便产生超声波。反之，如果两电极间未外加电压，当共振板接收到超声波时，将压迫压电晶片作振动，将机械能转换为电信号，这时它就成为超声波接收器了。超声波传感器的外形图如图 7-3（a）所示。

2. 温度传感器

由于本设计对精度要求比较高，所以加入温度补偿功能，采用 DS18B20 数字温度传感器，其外形结构如图 7-3（b）所示。外围电路简单测量温度范围为-55～+125℃，在-10～+85℃范围内精度为±0.5℃。现场温度直接以"一线总线"的数字方式传输，大大提高了系统的抗干扰性，适合于恶劣环境的现场温度测量。

3. 语音处理芯片

语音处理芯片采用广州致远电子有限公司出品的 ZY1420A 微型语音录放模块，图 7-3（c）是该语音模块外形图。其内部使用 ISD1420 作为主控芯片，具备 ISD1420 的全部优良性能，如大量的 EEROM 存储器，消噪的话筒放大器，专用语音滤波电路，自动增益调节 AGC 电路，高稳定性的时钟振荡电路和语音处理电路等。除此之外其录放音质极佳，没有常见的背景噪声。ZY1420A 还对 ISD1420 的标准外围电路做了优化并全部集成于模块内部。与用户使用标准 ISD1420 的 DIP40 封装 IC 相比较，XY1420A 可以提供更加稳定可靠的性能和更便捷的使用，同时可以减小器件封装体积。

ZY1420A 录制的信息存放在片内非易失存储单元中，断电后可以长久保存。它使用 ISD 的专利模拟存储技术，语音和音频信号不经过转换，直接以原来状态存储到内部存储器中，可以实现高质量的语音复制。电路内部由振荡器、语音存储单元、前置放大器、自动增益控制电路、抗干扰滤波器和输出放大器组成。一个最小的录放系统仅由一个麦克风、一个喇叭、两个按钮、一个电源就可以组成。

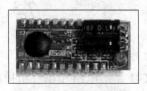

（a）超声波传感器　　　　（b）DS18B20温度传感器　　　（c）ZY1420A语音模块

图 7-3　各种元器件外形图

7.3.2　超声波发射电路设计

　　发射电路主要由反相器 74LS04 和超声波换能器 LS2 构成，单片机 P1.0 端口输出 38.5MHz 的方波信号，一路经一级反相器后送到超声波换能器的一个电极，另一路经两级反相器后送到超声波换能器的另一端，用这种形式可以提高超声波的发射强度。输出端采用两反相器并联，用以提高驱动能力。上位电阻 R4、R5 一方面提高反相器 74LS04 输出高电平的驱动能力，另一方面可以增强超声波换能器的阻尼效果，缩短其自由振荡时间。电路原理图如图 7-4 所示。

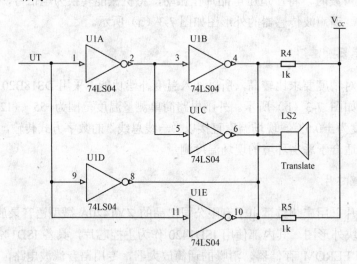

图 7-4　发射电路原理图

7.3.3　超声波接收电路设计

　　超声波接收电路选用 CX20106A 作为接收电路的核心，电路原理图如图 7-5 所示。集成电路 CX20106A 是一款红外检波接收的专用芯片，常用于电视红外遥控接收器，考虑到其常用载波频率 38kHz 与测距的超声波频率 40kHz 较为接近，可以利用它制作超声波检测接收电路。它有良好的灵敏度和较强的抗干扰能力，适当改变电容 C4 可改变电路的灵敏度和抗干扰能力。

　　红外遥控接收芯片 CX20106 可以完成对遥控信号的前置放大、限幅放大、带通滤波、峰值检波和波形整形，只需加上如图 7-5 所示的简单外围电路即可完成对已调波的解调。

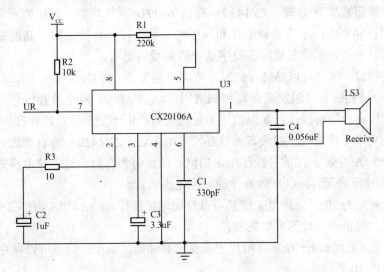

图 7-5　接收电路原理图

7.3.4　语音播报电路设计

1. ZY1420A 语音模块引脚介绍

　　ZY1420A 采用标准 DIP28 封装，厚度最大为 10mm（不包括引脚高度），其引脚图如图 7-6 所示。

录音控制 1	REC	A7	28	地址位7
触发放音控制 2	PLAYE	A6	27	地址位6
电平放音控制 3	PLAYL	A5	26	地址位5
地 4	VSS	A4	25	地址位4
喇叭+ 5	SP+	A3	24	地址位3
喇叭- 6	SP-	A2	23	地址位2
正电源 7	VCC	A1	22	地址位1
麦克- 8	MIC-	A0	21	地址位0
麦克+ 9	MIC+	NC	20	无连接
外部音频输入 10	ANA IN	NC	19	无连接
录音指示输入 11	RECLED	NC	18	无连接
无连接 12	NC	NC	17	无连接
无连接 13	NC	NC	16	无连接
无连接 14	NC	NC	15	无连接

图 7-6　ZY1420A 语音模块引脚图

2．ZY1420A 语音模块特点

ZY1420A 语音模块的主要特点如下。

（1）使用简单的单片机录放音电路。

（2）高保真语音/音频处理。ZY1420A 提供 6.4kHz 采样频率，采样的语言直接存储到片内的非易失存储器中，不需要数字化和压缩等其他手段。直接模拟存储能提供真实自然的语音、音乐、声音、不像其他固态数字录音质量受到影响。

（3）开关接口、放音可以是脉冲触发，或电平触发。ZY1420A 由一个单录音信号 $\overline{REC}$ 实现录音操作，$\overline{PLAYE}$（触发录音）和 $\overline{PLAYL}$（电平放音）两个放音信号，使用其中的任意一个便可以实现放音操作。如果使用地址线也可以用于复杂信息的处理。

（4）自动功率节约模式。在录音或放音操作结束后，ZY1420A 将自动进入低功率等待模式，消耗 0.5μA 电流。在放音操作中，当信号结束时器件自动进入掉电模式；在录音操作中，REC 信号释放变为高电平时器件进入掉电模式。

（5）录放周期为 20s，处理复杂信息可以使用地址操作。ZY1420A 内部存储列阵有 160 个可寻址的段，提供全地址的寻址功能。

（6）ISD 的 ChipCorder 技术使用片上非易失存储器，断电后信息可以保存 100 年。期间可以反复录放 10 万次。

（7）零功率存储，不需要电池备份电路。

（8）不需要编程器和开发系统。

（9）采用片上时钟。

（10）工作电压为 5V，静态电流为 0.5μ～2μA，工作电流为 15mA。

3．ZY1420A 语音模块操作方法

1）录音

按住录音按键（$\overline{REC}$ 保持低电平），电路自动进入录音状态（录音指示 LED 灯亮，即引脚 11 输出低电平）；当 $\overline{REC}$ 变高或录音存储录满时，电路退出录音状态，进入准备状态。注意 $\overline{REC}$ 的优先级大于 $\overline{PLAYE}$ 和 $\overline{PLAYL}$。

2）放音

放音有两种方式，即触发放音和电平放音。

（1）触发放音。轻按 $\overline{PLAYE}$ 按键，再放开，给 $\overline{PLAYE}$ 脚一个低电平脉冲，电路进入放音状态，直到放音结束。

（2）电平放音。按住 $\overline{PLAYL}$ 按键（$\overline{PLAYL}$ 脚保持低电平），电路进入放音状态，直到 $\overline{PLAYL}$ 变高或放音结束，电路重新进入准备状态。

4．ZY1420A 语音模块电路设计

语音播报电路原理图如图 7-7 所示。

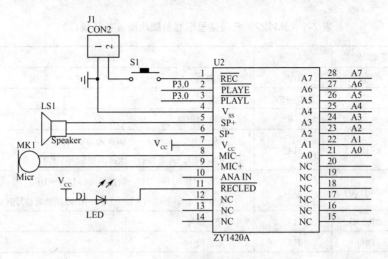

图 7-7　语音播报电路原理图

7.3.5　LCD 显示电路设计

因设计任务要求"汉字提醒显示"功能,所以选择 LCD 液晶显示器,这里选用了 JM12232F 液晶显示器,此液晶提供两种接口方式:串行接口和并行接口。本例中采用串行接口方式。

1. JM12232F 液晶显示器特性

JM12232F 是一种内置 8192 个 16×16 点汉字库和 128 个 16×8 点 ASCII 字符集的图形点阵液晶显示器,它主要由行驱动器/列驱动器及 128×32 全点阵液晶显示器组成。可完成图形显示,也可以显示 7.5×2 个(16×16 点阵)汉字。与外部 CPU 接口采用并行或串行方式控制。

主要技术参数和性能如下:

(1)电源:VDD:+3.0～+5.5V。(电源低于 4.0V LED 背光需另外供电)

(2)显示内容:122(列)×32(行)点。

(3)全屏幕点阵。

(4)2MB ROM(CGROM)总共提供 8192 个汉字(16×16 点阵)。

(5)16KB ROM(HCGROM)总共提供 128 个字符(16×8 点阵)。

(6)2MHz 频率。

(7)工作温度:–10～+60℃,存储温度:–20～+70℃。

2. JM12232F 液晶显示器引脚功能

外部接口信号如表 7-1(并行接口)和表 7-2 所示(串行接口)所示。

表 7-1　JM12232F 液晶显示器引脚功能（并行接口）

引 脚 号	引 脚 名 称	电　平	引脚功能描述
1	V$_{SS}$	0V	电源地
2	V$_{CC}$	3.0～+5V	电源正
3	VEE	—	对比度调整
4	RS (CS)	H/L	RS= "H"，表示 DB7～DB0 为显示数据 RS= "L"，表示 DB7～DB0 为显示指令数据
5	R/W (SID)	H/L	R/W= "H"，E= "H"，数据被读到 DB7～DB0 R/W= "L"，E= "H→L"，DB7～DB0 的数据被写到 IR 或 DR
6	E (CLK)	H/L	使能信号
7	DB0	H/L	数据线
8	DB1	H/L	数据线
9	DB2	H/L	数据线
10	DB3	H/L	数据线
11	DB4	H/L	数据线
12	DB5	H/L	数据线
13	DB6	H/L	数据线
14	DB7	H/L	数据线
15	BL+	VDD	背光源电压+4.2～+5V
16	BL-	V$_{SS}$	背光源公共端

表 7-2　JM12232F 液晶显示器引脚功能（串行接口）

引 脚 号	名　称	电　平	功　能
1	V$_{SS}$	0V	电源地
2	V$_{DD}$	+5V	电源正（3.0～5.5V）
3	VO	—	对比度调整
4	CLK	H/L	串行同步时钟：上升沿时读取 SID 数据
5	SID	H/L	串行数据输入端
6	CS	H/L	模组片选端，高电平有效
7	BL+	V$_{DD}$	背光源电压+4.2～+5V
8	BL–	V$_{SS}$	背光源公共端

3. JM12232F 液晶显示器串口读写时序

JM12232F 液晶显示器串口读写时序图如图 7-8 所示。CS 是片选端，SID 是串行数据输入端，在 CLK 上升沿时读取数据。

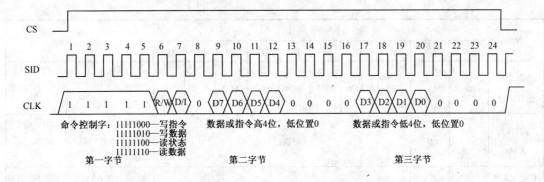

图 7-8　JM12232F 串口读写时序图

4. JM12232F 液晶显示器基本指令

模块控制芯片提供两套控制命令，常用的基本指令如表 7-3 所示。

表 7-3　JM12232F 液晶显示器基本指令表

指　　令	指　令　码									功　　能
	RS	R/W	D7	D6	D5	D4	D3	D2	D1	D0	
清除显示	0	0	0	0	0	0	0	0	0	1	将 DDRAM 填满 "20H"，并且设定 DDRAM 的地址计数器（AC）到 "00H"
地址归位	0	0	0	0	0	0	0	0	1	×	设定 DDRAM 的地址计数器（AC）到 "00H"，并且将游标移到开头原点位置；这个指令不改变 DDRAM 的内容
显示状态开/关	0	0	0	0	0	0	1	D	C	B	D=1: 整体显示 ON C=1: 游标 ON B=1: 游标位置反白允许
进入点设定	0	0	0	0	0	0	0	1	I/D	S	指定在数据的读取与写入时，设定游标的移动方向及指定显示的移位
游标或显示移位控制	0	0	0	0	0	1	S/C	R/L	×	×	设定游标的移动与显示的移位控制位；这个指令不改变 DDRAM 的内容
功能设定	0	0	0	1	DL	×	RE	×	×		DL=0/1: 4/8 位数据 RE=1: 扩充指令操作 RE=0: 基本指令操作
设定 CGRAM 地址	0	0	0	1	AC5	AC4	AC3	AC2	AC1	AC0	设定 CGRAM 地址
设定 DDRAM 地址	0	0	1	0	AC5	AC4	AC3	AC2	AC1	AC0	设定 DDRAM 地址（显示位址） 第一行：80H～87H 第二行：90H～97H

图中命令控制字及字节说明：

命令控制字：11111000—写指令
11111010—写数据
11111100—读状态
11111110—读数据
第一字节　　数据或指令高4位，低位置0　　第二字节　　数据或指令低4位，低位置0　　第三字节

续表

指令	指令码										功　能
	RS	R/W	D7	D6	D5	D4	D3	D2	D1	D0	
读取忙标志和地址	0	1	BF	AC6	AC5	AC4	AC3	AC2	AC1	AC0	读取忙标志（BF）可以确认内部动作是否完成，同时可以读出地址计数器（AC）的值
写数据到RAM	1	0	数据								将数据 D7～D0 写入到内部的 RAM（DDRAM/CGRAM/IRAM/GRAM）
读出 RAM 的值	1	1	数据								从内部 RAM 读取数据 D7～D0（DDRAM/CGRAM/IRAM/ GRAM）

5. JM12232F 液晶显示器电路设计

LCD 显示电路原理图如图 7-9 所示。其中，JM12232F 的 4 脚接单片机的 P0.1 引脚，5 脚接单片机的 P0.2 引脚，6 脚接单片机的 P0.3 引脚，可调电阻 R13 调节 LCD 的对比度。

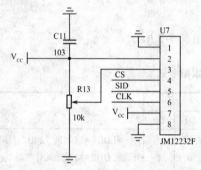

图 7-9　LCD 显示电路原理图

7.3.6　单片机控制电路设计

超声波测距仪的控制电路如图 7-10 所示，单片机选用 AT89C52，各个引脚功能如下：

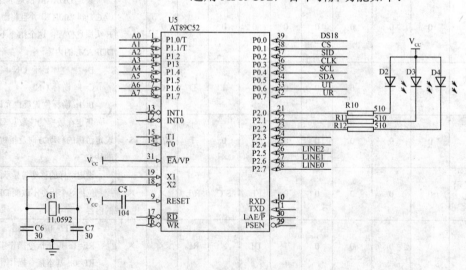

图 7-10　单片机控制电路原理图

P0.0：外接温度传感器 DS18B20，用来采集周围环境温度；

P0.1：与显示器的背光引脚连接，控制背光的开启与关闭；

P0.2：显示的串行数据输出端；

P0.3：显示的串行同步时钟；

P0.4～P0.5：外部存储器读写端口（预留）；

P0.6：超声波发射口；

INT0：超声波接收端；

P1.0～P1.7：语音地址端口；

P2.0～P2.2：指示灯控制端；

P2.3：录音控制端；

P2.5～P2.7：仪器控制端；

RXD：触发放音控制；

TXD：电平放音控制。

7.4 软件设计

超声波测距仪的软件设计主要由主程序、超声波发生子程序、超声波接收中断子程序及显示子程序组成。主程序流程图如图 7-11 所示。

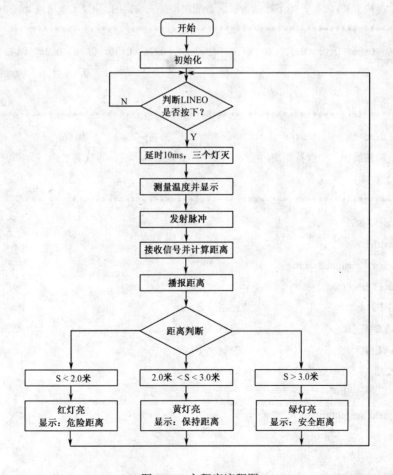

图 7-11 主程序流程图

  具体工作由按键控制开始超声波的发射，待接收到超声波回波后显示此次的测量距离，同时由温度采集模块来采集此次测量时的环境温度，对测量进行温度补偿以达到高的准确度。如果所测量的值是在危险距离范围内就会有相应的文字、LED 指示灯和语音提示，同样还有保持距离范围和安全距离范围的相应提示。这样可以告诉使用者与障碍物间的具体距离，并且告知所在位置是否危险。

7.5 源程序清单

  以下是 ZY1420A 语音模块的录音源程序清单：

```
/*****************************************************************
ZY1420A 语音模块的录音程序
录音方法：开始工作后，按下 K1 键，根据设定的录音地址和时间开始录音。
         放开 K1 键，本次录音结束。
         再按下 K1 键，开始下次录音。录音顺序按预先设定的，用 P1 来送地址
******************************************************************
地址： 0x00  0x06  0x0c  0x12  0x18  0x1e  0x24  0x2a  0x30  0x36  0x3c  0x42  0x48
内容：  1     2     3     4     5     6     7     8     9     0     十    点    米
时间：                          0.5s
******************************************************************
地址：     0x4e          0x66              0x7e          0x96
内容：   危险距离       保持距离          安全距离      本次测量距离为
时间：     2s            2s                2s            2s
*****************************************************************/
#include <reg52.h>
#include <math.h>
#define  uchar  unsigned  char
#define  uint   unsigned  int
sbit  REC=P2^4;                 //控制录音
sbit  PLAYE=P3^0;               //控制触发放音
sbit  PLAYL=P3^1;               //控制电平放音
sbit  Y=P2^3;                   //K1 键


extern unsigned long int distance;
uchar addr;
uint  t;
/****************延时函数.延时为 N×100ms****************/
```

```
void delay(uint n)    reentrant
{
 uint t1,i,j;
 for(t1=1;t1<=n;t1++)
 {
      for(i=1;i<=235;i++)
            for(j=1;j<=60;j++);
 }
}
```

/***************** 播放函数 1 *****************/

```
void   play()
{
 delay(1);
 PLAYL=1;
 P1=addr;                //播放起始地址为 addr 的内容。
 PLAYL=0;                //PLAYL 低电平放音。
 delay(t);               //延时 t×100ms。
 PLAYL=1;
}
```

/*********************** 查地址和时间函数 ***********************/

```
void   find(uint n)
{
 switch(n)
 {
      case 1:{addr=0x00;t=5;} break;            //"1"
      case 2:{addr=0x06;t=5;} break;            //"2"
      case 3:{addr=0x0c;t=5;} break;            //"3"
      case 4:{addr=0x12;t=5;} break;            //"4"
      case 5:{addr=0x18;t=5;} break;            //"5"
      case 6:{addr=0x1e;t=5;} break;            //"6"
      case 7:{addr=0x24;t=5;} break;            //"7"
      case 8:{addr=0x2a;t=5;} break;            //"8"
      case 9:{addr=0x30;t=5;} break;            //"9"
      case 0:{addr=0x36;t=5;} break;            //"0"
      case 11:{addr=0x3c;t=5;} break;           //"十"
      case 12:{addr=0x42;t=5;} break;           //"点"
      case 13:{addr=0x48;t=5;} break;           //"米"
      case 14:{addr=0x4e;t=20;} break;          //"危险距离"
```

```
            case 15:{addr=0x66;t=20;} break;              //"保持距离"
            case 16:{addr=0x7e;t=20;} break;              //"安全距离"
                    case 17:{addr=0x96;t=20;} break;      //"测量结果为"
            default:{addr=0x00;t=00;};
        }
    }
/*************************   主函数   *******************************/
void    speaker(void) reentrant
{
 uchar   a[5]={0,0,0,0,0};               //设定待播放的数值。
        find(17);                        //放"测量结果为"
        play();

        a[0]=distance/1000;              //将数据写入。
        a[1]=(distance%1000)/100;
        a[2]=(distance%100)/10;
        a[3]=distance%10;
    while(1)                             //放第一个数字。
    {
        if(a[0]==0) break;               //第一个数字是否为0？是则跳出循环。
        find(a[0]);                      //不是则放音。
        play();
        find(11);                        //放"十"。
        play();
        break;
    }
    while(1)                             //放第二个数字。
    {
        if(a[1]!=0)                      //若第二个数字不为0，则播放。
        {
            find(a[1]);
            play();
            break;
        }
        else if(a[0]==0)                 //如果第二个数字为0，判断第一个数是否为0。
        {
            find(a[1]);
            play();
```

```
        break;                      //若第一个数也为 0，则放"0"
    }
    else   break;                   //若第一个数不为 0，则直接放"点"
        }
find(12);                           //放"点"
play();

        while(1)                    //放第三个数字。
{
    find(a[2]);                     //否则播放。
    play();
    break;
}
        while(1)                    //放第四个数字。
{
    find(a[3]);                     //否则播放。
    play();
    break;
}
find(13);                           //放"米"
play();
}
```

以下是具有实时语音播报的超声波测距仪主程序清单。

```
/*----------------------------------
        超声波测距主程序
----------------------------------*/
#include <reg51.h>
#include<intrins.h>
#include<absacc.h>

typedef unsigned char uchar;
typedef unsigned int    uint;

sbit LED_AQ=P2^0;
sbit LED_BC=P2^1;
sbit LED_WX=P2^2;
```

```
sbit LINE0=P2^7;
sbit LINE1=P2^6;
sbit LINE2=P2^5;

sbit REV=P3^2;
sbit PLAYE=P3^0;                                    //控制触发放音。
sbit PLAYL=P3^1;                                    //控制电平放音。

unsigned long int distance;                         //距离存储变量。
int data temp;                                      //室温存储变量。
uint data tem_need;
uchar code ready[]="Already to work";
/*****************************************

      Function states
*****************************************/
extern void CJ_T(void);                             //超声波发生子程序。

//LCD function states
extern void initial_lcd(void);                      //initial lcd
extern void clr_display(uchar i) reentrant;         //clr display on line
extern void display_t(uchar l,uchar kind) reentrant; //write set char
extern void display_st(uchar *buf) reentrant;       //display "already"
extern void display2(void) reentrant;               //显示室温。
extern void write(uchar A,uchar din)     reentrant;

//DS18B20 function states
extern void tem_start(void);                        //start temperature cover
extern void readtemp(void);                         //read temp

//AT24C04 function states
extern void r_at24(void);
extern void w_at24(void);

extern unsigned long int distance;
uchar  addr;
uint    tt2;
/********************************************************
```

超声波接收中断子程序（INT0）

```
**************************************************/
void cj_r(void) interrupt 0
{
    TR0=0;
    ET0=0;
    EX0=0;
    EA=0;
}
/**************************************************
            延时 1ms 子程序
**************************************************/
void delay1ms(void)
{
 uchar i,j;
 for(i=0;i<2;i++)
     for(j=0;j<20;j++);
}
/**************************************************
            延时 N×100ms 子程序
**************************************************/
void delay(uint n)    reentrant
{
 uint t1,i,j;
 for(t1=1;t1<=n;t1++)
 {
     for(i=1;i<=235;i++)
         for(j=1;j<=60;j++);
 }
}
/**************************************************
            播放函数
**************************************************/
void   play()
{
 delay(1);
 PLAYL=1;
 P1=addr;                    //播放起始地址为 addr 的内容。
 PLAYL=0;                    //PLAYL 低电平放音。
```

```
    delay(tt2);                    //延时 t×100ms
    PLAYL=1;
}
/*****************************************************
            查地址和时间函数
*****************************************************/
void    find(uchar n)
{
switch(n)
 {
        case 1:      {addr=0x00;tt2=2;} break;              //"1"
        case 2:      {addr=0x06;tt2=2;} break;              //"2"
        case 3:      {addr=0x0c;tt2=2;} break;              //"3"
        case 4:      {addr=0x12;tt2=2;} break;              //"4"
        case 5:      {addr=0x18;tt2=2;} break;              //"5"
        case 6:      {addr=0x1e;tt2=2;} break;              //"6"
        case 7:      {addr=0x24;tt2=2;} break;              //"7"
        case 8:      {addr=0x2a;tt2=2;} break;              //"8"
        case 9:      {addr=0x30;tt2=2;} break;              //"9"
        case 0:{addr=0x36;tt2=2;} break;                   //"0"
        case 11:{addr=0x3c;tt2=2;} break;                  //"十"
        case 12:{addr=0x42;tt2=2;} break;                  //"点"
        case 13:{addr=0x48;tt2=2;} break;                  //"米"
        case 14:{addr=0x4e;tt2=4;} break;                  //"危险距离"
        case 15:{addr=0x66;tt2=4;} break;                  //"保持距离"
        case 16:{addr=0x7e;tt2=5;} break;                  //"安全距离"
        case 17:{addr=0x96;tt2=10;} break;                 //"测量结果为"
        default:{addr=0x00;tt2=00;};
 }
}


/*****************************************************


*****************************************************/
void sys_init(void)
{

    P0=0xff;
```

```
// P1=0xff;
 P2=0xff;
 TMOD=0x01;                  //定时器方式，16 位。
 IT0=0;                      //低电平触发中断。

 // if(LINE1==0)
 // r_at24();                //read at24c04 上一次测量值。

 }


/*************************************************

**************************************************/
void distan(void)
{
        float vel;
        unsigned long int data timevalue;
        timevalue=TH0;
        timevalue=(timevalue<<8)|TL0;
        vel=331.4+0.061*temp;
    // distance=timevalue*vel*1.08507;
        distance=timevalue*vel*1.064;
        distance/=20000;
}
/*************************************************
            显示距离
**************************************************/
void display1(uchar choose)
{
 unsigned long int temp1=0;
 uint tem_need;
 uchar data buffer[5];
 uchar data i;

 if(choose)
     temp1=distance;
 else
     temp1=tem_need;                    //display value once
```

```
    buffer[0]=temp1/1000;
    buffer[1]=(temp1%1000)/100;
    buffer[2]=(temp1%100)/10;
    buffer[3]=temp1%10;

    for(i=0;i<4;i++)
        {
        if(buffer[0]==0)
             buffer[0]=0x20;
        else
             buffer[i]+=0x30;
        }
    write(0,0x94);
    write(1,buffer[0]);
    write(1,buffer[1]);
    write(1,0x2e);
    write(1,buffer[2]);
    write(1,buffer[3]);
    write(1,0x4d);
}
/***********************************************

***********************************************/
void   speaker(void)
{
    uchar data bufferr[5];
    find(16);                    //放"测量结果为"。
    play();
    bufferr[0]=distance/1000;
    bufferr[1]=(distance%1000)/100;
    bufferr[2]=(distance%100)/10;
    bufferr[3]=distance%10;

    while(1)                     //放第一个数字。
    {
        if(bufferr[0]==0) break;      //第一个数字是否为 0? 是则跳出循环。
        find(bufferr[0]);             //不是则放音。
```

```
            play();
            find(11);                    //放"十"
            play();
            break;
    }
    while(1)                             //放第二个数字。
    {
        if(bufferr[1]!=0)                //若第二个数字不为 0，则播放。
        {
            find(bufferr[1]);
            play();
            break;
        }
        else if(bufferr[0]==0)           //如果第二个数字为 0，判断第一个数是否为 0。
        {
            find(bufferr[1]);
            play();
            break;                       //若第一个数也为 0，则放"0"。
        }
        else    break;                   //若第一个数不为 0，则直接放"点"。
    }
    find(12);                            //放"点"
    play();

            while(1)                     //放第三个数字。
    {
        find(bufferr[2]);                //否则播放。
        play();
        break;
    }
            while(1)                     //放第四个数字。
    {
        find(bufferr[3]);                //否则播放。
        play();
        break;
    }
    find(13);                            //放"米"。
    play();
```

```
}
/***************************************************
           main  主程序
***************************************************/
void main(void)
{
  unsigned long idata i;
  uchar j,m;

  for(j=0;j<255;j++)
      for(m=0;m<255;m++);

  sys_init();
  initial_lcd();
  display_st(ready);       //Display Already to work
while(1)
 {
waiting:
 while(LINE0)
 for(i=0;i<10;i++)
     delay1ms();
 if(LINE0) goto waiting;

LED_WX=1;
LED_BC=1;
LED_AQ=1;

 tem_start();
 i=14000;              //delay
 while(--i);
 readtemp();           //读室温。

 clr_display(1);
 display_t(1,1);       //显示室温标号。
 display2();           //display room temperature

     CJ_T();
```

```
    while(REV){};
      distan();

if(300<distance)
      { LED_AQ=0;
      display_t(2,3);
      display1(1);
      }
    else if(200<=distance)
      {LED_BC=0;
      display_t(2,2);
      display1(1);
      }
    else if(5<distance)
      {LED_WX=0;
      display_t(2,1);
      display1(1);
      };
    speaker();
}
}
```

第 8 章　铁路限速标志设计

在铁路局部维修后，列车通过维修后的路段时，在初始阶段应以低速运行，在一定的时间后才允许列车逐步增加速度。在以往，更改限速标志时由人工定期更换，本章针对这一问题，利用单片机设计一个铁路限速标志。

8.1　功能要求

（1）铁路列车限速标志可工作在三种方式下，一是手动转换方式，二是定时转换方式，三是定次转换方式；

（2）在手动转换方式下，可利用按键调到某个限速值；

（3）在定时转换方式下，可设定每种限速值的工作时间，如在 30km/h 限速值时工作时间为 2 个小时，在 40km/h 限速值时为 1 个小时，等等；

（4）在定次转换方式下，设定每个限速值下通过的列车次数，如在 30km/h 限速值时，通过 3 次列车即可转换下一个限速值。

8.2　总体设计

铁路限速标志由外壳、印有限速值的条幅、上下卷动电动机、位置传感器、控制板等组成。平时，条幅卷在下面的长轴上，当需要转换到下一个限速值时，由控制板控制上卷电动机转动，使条幅向上移动，当位置传感器检测到设定的速度值后，上卷电动机停止转动。动态限速标志可在设定的时间内自动转换限速值，也可在规定的列车通过次数后自动转换限速值，其外形和内部结构如图 8-1 所示。控制面板如图 8-2 所示。

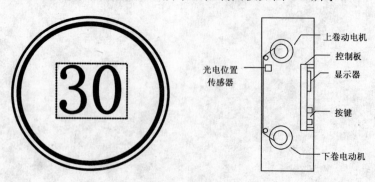

图 8-1　限速标志正面图与内部结构图

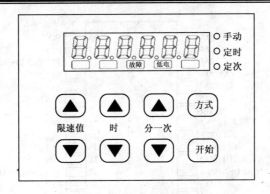

图 8-2　限速标志控制面板

　　铁路限速标志的电路由 CPU、位置检测传感器、电动机控制、显示、键盘、电源控制等组成，如图 8-3 所示。位置检测用于检测条幅的位置，由此可知限速标志正在哪个限速值下工作；电动机控制用于控制上卷电动机和下卷电动机，为防止条幅松散，在上卷电动机卷动时，下卷电动机应有一个反向的制动力；反之在下卷电动机卷动时，上卷电动机也应有一个反向的制动力；显示器可显示当前限速值和工作时间或次数。

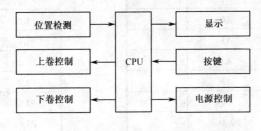

图 8-3　限速标志原理框图

8.3　硬件电路设计

8.3.1　CPU 的选择

　　CPU 选择宏晶公司的 STC12C5410 单片机，STC12C5410 单片机除具有 51 内核外，还具有在系统编程及在线编程功能，并且还有 4 路 PCA 模块，内部有 10KB 程序存储器，512B 的 RAM，其程序存储器的内容可在线修改。其引脚图如图 8-4 所示，CPU 资源分配如表 8-1 所示。

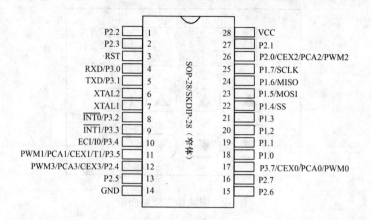

图 8-4　STC12C5410 引脚图

表 8-1　CPU 资源分配表

功 能	引 脚	功 能		功 能	引 脚	功 能	
电源控制	P3.4				P1.3	K1	
位置检测	P2.0	A0			P1.2	K2	
	P2.1	A1			P1.1	K3	
	P2.2	A2			P1.0	K4	
	P2.3	A3		键盘	P2.7	K5	
计数输入	INT0				P2.6	K6	
上卷电动机	P3.7	PWM0			P2.5	K7	
下卷电动机	P2.4	PWM3			P3.5	K8	
显示	P1.5	CS					
	P1.6	SI					
	P1.7	CLK					

8.3.2　显示器电路设计

显示器采用 SMS0619 字符型 LCD，此 LCD 具有 6 位显示和 5 个提示符，显示器外形如图 8-5 所示，引脚功能如表 8-2 所示，显示地址映射见表 8-3。

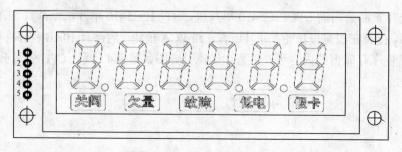

图 8-5　SMS0619 LCD 显示器

表 8-2　SMS0619 引脚功能及与单片机接口

引　脚	引 脚 名	功　能	与单片机接口
1	VDD	电源正极	VCC
2	DI	数据输入	P1.6
3	CLK	时钟	P1.7
4	GND	电源地	GND
5	CS	片选	P1.5

表 8-3　SMS0619 显示地址映射表

LCDRAM	D7	D6	D5	D4	D3	D2	D1	D0
0	H1	C1	G1	B1	D1	E1	F1	A1
2	H2	C2	G2	B2	D2	E2	F2	A2
4	H3	C3	G3	B3	D3	E3	F3	A3
6	H4	C4	G4	B4	D4	E4	F4	A4
8	H5	C5	G5	B5	D5	E5	F5	A5
10	×	C6	G6	B6	D6	E6	F6	A6
12	×	×	×	假卡	低电	故障	欠量	关阀

　　SMS0619 是为煤气表或水表设计的 LCD 显示器,它具有工作电压范围宽,工作电流小,接口简单等特点,特别适合电池供电的仪表中,它有 6 位 8 段数码及 5 个汉字提示符,在本设计中只使用"低电""故障"两个提示符。接口方式为 3 线串行方式。

8.3.3　键盘电路设计

　　键盘采用独立式按键方式,如图 8-6 所示。

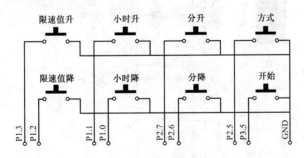

图 8-6　键盘电路

8.3.4　位置检测电路设计

　　位置检测电路利用 4 个红外反射式光电传感器检测限速值的位置,检测原理如图 8-7 所示,在条幅的背面边缘上,对应限速值的位置印上黑色的方块,不同的限速值对应不同的组合,如表 8-4 所示。

当需要转换限速值时，4 个光电传感器检测印在条幅背面的编码值，当编码值与设定的限速值相同时，CPU 控制电动机停止。光电传感器采用 SG-105，此传感器具有体积小，安装容易，灵敏度高，外围电路少等特点。SG-105 的封装及引脚如图 8-8 所示。

表 8-4 限速值编码表

限速值(km/h)	编码	输出	限速值(km/h)	编码	输出
0	■■■■	0000	40	□■■■	1000
5	■■■□	0001	45	□■■□	1001
10	■■□■	0010	50	□■□■	1010
15	■■□□	0011	55	□■□□	1011
20	■□■■	0100	60	□□■■	1100
25	■□■□	0101	65	□□■□	1101
30	■□□■	0110	70	□□□■	1110
35	■□□□	0111		□□□□	不用

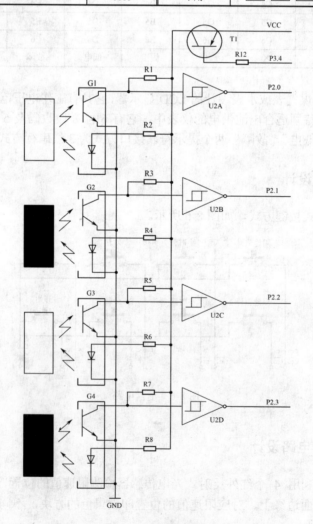

图 8-7 位置检测电路

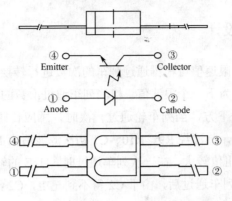

图 8-8 SG-105 封装及引脚

8.3.5 电动机控制电路设计

电动机利用 STC12C5410 的 PWM 功能进行控制，其中上卷电动机利用 P3.7（PWM0）控制，下卷电动机利用 P2.4（PWM3）控制。在上卷电动机全速上卷时，PWM0 输出的占空比为 5%，下卷电动机在微拖状态，PWM3 输出占空比为 95%，这样能保证条幅不松散，如图 8-9 所示。

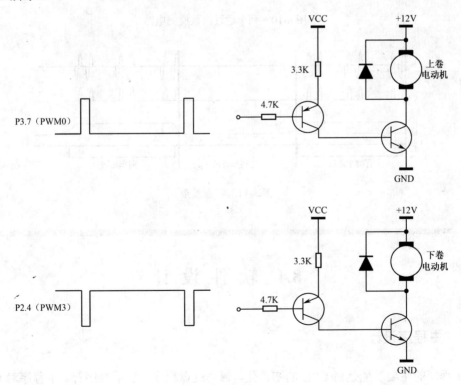

图 8-9 电动机上、下卷时 PWM0、PWM3 输出波形

8.3.6 次数检测电路设计

在计数方式下，每种限速值可根据通过列车的次数进行转换，如在 5km/h 限速时，当通过 5 次列车时就可转换为下一个限速值。检测列车通过次数的传感器为电磁感应传感器，感应传感器安装在铁轨的下方，当列车轮通过一次时，感应传感器输出一个脉冲，一列列车通过时可产生许多脉冲，脉冲经 R9、R10、C1 初次滤波后由 D1、D2 检出正半波，正半波为 C2 充电，由于 R11 阻值较大，在一次列车通过时，U2E 的输入端电压始终大于其翻转电压，U2E 输出为 0，当列车通过后，由于 C2 得不到充电，C2 经 R11 放电，当 C2 两端的电压小于 U2E 的翻转值后，U2E 输出高电平，经程序判断为无列车通过，其检测电路如图 8-10 所示，各点波形如图 8-11 所示。

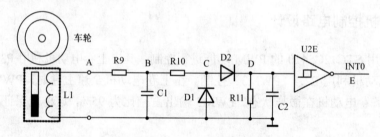

图 8-10   列车通过次数检测电路

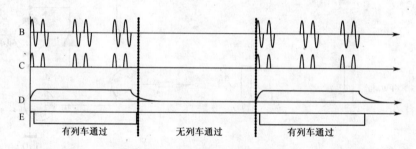

图 8-11   各点波形

8.4 软 件 设 计

8.4.1 主程序设计

主程序的主要功能是对 CPU 的初始化、调用键盘程序、显示程序等。主程序对 CPU 初始化后，判断工作模式，当模式为 1 时是手动模式，此时利用限速键可调节当前限速值；当模式为 2 时是定时方式，在这种方式下，根据每个限速值的所定的时间定时转换限速值；

当模式为 3 时是定次方式，在这种方式下，根据每个限速值所设定的列车通过次数，利用 INT0 的中断次数作为计数值，当计数值与设定值相等时，限速值转换到下一个限速值，主程序框图如图 8-12 所示。

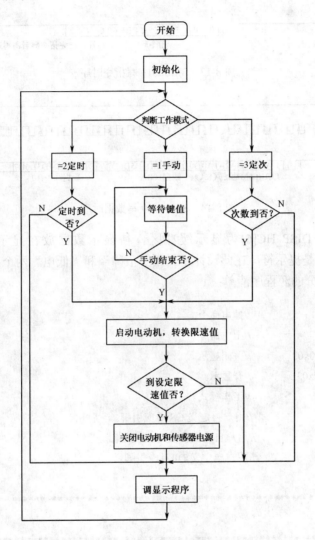

图 8-12　主程序框图

8.4.2　显示程序设计

显示程序由位操作函数、写控制字函数、写数据函数、初始化函数、显示函数组成。首先根据 SMS0619 显示器的写指令与写数据时序（见图 8-13 和图 8-14），编写出写指令函数和写数据函数，在显示初始化函数及显示函数中分别调用。

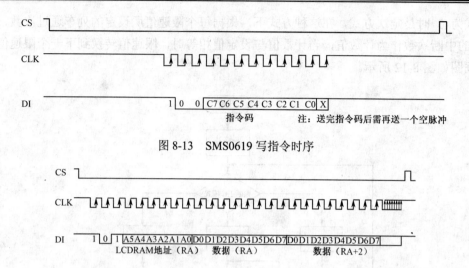

图 8-13　SMS0619 写指令时序

图 8-14　SMS0619 写数据时序

　　DISP_HC[0]～DISP_HC[6] 为显示缓冲区，待显示数据放在显示缓冲区中，其中 DISP_HC[6] 中放的是提示符，在此设计中只用"故障"和"低电"两个显示。

　　以下是显示部分的源程序清单：

```
#define CMDOFF 0x00              //掉电命令。
#define CMDON 0x01               //上电命令。
#define CMDLCDOFF 0x02           //关闭显示。
#define CMDLCDON 0x03            //开显示。
#define CMDB3C4 0x29             //工作模式。
sbit   CS = P1^5;               //用户自定义 CS 对应引脚。
sbit   CLK = P1^7;              //用户自定义 CLK 对应引脚。
sbit   DI = P1^6;               //用户自定义 DI 对应引脚。
uchar idata DISP_HC[7];
/*********************************************************************
位操作函数
*********************************************************************/
void lcdwbit(bit n)
{   DI = n;
    _nop_(); _nop_();
    CLK = 1;
    _nop_(); _nop_();
    CLK = 0;
    _nop_(); _nop_();
    CLK = 1;
}
/*********************************************************************
```

写命令函数
**/
```c
void lcdwc(unsigned char cmdcode)
{   unsigned char i;
    CS=1;
    CS=0;
    lcdwbit(1);
    lcdwbit(0);
    lcdwbit(0);
    for (i=0;i<8;i++)
    {   if((cmdcode&0x80)==0x80)
            lcdwbit(1);
        else
            lcdwbit(0);
        cmdcode<<=1;
    }
    lcdwbit(0);
    DI=1;
    CS=1;
}
```
/***
初始化函数
**/
```c
void lcdreset()                         //初始化。
{   lcdwc(CMDOFF);                       //掉电 0。
    lcdwc(CMDLCDOFF);                    //关闭 2。
    lcdwc(CMDON);                        //上电 1。
    lcdwc(CMDLCDON);                     //显示 3。
    lcdwc(CMDB3C4);                      //模式设置 29。
}
```
/***
写数据函数，其中 address 为显示地址，data1 为显示数据。地址与码段对应关系见表 8-3
**/
```c
void lcdwd(unsigned char address,unsigned char data1)   //送 6 位地址+8 位数据。
{   unsigned char i;
    CS = 1;
    CS = 0;
    lcdwbit(1);
    lcdwbit(0);
    lcdwbit(1);
```

```
    address<<=2;
    for (i=0;i<6;i++)
    {   if((address&0x80)==0x80)
            lcdwbit(1);
        else
            lcdwbit(0);
        address<<=1;
    }
    for (i=0;i<8;i++)
    {   if((data1&0x01)==0x01)
            lcdwbit(1);
        else
            lcdwbit(0);
        data1>>=1;
    }
    DI=1;
    CS=1;
}
/**************************************************************************
显示函数，显示数据放在 DISP_HC[0]～DISP_HC[6]中
**************************************************************************/
void LCD_DISP()        //显示程序。
{
uchar code ZM[]=
{0x5f,0x50,0x3d,0x79,0x72,0x6b,0x6f,0x51,0x7f,0x7b,0x76,0x20,0x5e};//0~9,10:H,11:-,12:U


lcdwd(0,ZM[DISP_HC[0]]);
lcdwd(2,ZM[DISP_HC[1]]);
lcdwd(4,ZM[DISP_HC[2]]);
lcdwd(6,ZM[DISP_HC[3]]);
lcdwd(8,ZM[DISP_HC[4]]);
lcdwd(10,ZM[DISP_HC[5]]);
lcdwd(12,ZM[DISP_HC[6]]);


}
```

附录 USTH-51S 单片机学习板原理图

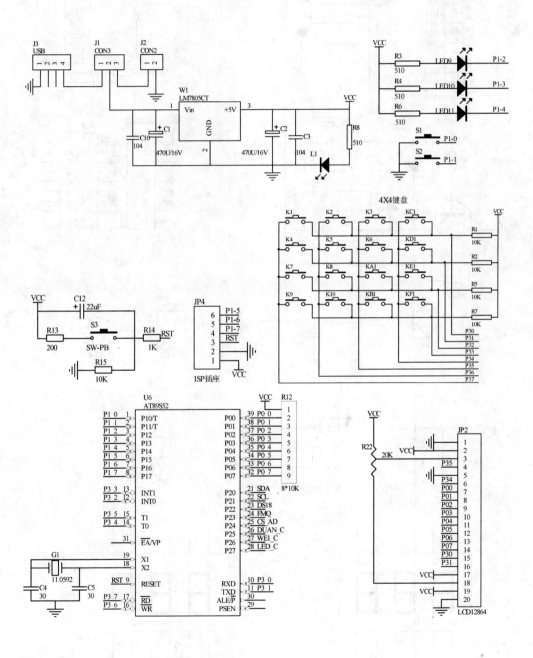

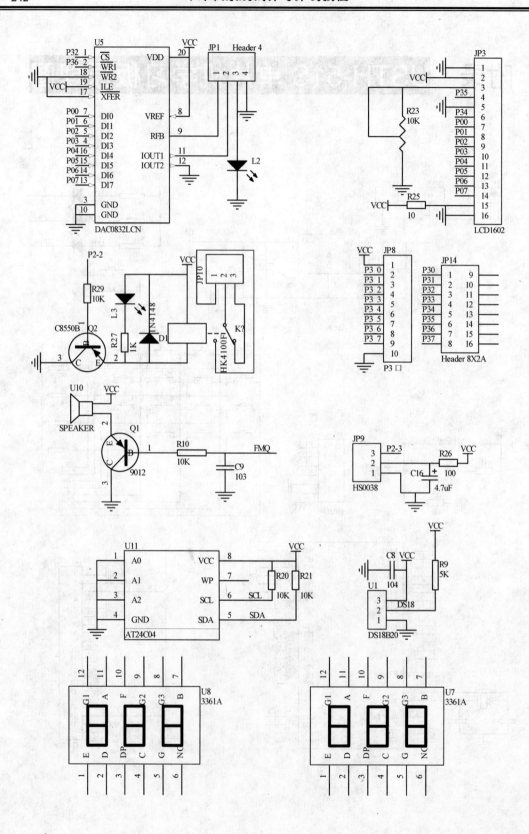

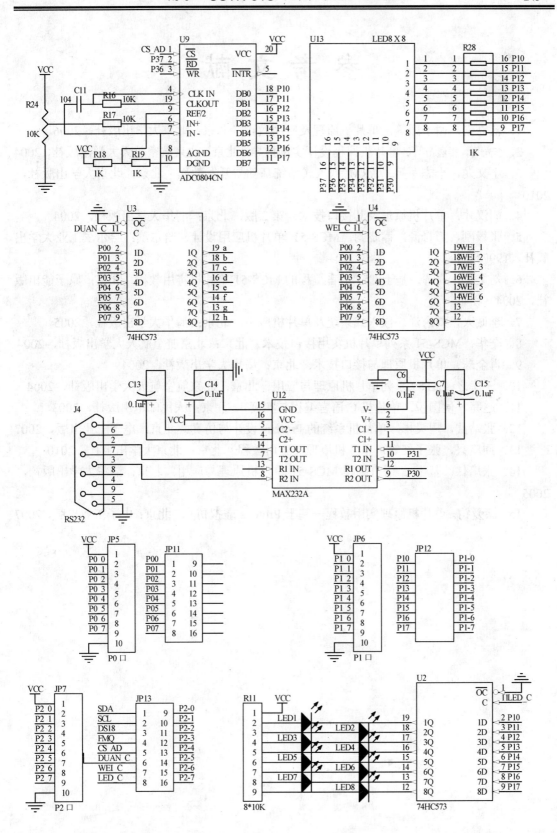

参 考 文 献

1．范立南，谢子殿等．单片机原理及应用教程．北京：北京大学出版社，2006

2．李光飞，楼然苗等．单片机课程设计实例指导．北京：北京航空航天大学出版社，2004

3．丁文龙，李志军等．ARM 嵌入式系统基础与开发教程．北京：北京大学出版社，2010

4．胡汉才．单片机原理及其接口技术．第 2 版．北京：清华大学出版社，2004

5．张毅刚，彭喜源，谭晓昀．MCS-51 单片机应用设计．哈尔滨：哈尔滨工业大学出版社，1997

6．刘文涛，周辉．基于 C51 语言编程的 MCS-51 单片机实用教程．北京：原子能出版社，2004

7．李诚人，刘宏洋．嵌入式系统及单片机应用．北京：清华大学出版社，2005

8．李华．MCS-51 系列单片机实用接口技术．北京：北京航空航天大学出版社，2004

9．肖金球．单片机原理与接口技术．北京：清华大学出版社，2004

10．王幸之．AT89 系列单片机原理与应用．北京：北京航空航天大学出版社，2004

11．赵亮，侯国锐．单片机 C 语言编程与实例．北京：人民邮电出版社，2003

12．张靖武，周灵彬．单片机系统的 Proteus 设计与仿真．北京：电子工业出版，2007

13．周广兴，张子红等．单片机原理及应用教程．北京：北京大学出版社，2010

14．张培仁．基于 C 语言编程 MCS-51 单片机原理与应用．北京：清华大学出版社，2005

15．徐爱钧．单片机原理实用教程—基于 Proteus 虚拟仿真．北京：电子工业出版，2007